川端康成
Kawabata Yasunari

生为女人
女であること

朱春育
译

上海译文出版社

.

目　录

哎，不好了

母亲音子胳膊支在旧水车轴做的火盆沿上托腮沉思着，忽然，她猛省道：

"唉呀，坏了！今天是半天工作。"

于是，她扭动着胖大臃肿的身躯来到了廊下。

她打电话时的声音，仿佛换了一个人似的，悦耳动听。

"我是三浦。今天是星期天，我都给忘了！现在我就让孩子过去，请多关照。三万，我要三万日元。好，我叫她马上去，劳您费心了。"

姐姐爱子扭头对妹妹说：

"阿荣，你出去的话，帮我留意一下'高跟鞋'的广告。"

"……"

"听说时装设计师们召集了一批时装模特，组织了一个名叫'高跟鞋'的团。"

然而，阿荣对姐姐全然不睬。她把美丽的双脚靠近吊钩下的煤气炉暖着。

从高高的天花板垂下的吊钩上挂着一只洋铁壶。

这是一种农家地炉，劈柴形陶罩的下面燃着煤气。

2

粗厚的地炉一半平嵌入榻榻米，另一半立在地板上，因为房间的地板比榻榻米低一截儿。

用大水车轴做的火盆远离炉子，放在铺着木地板的大屋子中间。火盆装有支腿儿，周围摆着草编椅子，上面放着丹波木棉①的坐垫。

年代久远的鲤鱼形木制吊钩已变得油黑发亮，三浦商会的客厅里充满了古朴厚重的气氛，唯有吊钩下阿荣那套着尼龙袜的双脚显得十分刺眼。

半高的窗户朝北，镶的还是毛玻璃，窗外的铁栏杆已是锈迹斑斑。

屋里白天也得点灯。灯伞亦是民间手工艺品，其形状大如童伞，下面还套着纸罩，使光线变得十分柔和。

爱子那艳丽的和服与吊盆内的鲜花为房内增添了些许明快的色彩。

爱子隔着火盆与母亲相对而坐，大约十分钟前，她曾对阿荣说：

"阿荣，给你介绍个对象怎么样？那人是我们事务所的，叫桂木。我想，小井大概也认识他。"

"我可没听说过这人。反正，我死也不会去相亲。"

"你怎么又……"

"不用见我也知道，对方肯定说我好。"

爱子身后的漆柜上立着一只木框，花盆就吊在木框里。大船形的花盆内插满了白百合和麝香豌豆花。

阿荣侧身坐在榻榻米上。她的身后也有一个漆柜，柜子上镶着

①日本兵库县的特产，丹波地区的手工织造布。

铁箍，看上去极为结实。

"你赶紧走吧，都十二点多了！"母亲把装着礼品的绸布包交给阿荣。阿荣正要往外走，母亲又叫住她说：

"银行离这儿也不远，你还拎什么手提包？"

"女人嘛！"

"她总是那样吗？"爱子向母亲问道。

"差不多吧。她动不动就使性子，连着三四天什么也不干。"

"我还以为我每次来她都看不顺眼呢！"

"她跟你不一样，脾气坏……"

"我一回到这儿就觉得累得慌。"

"可不是……这些日子，我又犯神经痛了。"

母亲把脚伸向炉边蹭了蹭。

"有时候也该让阿荣擦擦浴盆沿儿了。我在的时候，那总是锃光瓦亮的。像现在这个脏样子，身子还真下得去！"

她所指的是包在浴盆沿儿上的黄铜板。

浴室的门柱及玻璃门的底边都包着黄铜板，但门柱也脏得成了黑柱子了。

"把小茶壶递给我。"

"小茶壶吗？"爱子从水车轴沿儿上取下茶壶，然后站起身，"这榻榻米也够脏的了！"

"你别那么说。"

"妈妈，你还护着她呀！"

爱子面对着地炉，坐在草编椅子上。她身穿一件绣着黄菊花的

4

黑色和服外套，那花瓣大得简直不像是菊花。其艳丽颇似京都一带艺妓们所穿的外套，为古朴的老屋平添了一丝俏意。

母亲拿起仿古小茶壶向小茶碗内斟玉露茶①。

她的头发全拢在了后面，因此白发清晰可见。虽说她高大丰满，但或因其动作笨拙而有些显老，看上去像是年近半百的人。其实，满打满算她才四十四岁。

爱子对摆在自己面前的玉露茶无动于衷，

"你穿的那叫什么呀，老里老气的！"

"是这个吗？"母亲摸了摸外衣的衣袖。这件衣服既不像和服外套也不像短大衣。

"我路过唐物街②时，西田给了我这件衣服。"

"去那脏水沟干吗？"

"不干吗。现在已没什么可干的了。那儿有许多我从前的老相识，我寻思着看看她们热火朝天地做买卖，心情也许会好一些。"

"妈妈不是生在东京，而且在东京上的女子学校吗？用东京话说，这叫换换心情。"

"你奶奶可爱挑眼了。我一说东京话，她就不理我。大阪的媳妇不说大阪话怎么行？从这一件事就可以看出……我在你这个年龄的时候，已有两个孩子了。你奶奶见了阿荣以后，不久就去世了。她说，又是个丫头片子，不过这孩子倒是个美人坯子……"

阿荣要去的银行与她家隔着五六条街，像今天这样办急事的时

---

① 一种高级绿茶。
② 唐物，泛指日本从别国进口的商品、舶来品。唐物街即洋货街。

候，她一般都骑那辆花花绿绿的女式自行车去。

但是，由于出门时母亲和姐姐都给阿荣脸色看，因此，脚穿蓝色翻毛高跟鞋的阿荣反而不紧不慢地沿着古老的大街向银行走去。

她身穿一件淡蓝色的大衣，从领口可以窥见大衣的花衬里，窄小的领口使她的脖子显得长。阳光洒在大街上，仿佛春天已经来临。

阿荣是在这条大街上长大的，她不看就知道走过了哪家店铺。这是大阪市中心经过战火后仅存的一条街道，鳞次栉比的房屋依然保留着旧时批发商店街的风貌。

诚然，随着世道的变迁，房屋内部的装饰已不同往日，里面亦换了新居民。

百年老店变成了饭馆，有的门前还竖着新兴宗教支部的大牌子。

阿荣的家也经历了大风大浪。三浦商会的全盛时期是战后的昭和三十四年①。

作为一家老店，父亲巧妙地利用战后颁布的新商法，将经营范围由原来的纤维制品扩展到棉花、绷带及榻榻米草席、橡胶管等方面，几乎什么买卖都做。

他抢先买下了一座被烧毁的小楼，并加以改造装修。顷刻间，他成了名人，不是作为老三浦，而是作为战后的暴发户。

"我得偷偷地瞧瞧正在睡觉的爸爸。"

父亲平时难得回家一次，因此，阿荣临上学前总是这样自言自语地说道。

"我已经好长时间没见到爸爸了。昨天晚上他回来我都不知道！"

---

① 即1959年。昭和年号始于1926年。

6

父亲在外面有女人，还有一个孩子——这间古风浓厚的客厅中的窃窃私语也传入了阿荣的耳朵。

本来，父亲只有爱子和阿荣两个女儿，可是，听说在爱子出嫁时他得了一个儿子。父亲对他十分溺爱。

据说，那个女人每天都给公司打电话，要求父亲给那位"小少爷"买这买那。

母亲为在人前遮掩家丑，常常将无聊的事小题大做，粉饰太平。阿荣感到连母亲也抛弃了自己。

阿荣开始讨厌自己的女儿身，并且由此萌发了诸多的想法，有时甚至想女扮男装。她就这样度过了自己的少女时代。

阿荣高中尚未毕业，三浦大楼就转让给了别人。在那前后，姐姐爱子举行了盛大豪华的婚礼。

自孩提时代起，阿荣就与姐姐性格不合，因此，爱子的出嫁几乎没有引起她的丝毫伤感。

家里只剩母亲和阿荣两个人了。母亲说：

"你也嫁出去吧。你赖在这个家里不走，只会成为你父亲的绊脚石。"

阿荣笑道："瞎说些什么呀！"

无论是窗上的铁栏杆，还是花岗岩围墙，无外乎都是为了防止外部入侵的。然而在阿荣看来，这些似乎统统是为了阻止内部对外开放的。

如今，家里已无人成天刷洗花岗岩了。

二楼的窗户也装有铁栏杆，窗下，刻有家徽的鬼头瓦当瞪视着街道。

"我再也没法儿收拾了。蜷缩在这座空旷的大房子里，我总觉得不舒服，四周仿佛有从前的鬼魂游荡似的。我们要是换个地方，没准儿你的神经痛会好些呢！"阿荣时常这样劝母亲。

母亲所说的"父亲的绊脚石"难道不是一条自我毁灭的路吗？

母亲名下尚有一部分定期存款及证券，另外，她还有一些珠宝和茶具可以变卖。

可是，母亲在唐物街那班老板的怂恿下迷上了赛马、赛自行车①，从那以后，她整个人都变得让人讨厌了。

阿荣学习成绩很好，她想去东京的大学深造，但是母亲却不同意。

这样，母亲反而成了挡在阿荣面前的一堵墙。

"前几天刚刚提过款，不知还剩多少？"

阿荣常去银行，她装作看绸布包的样子，偷偷地瞧了瞧母亲存折上的存款余额。当她抬起头时，发现已来到了爱珠幼儿园前。每当经过这里时，她总是感到无比的亲切。

阿荣在这里度过了自己最幸福的时光。

这所幼儿园始建于明治十三年②，在阿荣的父亲出生前就已经存在了。明治三十三年这里又进行了翻建，阿荣父亲小时候也上过这所幼儿园。

"爱珠"这个名字取自于"爱花如爱珠"这句诗。这个外观像座古庙似的幼儿园掩没在大银行的楼群中。

---

① 类似于赛马的一种赌博。
② 明治年号始于1868年，明治十三年即1880年。

但是，周围的银行中也有用红砖或石块建造的古老建筑。穿过这具有明治时代遗风的银行峡谷，就来到了御堂筋大街，街角耸立着一座七八层高的现代化大厦——三福银行，那白色的花岗岩崭新如洗。

银行正面的大铁门已经关闭，阿荣只得绕向侧面。银行里面的大理石墙壁、地面和柱子反射出耀眼的光芒。

因为母亲已经事先打过电话，所以，阿荣到这儿只不过是取已准备好的钱，然后请对方填写存折而已。

阿荣对等在那里的银行职员说了声"谢谢"。两人目光接触的一瞬间，那位年轻的银行职员的脸上露出了惊艳的表情。阿荣立刻垂下了眼帘。

阿荣一走上御堂筋大街，就拦住了一辆出租车。

"去大阪站。"

破旧的出租车摇摇晃晃地向林阴大道的另一侧拐去。

车身抖动得很厉害，所以给人一种高速行驶的错觉。

大阪站的时钟指向了十二时二十五分。

站前花坛上的凤尾松还裹着越冬的稻草帘子，甘蓝的叶子萎靡不振地耷拉着，车站正面大钟的指针像是涂了一层油漆，发出淡淡的银光。尽管如此，依然掩不住诱人的春色。

阿荣回头望了望广场对面的大阪城区，然后，迈步向快车售票处方向走去。

"是去东京吗？要坐鸽子号吧？我有一张鸽子号的三等票。"一个小伙子凑上前来。

"得赶紧啦！十二点半的车，还有五分钟。我认赔了……两千六百日元，怎么样？"

"不，不。"阿荣吓得逃开了。

另一个矮个儿的男人又追上来纠缠道："你怕什么呀？多划算呀！你还可以省些钱。其实，那小子没票，我才有票呢，而且更便宜！"接着，他又说："你给两千四百日元吧，在东京的八重洲口买也得这个价儿。得，两千二百日元！还不行？真拿你没办法。火车不等人，走吧，算你两千，两千日元整！真是急死人了！"

"两千日元？"阿荣刚一停住脚步，一张崭新的车票被送到了眼前。

"你可够狠的，不到点不吐口儿。年纪轻轻的，一肚子鬼心眼儿！"

话虽如此，但票贩子仿佛松了一口气，他在后边催促道：

"里边儿，里边儿！最里边的检票口！是四号车厢！"幸亏有他的帮忙，阿荣很快地通过了检票口。

阿荣急急忙忙地上了车。这时，离发车的时间还有三分钟，可是阿荣却感到很长很长，她心里十分烦躁。

她一边找自己的座位，一边看手里的车票，只见上面印着的基价是八百七十日元，加快价六百日元，总共一千四百七十日元，而票贩子却要了她两千日元。

"一点儿也不便宜！"她暗想道。

在这之前，阿荣并不知道大阪到东京的火车票是多少钱。

她并没有坐鸽子号的打算。

即便是从银行去了大阪站，买不买票也很难说，她很可能就此回家了。

她糊里糊涂地撞进了票贩子的网里。她并非遭到了诱拐，而是受到了教唆。

虽然事出偶然，但离家出走的念头早在一年前就在阿荣的脑里开始酝酿了。

把母亲一个人扔在家里实在是太过分了。姐姐趁姐夫出差的机会回娘家来了，阿荣认为这是离家出走的好机会，于是便来车站看看情况。

发车的铃声使阿荣突然想起存折也让她给带来了。

"这下妈妈可惨了！"阿荣站起身来。

阿荣想去过道，目光自然而然地落到了对面车窗外的货场。平原北面的群山隐约可见，西风似乎刮得很猛，一群鸽子在空中吃力地飞着。

将要发车时，阿荣用手轻轻地拍了一下邻座少女的肩膀。

"对不起。"

邻座的少女只是点了一下头。她的面前是一个嵌在前座靠背后的折叠小铁板桌，上面放着一本翻开的英译日参考书，书页上压着一本英日辞典。

特快鸽子号驶出了大阪。

阿荣也想打开自己座位前的铁板。她拉了几下都没有拉出来，邻座的少女见状，替她按了一下按钮。

"是这么开的呀！"阿荣感到有些不好意思，她掩饰似的问那少女：

"你是去东京考大学吗？"

"已经考完了。"

"考完了你还学什么？"

"乡下的英语水平低。"

"你考上了吧？"

"还没发榜呢！"

"……"

阿荣嘴上聊着，但心里却在为母亲和存折的事忐忑不安。

母亲每周要从存折上取走四五万日元，现在，账面上只剩下十八万六千日元了，但这毕竟是母亲生活的唯一依靠。

"一到东京就把存折寄回去。"

阿荣不在的话，母亲也许会去姐姐那儿跟她一起过。为母亲着想，这样做或许比现在好些。

阿荣无论做什么事都有极强的自信心。她在家的时候，什么也不干，而且也不想干。可是，她对旁人的所作所为却不屑一顾："瞎忙些什么呀？"

她去东京也并非是心血来潮。

忽然，她感到身旁仿佛飘过了一丝白线。她放眼窗外，只见山崎附近的竹山上细雪飞舞，然而此刻却是晴空万里。

"那是雪吗？"她刚说了一半，目光便落到了邻座少女的饭盒上。

时值中午，许多人一上车就打开了饭盒。有的人是在站台上买的盒饭，有的人是自带的饭团，各种各样的都有。可是，邻座少女带的寿司饭却别具特色，那里面有高野豆腐、香菇、鸡蛋等，菜色虽无特别之处，但却蕴藏着做饭人的一片爱心。

阿荣不禁热泪盈眶。

"你家里人对你真好。"说罢，阿荣起身走过少女身前，来到四号和五号车厢的连接处暗自垂泪。

雪下了不到一分钟就停了。

阿荣擦干了眼泪，向餐车走去。

她要了一份外观漂亮的蛋包饭。

每张桌子上都摆着小苍兰和漆红色的麝香豌豆花。阿荣回想起了一小时前家里的那盆麝香豌豆花。

一位戴着议员徽章的男子和一个年轻女子坐在阿荣斜对面，侍者先为女子倒啤酒，那女子端起杯子一饮而尽。

随后，女子为议员点上了烟，接着她拿过烟盒，自己也取出了一支。

"一肚子鬼心眼儿。"阿荣不由得想起票贩子的话，她感到很好笑，心里也平静了许多。

京都天气晴朗。

窗外的阳光晒得阿荣头发都热了起来。琵琶湖里现出了暖绿色。

然而没过多久，又见到了飘雪的群山，细雪从窗前飘过，持续了一分多钟。

雪山从右窗转到了左窗，不久竟包围了列车。雪山在阳光的辉映下，如同一面冰壁。

米原的前一站叫稻枝，这是一座荒凉的小站，周围的屋顶及原野都覆盖上了一层细雪。

"要翻越雪山了。"阿荣不由自主地打了个冷战。冰山的前方宛如一个全新的世界，仿佛有清新、庄严的幸福在等待着她。

列车径直向雪山驰去。阿荣有些坐立不安，她摸了摸头发，头发是温热的。

"赞美女性美的国度必然繁荣昌盛。"阿荣觉得，自己的"荣"字就是取自于印度总理尼赫鲁的这句话。她沉浸在幸福的遐想中，在雪山的前方，美好的国度正在向她招手。

"雪景可真美呀！"阿荣仿佛喃喃自语般对邻座的少女说道。

"雪把山峰堆起了尖儿，就像山本丘人①的画儿一样。"

邻座的少女似乎不知山本丘人的画儿，她接口道：

"你是说奈良瀑布前的积雪吧？"

伊吹山自半山腰以上都是很深的积雪，积雪闪耀着阴森的银光。

阿荣想在车里给母亲发个电报，可是，她担心母亲马上报警，自己一到东京就会给带回大阪。因此，她要算好时间。另外，到东京后，阿荣打算去佐山夫人家，她犹豫这事该不该对母亲说。

佐山夫人是阿荣母亲女校时代的朋友，她跟母亲年龄相仿，但看上去要比母亲年轻十岁。她没有孩子。

阿荣儿时随母亲去东京的时候，佐山夫人曾带她们去看戏、吃饭。四五年前佐山夫人来大阪时，就住在阿荣家。

阿荣十分崇拜佐山夫人，认为她才是自己心目中的东京人。

佐山夫人的手纤细灵巧，她身上穿的和服和带子都是自己做的，而且，她和蔼可亲，善解人意。阿荣有时自己都不了解自己，可是她总有一种感觉，觉得唯有佐山夫人能够理解自己。

雪山的前方仿佛隐隐浮现出了佐山夫人那和蔼的身影。

---

① 山本丘人（1900—1986），日本画家，1977年获得文化勋章。

阿荣极想同身边的人聊一聊，可是，邻座少女却一直在埋头读书。

阿荣感到有些恼火：你家庭和睦幸福，难道就不能跟我多说几句？阿荣只能看到少女的侧脸，她的鼻子和嘴都生得小巧玲珑。

阿荣随身只带了一只小手提包，她无事可做。

手提包中除了常用的化妆品之外，只有几个岚山虚空藏寺的十三参拜①智慧护身符和京都南禅寺出的莲子耳坠儿。这耳坠儿是朋友送给她的，耳坠儿上的莲子打磨精细，吊在一条小玉珠链子上。如果自己把它拿出来戴上，真不知身旁的少女会怎么想。

米原没下雪，过了关之原后，列车奔驰在晴空万里的大平原上。

车到名古屋时，少女终于抬头歇息了一下。

"看完了？"阿荣问道。

"不，还没……"少女嗫嚅道，"我担心自己落榜，所以一刻也不敢放松。"

"考得不理想吗？"

"唉，今年我只有这一次机会，家里的人又反对……"

"噢。"

阿荣没有想到，少女在考试以后还不敢放松学习，由此可见其焦虑的心情。

一进入静冈县境内，就见到了阳光下满山的茶园。

午后六时光景，夕阳西沉，富士山隐没在朦胧的黑暗中。阿荣不知不觉睡着了。

---

① 日本旧历三月十三日，有十三岁的男女孩祈福开运的风俗。

八点三十分，列车抵达了东京。

旅客们纷纷取下自己的行李，有些人还重新捆结实。

阿荣没什么可准备的，只是空手下车就可以了。但是，不知为什么，她的双腿仿佛僵住了。

"我们一起走好吗？"她向邻座少女请求道。两人一路的话，也许可以躲过守在外面的警察。

"我要换乘电车去大森。"少女说道，"我朋友住在大森的山王，如果落榜的话，我就直接回神户的乡下。"

"肯定会考上的。你考的是哪所大学？"

"东京大学……再见。"

她们在楼梯前分手了。阿荣连对方的名字也忘问了。

阿荣出了八重洲站口，周围没有警察。

"跟大阪站差不多，只不过更漂亮、更大罢了。"阿荣眼望车站低声嘀咕道。

阿荣在八重洲站前排队候车的时候，脑海中莫名其妙地浮现出两幅毫不相干的画面。

一个是淀赛马场赛马的情景：母亲赌的马输了，阿荣模仿着收音机里说相声的语调对垂头丧气的母亲说：

"骑手你不认识，场上跑的又是牲口，哪个可信呢？"

她又接着说道："你想花一百日元买一块卧室大的猪排吗？"

母亲只带她去过两次赛马场。

另一个画面是一位没落贵族的千金小姐。她乘特快列车海燕号到了东京，一下车便坐上出租车直奔吉原一号。这是一件真实的事，这位小姐对那儿的主人说，我觉得在您这家名店工作一定不会错，所以我就来了。据说，她是为了供弟弟上大学。两三年前，阿荣曾在杂志上读到过，记者还去了吉原，不知是真是假。杂志说，那位小姐美若天仙。

这两件没头没脑的事搞得阿荣心烦意乱，她定了定神，然后上了一辆漂亮的出租车。

"现在这个时候，还有营业的邮局吗？"

"有，中央邮局营业。您要是从前门出站就好了。"

"那就请把我送到那儿吧。"

"啊？就在站前呀！从这儿穿过出站口就是，那不是更快吗？"

"我只是顺便去一趟邮局。"

"噢，要打电报吧？"

"倒不是打电报……"

"然后您去哪儿？"

"现在还可以寄快件吗？"

"大概可以吧。"

出租车仿佛被后面的车推动似的缓缓地向前滑去。

"从邮局还去哪儿？"

"去一个叫'沼部'的地方……"

"沼部？在哪儿？"

"您不知道吗？就在多摩河边呀！"

阿荣之所以这么说，是因为佐山夫人在信的背面写着"写于多摩河边"。

"河边？多摩河那一带是什么区来着？"

"远吗？"

"远着呢！请等一下，我先查查地图就知道了。到了那边要是天黑了的话，找起来就费劲了。"

"确实，天都这么晚了，"阿荣显得有些扫兴，"这样吧，您把我送到站前饭店就行了。"

"咦？这里就是站前饭店呀！就在车站的楼上。"

"上面不是大丸百货商店吗？"

"啊，饭店就在那边老进站口的上面，所以，从这儿穿过去最近了。"

阿荣只听一个朋友说过曾跟父亲住过这家饭店，她自己根本不知道饭店在哪里。

佐山卓次律师早晨起来做的第一件事，就是舒舒服服地享用一杯咖啡。

其时，无论妻子市子做什么，都必须在身边陪着他，只有这样，他才会感到自己的每一天都是从妻子的身边开始的。这是他多年来养成的一种习惯。

妻子在旁边削着果皮。他一边品味着咖啡，一边不时地望望妻子那纤柔的双手。然后开始喝麦片粥。

茶盘上放着一封寄给市子的快信，佐山连看都不看上一眼。"唉，不好了，你看看这封信。"

"怎么啦？"佐山往嘴里塞着面包，眼睛仍然盯在报纸上。

他看的是家庭版面上的一条报道，写的是一位名人的离婚案，文章中还顺便提到了民事法院统计出的离婚率。

据统计，昭和二十九年度离婚的夫妇中，从有无子女方面来看，无子女夫妇一百六十九对，有一个的四百零六对，两个的三百四十对，三个的一百五十三对。将子女作为维系夫妻感情纽带的观念近年来虽渐趋淡薄，但有三个以上子女的家庭的离婚率大大地低于其他家庭。

佐山的律师事务所也常常碰到棘手的离婚问题，因此，他对这条报道颇有兴趣。

佐山夫妇虽然没有孩子，但是，佐山觉得离婚对于自己来说简直是无稽之谈。他认为，离婚主要是由于择偶轻率或互相不体谅所致。

"唉，不好了，你快看看这封信。"

"是大阪的三浦太太来的信吧，她家出了什么事？"

只瞧一眼信封上的笔迹，佐山就知道是三浦音子来信。

佐山已好久没有听到市子说"不好了"。刚结婚那阵儿，妻子动不动就这样大惊小怪地叫他，每当这时，他总会产生一种异样的兴奋。随着年龄的增长，这种声音他就再也听不到了。

"三浦家的阿荣你还记得吧？她出事了！"

"出什么事啦？"

"你瞧瞧这封信。"市子把一卷纸递给了丈夫。佐山没有接。

"就是那个长得像布娃娃似的姑娘？"

"不是，那是她姐姐。阿荣是那个漂亮苗条、性格有些像男孩子……"

佐山怎么也想不起来。

其实，既然妻子已经看过，听她大致讲一下就可以了，自己没必要再看一遍。佐山在家的时候，诸事都是如此。

"说是阿荣离家出走了，还说可能要来我们家。"

市子的目光回到了信上。

"信上还说，'叫她去银行取钱，她就从那边直接走了……一个女孩子家，出了事后悔都来不及。我正着急的时候，昨天接到了阿荣的信，说是很久以前就崇拜您，生出了离家出走的念头……'"

"'崇拜您，生出了离家出走的念头'，真是没想到！"

市子在这里又念了一遍。

"我才是没想到呢！你说是吧？信上还说，'又要给您添麻烦了'。"

"噢，我记起来了，那姑娘走路很规矩。"

"对。我也挺喜欢她，心里还挺惦念的。"

"这个三浦音子可也真是的，马上打个电话来不是更好吗？这样她就会知道孩子没来这儿。"

"她认定孩子到我们家来了，看信上的口气像是挺放心。你听听，信上是这样说的：'孩子任性、不懂事，什么也不会干，我担心会给您添麻烦，恳求您予以多多的关照。'"

"……"

"'您也可以赶她回大阪，总之，一切都拜托您了。'"

"什么？家长竟然这样不负责任……"

"是啊。不过，她也说了她自己。你听，'我深感后悔，觉得自己不是一个称职的母亲。我早晚也要去东京登门道歉，顺便聊聊'"。

"开什么玩笑？孩子根本就没来！"

"这也不怨我呀！唉，净给我出难题，怎么办才好？"

"你瞧着办吧。"

"我觉得自己没有责任⋯⋯"

"话虽是这么说，可是，"佐山望着妻子，"责任能反映出人品，你虽然嘴上说没有责任，但在心里已感到了责任。责任是在不知不觉、意想不到的时候产生的。阿荣这孩子是为你出走的，所以你也不能说没有责任。"

"要是那样说的话⋯⋯"

"一个人所负的责任或许恰恰反映了他的人格。"

"可是，现在连阿荣在哪儿都不知道，怎么负责呀？"

"她既然为你而来，就一定会出现的。"

"那我们就等她出现？真让人担心！"

"瞧瞧，这责任感不是来了吗？这就是你的人品。人缘好有时也会惹麻烦。"

"你净拿我开心。阿荣万一有个三长两短，我可担当不起。"

"那姑娘走路很规矩，所以⋯⋯"

"⋯⋯"

"现在的女孩走起路来大步流星、随随便便的，没有规矩。"

"那有什么？穿上高跟鞋就好了。"

这儿也有一个人

这间六张铺席的卧室平淡无奇，唯有用蜡染布装饰的墙裙和壁柜显出些许色彩上的变化。

将这间房作为卧室后，市子就用自己亲手制作的蜡染布把墙壁装饰起来。

市子从东京女子美术学校（现已成为大学）毕业后，便沉湎于自己所喜爱的工作，结果耽误了结婚。尽管如此，她同佐山结婚也已十年有余了。

墙裙已经很旧了，市子想换换，然而丈夫似乎有些舍不得："这是我们的结婚纪念，暂且留着吧。"

在明媚的春光里，蜡染布愈发显得陈旧不堪。

市子一睁开眼睛，发现被子被踢到了一边，白色的褥单整个露在外边。

她虽然心里有些慌乱，但身子却没有动。

她用手掩住胸口，手触到肌肤时，忽然产生了一种异样的感觉。于是，她又试着摸了摸手背，皮肤温润爽滑。

丈夫浑然不知妻子的肌肤已从寒冬中解放出来。

地板上放着一只信乐式①陶瓷花瓶，瓶内插着菜花。那只花瓶是市子做姑娘的时候自己烧制的。花瓶样式古朴，宛如坐在地上似的。

窗外传来了金丝雀和知更鸟的鸣啭声。

昨夜很温暖，市子兴奋得舍不得入睡。她翻看着希腊喜剧剧本《公民大会妇女》直到深夜。她十分爱读阿里斯托芬②的《和平》和《公民大会妇女》等，女人们惩治、嘲弄男人的描写十分风趣。虽然书中亦夹杂着一些猥亵的词语，但这恰恰展现了古希腊人的豪爽、粗犷的性格，全无现代文学歇斯底里般的阴暗。

市子从少女时代就喜欢熬夜，母亲催她关灯之后，她也要打着手电筒看上一段。

结婚以后，佐山讨厌晚上把一堆书报杂志搬进房间里，市子也渐渐丢掉了这个习惯。可是，近来她又拣起了这个习惯。

她同佐山年龄相仿，两人的关系渐渐变得既像是要好的兄妹，又像是朋友。这使得她忐忑不安，夜不能寐，只好以读书来排遣忧虑。

两人没有孩子，家里没人叫爸爸、妈妈，整天死气沉沉，只有夫妇从早到晚的两张面孔，你瞧着我，我瞧着你。佐山无论去哪儿，都要带着妻子一同去。

七八年前，市子曾流过产。时至今日，佐山还耿耿于怀，时常惋惜道：

"那件事给你的打击实在是太大了。"

流产那天，市子就躺在这里，眼望着四周的蜡染布。

---

① 日本滋贺县南部信乐地区出产的一种陶瓷。
② Aristophanes（约前446—前385），古希腊早期喜剧代表作家，代表作品有喜剧《阿卡奈人》、《鸟》等。

"到底该换换了。"市子叹息着站起身。这时，走廊里传来了少女的惊叫声。

　　"妙子？是妙子吗？"市子一面叫着，一面忙不迭地把宽条和服棉外套与细箭条棉坎肩套在一起穿在睡衣外面，然后抻了抻衣服的下摆，又系上了一条漂亮的带子。

　　"怎么啦？"

　　"……"

　　"进来吧。"

　　"饭好了，叔叔在等您呢。"房门外面传来了声音。

　　"谢谢。真糟糕，我困得打不起精神……你怎么样？"

　　"小鸟刚一叫，我就起来了。阿姨，外面的风好大呀！"

　　"是吗？"

　　市子听妙子的声音似乎恢复了平静，于是她打开了门。

　　然而，妙子的脸上仍残留着惊惧的神色。她虽然是背光站在那里，但仍看得出她的双眼似乎变了形，胸一起一伏地喘着粗气。

　　"真的刮风了。"市子走近妙子。

　　挂满白木兰花的树梢在风中挣扎着。

　　"方才，你被什么吓着了？"

　　"我上到二楼的时候，看到有三个像银板似的耀眼的东西从多摩河上飞过来，所以，我吓了一跳。"妙子难为情地说，"原来是小飞机。"

　　"我以为你怎么了呢！"

　　"当时非常耀眼，根本看不出来是飞机。"

　　"那是阳光反射的缘故。"

"您说的是。我眼见那些飞机要落到多摩河上,忽然发现河对岸出事了。"

"什么事?"

"一群人追上一个骑自行车的男人,抓住他,并对他拳打脚踢。"

"一定是个偷自行车的。"

"好像是。"

"这有什么大不了的?你也不至于给吓成那样吧?"

妙子点了点头,但似乎仍心有余悸。市子见状,把手搭在她的肩上。

"你吃了吗?"

"没有。昨晚我梦见父亲被人杀了。"

市子沉默了片刻,然后对妙子说:

"你不是还没吃吗?那就跟我们一块儿吃吧。你去你叔叔那儿等我一下。"

"不了。"妙子垂下眼帘,"阿姨,您还没穿袜子,我为您取来。"

"算了,算了。你呀,还是戴上眼镜好些。若是过于勉强,那一切看起来就不那么自然了。你叔叔见了肯定又要笑话你说,女孩子讨厌戴眼镜就是为了化妆得漂亮些。"

说罢,市子去了铺着白色马赛克的洗手间,妙子也上三楼去了。

这所房子是市子的父亲特意选址在半山腰上,并亲自设计建造的,外观是仿西式农舍风格的。

有趣的是,站在院前的草坪上看去,房子的正面是三层,从侧面看,一层仿佛是地下室,而且,从房子的三楼也可以进后院。即是说,这所房子是分三段建在倾斜的土坡上的。

房子的外面还修有石阶，上面爬着一些常青藤，拾阶而上可以到达二楼和三楼。

在楼上可以鸟瞰多摩河景。

二楼是佐山夫妇的起居室和卧室，最里面还有一间带天窗的工作间。有一段时间，那里成了市子的织布房。

三楼基本用作客房，妙子在上面占了一小间。虽说是三楼，但可以通过后院的一道窄门出入。

二楼虽有起居室，但佐山夫妇通常喜欢去楼下的会客室，冬天就坐在壁炉旁用餐。

"对不起，我起晚了。一到春天，我就起不来。"

作为妻子，市子感到有些难为情，她侧身坐在椅子上。

用过早餐的佐山眼睛盯着报纸，没有理会她。

"你要是叫醒我就好了。"

"嗯。"

"再来一杯咖啡吗？"

"嗯。"

"是要咖啡吗？"

"行啊。"

"那我就给你倒一杯。"

结婚十载，市子觉得丈夫依然是个美男子。每当为丈夫打领带时，市子也是这样想的。

市子是独生女，佐山是上门女婿。年近三十的市子与卓次① 相亲

———————

① 日本上门女婿要改妻姓。卓次是市子丈夫的名字，他婚前的姓氏本书未写明。

28

时，第一眼就看中了他。这令她父亲着实大吃了一惊。本来，市子在工作上有许多志同道合的男性朋友，但是，她毅然决然地舍弃了自己的事业。

照顾丈夫的生活使市子获得了无穷的乐趣，她一直乐此不疲。

然而，此时市子却没有立刻起身去冲咖啡，而是向院子望去。院内草坪的尽头有一排白茶花树，许多花错过了花期，看上去全然没有茶花的样子。此时，有不少茶花从树上飘落下来。

这片住宅区地势高，生长着许多瑞香花，花香四溢。

"妙子今天早上又受到惊吓了。"市子说道。

"真拿她没办法。"

"听说昨晚她梦见父亲被人杀了……我也没法儿劝她。"

市子见佐山没有回答，便欲起身离开。这时，妙子进来了。

妙子穿着一件宽大的短外套，像是要外出的样子。

市子颇感意外地问道：

"你要去哪儿？"

"我跟朋友们约好十一点见面。"

"在这大风天？"

"这里常刮风，我已经习惯了。"

"那我就不再说什么了。你还咳嗽吗？"

"不咳嗽了。"

妙子赧红着脸，满腹心事地看了市子一眼，然后迈步向门口走去。

"路上多加小心。"

"是。"

妙子的裙角在门口一闪，便消失了。

"瞧那孩子的眼神，就知道她心里一定不好受。"说罢，市子起身去弄咖啡了。少顷，市子回转来说道：

"她会去哪儿呢？"

佐山一言不发，端起咖啡喝了起来。

"对了，她还没吃午饭呢！"

"那怎么行？"

"她突然说要出去，我心里一急就把这事给忘了。"

"……"

"你也该说说她，连让她做什么事你都要我传话。以后有什么事你自己去说好了。"

"那孩子的可怜之处并不在此。"

"可是，你倒是轻松了。那孩子不是你带来的吗？"

佐山无奈地点了点头，然后看了看手表便起身去换衣服了。

市子也跟着走了过去。她站在正在打领带的丈夫身旁，拿起袜子在火盆上烤着。

"妙子的小鸟又叫起来了。"佐山说道。

"是啊。袜子还没烘热，你就凑合着穿上吧。"

市子将丈夫袜子上的皱褶抻了抻，然后又把裤子递给他。就在这时，门外传来了喊声，"阿姨。"

市子惊讶地回过头去。

只见方才出去的妙子又回来了。

"您的快件和信。"

她大概是在大门口拿到的。

她嘴唇上的口红显得比刚才更加鲜艳了。市子感到有些诧异。

"妙子，晚上早点儿回来，我们可能都不在家。"

"妙子，咱们一块儿走吧。"佐山插嘴道。

妙子羞怩地说："不，叔叔，我自己先走了。"

她刚一出去，市子就把快件递给佐山说：

"这是什么意思？阿荣也不在这儿，怎么有给她的快件？寄的人还是个男的。"

妙子在门边避着风，她的头发用一根深棕色的发带扎了起来。

这条发带不宽不窄，发结打得也不算大，想必是不愿引人注意。但是，恰恰是这种少见的发带反而容易吸引别人的目光。

"妙子到这儿以后，头发越长越漂亮了。"市子曾这样赞许道。

自那以后，妙子在家从不用发带束发。

妙子眼睛近视，而且左右眼近视程度不同，然而这却使她平添了一种奇特的魅力。妙子为此感到十分难为情。她不愿给人留下印象，但却往往适得其反。她常常为此不知所措。

"莫不是人家一眼就能看出自己是死刑犯的女儿……"

她甚至怀疑，自己喜欢这刮风的小镇也是由于身体里流淌着罪犯的血液的缘故。

大风天里，她咳嗽不出来。

每当钻进防空洞时，妙子就不停地咳嗽，这似乎已成了她的老毛病。

即使到了现在，她一旦进入电影院或长长的地下道等通风不良的场所，自己就会感到胸腔内发出风卷枯叶般的声音，紧接着就开始猛烈地咳嗽。

夜晚，躺在温暖的被窝里，有时她会感到入睡前那死一般的折磨。

在法庭上，妙子被传唤作证时，因剧烈地咳嗽而窒息晕倒。

从那天起，佐山律师就收留了妙子。

佐山家养着一只红色的金丝雀，妙子和它十分亲密。

她注意着小鸟的一举一动，聚精会神地听它歌唱。日子一长，她觉得小鸟仿佛是在用那婉转的歌声同自己交谈。小鸟从不谈人世间的罪恶。

令她备感幸福的是，去年春天，她有幸遇见了小鸟的朋友们。妙子的中学同学在一家百货店的鸟市工作。

市子总是想方设法打发不愿外出的妙子出去，因此，为金丝雀买食儿的差事自然落到了妙子的身上。妙子总是去离家很远的日本桥的百货店，因为那里无人认识她。

有一天，妙子去那家百货店买鸟食，买完以后，她便入神地欣赏起各种小鸟来。这次，她仿佛没看够似的，竟神差鬼使般地去了相邻的一家百货店的鸟市。

妙子坐上电梯一直来到了屋顶的鸟市。这个鸟市她从未光顾过，因此，她一上来就目不转睛地盯住了一个知更鸟鸟笼，以至于竟未察觉另一双眼睛也在盯着她。

"是妙子吗？哎呀，真是你呀！"

"啊！"妙子惊恐地掩住了口。她吓得差点儿咳嗽起来。

"妙子，你……"

"……"

"你怎么啦？见到了你，我可真高兴！"

妙子愣住了，原来是她的中学同学近松千代子。

"我在这个鸟市工作。"

或许记起妙子有咳嗽的毛病，千代子伸手要为妙子揉摩后背。

"没事儿。"妙子闪身避开了。她手指轻轻地按了按喉头，觉得不会咳嗽。

"我真为你担心，也不知你究竟去了哪儿。"

"我谁都没见过。"

"你说什么呀？我一直想见你。不光是我，还有初子、村子……"

接着，千代子又列举了好多人。无非是要证明，除了"我"以外还有许多人想要帮助妙子，同她做朋友。

妙子点着头，随后告诉千代子一位律师在照顾自己的生活，同时还说了金丝雀的事。

"下次，你就到我这儿来买鸟食吧。"

"好的。你也是因为喜欢小鸟才来这里工作的吗？"

"起初不是。光是金丝雀就叫得我头都大了，不过，习惯以后就不在乎了。虽然有各种各样的叫声，但好鸟的声音我一下子就听得出来。每当别人把我喜欢的鸟儿买走的时候，我还有些难过呢！"

"……"

"你喜欢小鸟吗？"

"我什么鸟儿都喜欢……"

“我看你光盯着知更鸟。”

“是的，它的羽毛很漂亮，叫起来挺胸抬头，像个威风凛凛的男子汉。”

“对了，我就把这只知更鸟作为见面礼吧。”

“什么？”

“我把它买下来，送给你。请你不要客气。”

妙子坐在电车里，把鸟笼放在膝盖上抱着，眼里闪动着泪花。

可是，妙子到家以后，却没有勇气说是千代子给的，她对市子扯谎说是自己买的。

为什么？为什么不能向和蔼可亲的市子坦言千代子的友情？妙子回到三楼自己的那间小屋，面对着知更鸟笼恨自己没用。

或许，她是想把千代子的友情珍藏在一颗闭锁的心里，然而，妙子自己并未意识到这一点，她把这些都归咎于自己是罪犯的孩子。

既然妙子没有说知更鸟是千代子给的，那她对市子也就隐瞒了千代子这个朋友。

在这一年半，饲养知更鸟及与千代子会面成了妙子最大的乐趣，但同时她又对市子怀着一种负疚感。

近日，知更鸟的腿肿了，她也把这归咎于自己说谎，从而报应到小鸟的身上。

今天，市子问她去哪儿，她感到十分心虚。

见面时间是十一点。妙子提前二十分钟到了百货店。她仍然乘电梯来到了屋顶。

鸟市前面是园艺用品和盆栽部，在结满金橘的盆栽旁，摆着一盆盛开的八重樱。尽管离三月尚远，但成排的杜鹃花已绽苞怒放。白色的丹鸟草是妙子从未见过的。

顾客们都麇集在春播花种和球根的柜台周围。

"怎么不见千代子？"妙子在金丝雀的鸣转声中走进鸟市。

这里一般只有两三名顾客，他们不是来观鸟，就是来咨询的。他们之中有小孩、老人，时而也有其他形形色色的人出入。对于这些恋鸟的人，妙子只要瞟上一眼，就会感到人家的幸与不幸。

今天，一个天真烂漫的少女随着母亲正在那儿买鸟。那少女一会儿说要小樱鹦鹉，一会儿又说要黄首鹦鹉，看情形，像是为了祝贺少女中学毕业。

妙子在专注地看着笼子里的几只小文鸟。

"来得可真早啊！"千代子走上前来。

"看你那样子，我以为你身体不舒服呢！"她接着说道。

"春天里的风我不怕！"

"是吗？你的精神不错嘛！"

"我想要一只小文鸟。不，是买一只。"

"买？那么你是我的顾客了？"

"我一直在看着它们，觉得它们很可怜。"

这几只生着稀疏胎毛的雏鸟走起来跟跟跄跄的，它们疲倦地挤作一团。有三只白文鸟挤在一起睡着，如同死去了一般。白文鸟七百五十日元，樱文鸟六百日元。

"我要白的。"

"哦？听说这种鸟养起来挺费事的呢！"

"越费事我越喜欢。"

"我去请主任给挑一只好的。我就说是我买，这样的话可以便宜一些。"

千代子刚要去找主任，忽然又像想起什么似的站在那里向外张望起来。

"方才，我见到了一个熟人。"说着千代子又向对面卖玩具火车和绢花的地方望去。"就在那边。"

"是女的？"

"不，是个男的……"

"那我回去了。"妙子决然地说道。

"哎呀，那有什么关系？你不要想得太多。"

"我知道，不过……"

"他喜欢去顶层。他很穷，没钱去食堂吃饭，就在顶层的冷饮店喝二十日元一杯的橘子汁。他就是这样一个人。去年年底，他利用寒假打工，来我们这里送货，这样我们自然而然就认识了。后来，他时常来这里。"

"……"

"刚才我已经跟他说了，说我有一个朋友要来，一会儿介绍给他。"

"不，一个素不相识的人……我害怕。"

"那我就不介绍了。其实那人不错……不告诉他一声，他不会在那儿傻等吧？我现在也脱不开身，随他去吧。"千代子一笑置之。随后，她又对妙子说：

"他说要去看摄影展，所以，我只是想让你和他一块儿去。摄影展的主题是'我们人类是一家'。作品是从世界六十八个国家征集来的。别管他，你自己去看一看吧。"

"好的。"

就为这么一点儿小事，妙子已紧张得腋下都汗涔涔的了。她本想坦然面对一切，谁知却弄得这么狼狈。

"他来了。"千代子说道。

一个裤线笔挺的青年学生来到了两人面前。

"你们好。"

妙子虽然低着头，但是仍然感受到了一股青春的气息。

"有田……这是我的朋友寺木……妙子。"

妙子拘束的情形似乎感染了千代子，她说起话来结结巴巴，显得十分慌乱，刚说了一句，下面就没词了。

"我叫有田。"

听了对方的自我介绍，妙子轻轻地点了点头。

两人对视的一刹那，妙子就被有田那炯炯有神的目光深深地吸引住了。

"我本打算等你一到就去八楼看摄影展，不知……"有田试探着问道。

"文鸟你回去的时候再拿吧，我先给你装好。"

碍于工作千代子不能聊得时间太长。

妙子每次来此与千代子见面，两人顶多谈三五分钟。这短短的三五分钟使妙子感到十分温暖，并得到了莫大的安慰。

"一会儿见。"说罢，千代子转身回商场去了。

妙子和有田孤零零地站在那里。

千代子站在商场里，隔着鸟笼向妙子使着眼色。

"我们走吧？"有田轻声说道。

有田生着一头浓密的黑发，面庞清癯。他没对妙子产生任何疑心。

妙子暗想，千代子也许没有把自己的身世和父亲所犯下的滔天大罪告诉他。尽管如此，妙子仍觉得抬不起头来。

不过，有田似乎对妙子隐藏在腼腆背后的自卑感有所觉察。

"你和千代子是怎样的朋友？你也工作吗？"

妙子对这种问话十分反感。她两眼盯着地面，摇了摇头。

"没想到千代子有这样好的朋友，这么温柔……"

"我不好，也不温柔……"

有田望着妙子的侧影默不作声了。两人下了楼梯。

"我们人类是一家"摄影展会场前人山人海拥挤不堪，妙子犹豫着止步不前了。

"我们进去吧。既然来了，就……这么多人更说明'我们人类是一家'呀！"说罢，有田就去售票处买票了。

妙子担心这人群的热浪会引发自己的咳嗽，同时，"我们人类是一家"这句话也深深地刺痛了她。

自己父亲不是已被摒弃在"人类大家庭"之外了吗？他现在被禁锢在一个远离"人类大家庭"的地方。

这次摄影展的宗旨是，无论人种、信仰、语言等有何不同，大家都是人类大家庭中的一员。妙子对此却不以为然，她反而感到痛苦和悲伤。

对于妙子来说，父亲作为自己唯一的亲人，却无法生活在一起；

父亲作为自己唯一的亲人，被从"人类大家庭"中剔除掉了。

"你怎么啦？哪儿不舒服吗？"有田被妙子的面色吓了一跳，"要不……算了？"

"不，没关系。"妙子眨了眨眼睛，迈步向会场走去。

有田从妙子那幽怨的眼神中似乎觉察到了什么，他走到妙子身边，仿佛要用自己的身体来支撑她。

展出的照片是由星云、宇宙的产生开始的，及至人类的出现的地方，引用了旧约全书中的一段话："主谕：光芒出现……"接下来的一面墙壁上，挂着一张巨幅照片，上面挤满了人类的各种面孔。

在妙子的眼中，这无数张脸孔都是罪犯的后代。

构成人生的照片是从恋爱开始的，它仿佛是人类的叙事诗、交响乐。

在人头攒动的上方，妙子一眼就看见了拥抱着的恋人、接吻的情侣的大幅照片。

他们有的横卧在英国的田野上，有的徜徉在意大利的森林中，有的坐在法国的河畔。当中还有美国黑人、经过刻意打扮的赤身裸体的新几内亚人等。照片上的这一对对国籍不同、打扮各异的情侣非但没有使妙子感到难为情，反而使她忘记了胆怯，仿佛是吹来了一阵清风。

但是，对于初识的有田，妙子什么也不能说。二人浏览前行。

在"两个人成为一个人的这一天"的标题下是一组婚礼的照片。

"瞧，日本的神前婚礼！"有田出声说道。

身着长袖和服、头披婚纱的新娘与身着燕尾服的新郎并排立在神像前，他们手持陶杯正送向嘴边。那毕恭毕敬的姿态令人感到分外的熟悉和亲切。照片中，印度、墨西哥的新娘也是这种毕恭毕敬的姿态。

接下来是一组挺着大肚子的孕妇的照片。她们的样子虽显得臃肿，但给人一种庄严、神圣之感。

旁边是一幅产妇经受阵痛的面部特写。

"啊！"妙子忽然惊叫着闭上了双眼。

原来，下面的照片是一个刚刚被从母体中拉出来的婴儿，医生倒提着他的一条腿。婴儿湿漉漉的身体泛着白光，脐带尚连在胎盘上，难怪妙子吓得不敢看。照片很大，婴儿的脐带显得又粗又长，自脐部经胸前、面部弯弯曲曲地倒垂下来。尽管产妇的身体盖在布的下面，但妙子毕竟是个姑娘家，哪见过这阵势？

紧接着这张令人触目惊心的照片却是一个温馨的镜头：产妇那丰满的乳房和吃奶的婴儿。

"他是多么的可爱，愿人人都爱他。——欧里庇得斯[1]"

"这是我骨中之肉，肉中之肉。——旧约全书"

无论是哪国女人都具爱子的母性本能，希望自己可爱的小宝宝同其他的孩子一样，获得快乐和幸福。

"孩子们欢快的笑声在山间回荡……——威廉·布雷克[1]"

在妙子那遥远的记忆中也有自己的母亲和孩提时代的小伙伴。

但是，也有的孩子早早就承受了悲哀和不幸。

---

[1] Euripides（约前480—约前406），古希腊三大悲剧大师之一。
[1] William Blake（1757—1827），英国诗人、画家、浪漫主义文学代表人物之一。

"……于无声处隐伏着孩子们的恐惧。——丽莲·史密斯[2]"

看到照片上孩子们那一张张忧伤的面孔,妙子的胸口堵住了。

然而,反映黑暗深处的孩子们的照片为数不少。

无论哪国的孩子,作为栖息在大地上的"人类大家庭"的一个成员,终究要学会劳动,加入到浩浩荡荡的劳动大军之中。

"我们如果停止工作,世界的末日就会来临。"

"所有的生物、世上所有的一切,为我们提供了生存的条件。"

在这两个标题下展出的是家庭和劳动的照片。这里有由祖父母、父母及两个孩子组成的日本普通百姓的六口之家,还有猎人、樵夫、牧羊人、木匠、矿工、铁路工人、洗衣妇及从事高层建筑、现代工业、音乐等工作的人们辛勤劳动和工作的场面。

当来到介绍世界各民族人民饮食、文化等风俗习惯的展厅时,妙子来了兴致。

"请看,山海大地一片欢歌笑语。人世间,笑声与眼泪共舞。——卡拜尔族[3]"

"民坐则饮食,立则嬉戏。——旧约全书"

他们来到一处摆有长椅子、略显宽敞的地方,这里大概是会场中部供人休息的地方。

"咱们歇歇吧。"有田说道。

妙子点了点头。她坐下以后说:

"这趟没白来。"

---

② Lilian Smith(1897—1966),美国作家,社会评论家。
③ 居住在北非阿尔及利亚北部及东北部。

休息室的墙上也挂有照片。左边是人们争斗、相互怒视的照片，右边是在一起聚会的朋友们。妙子仰视着吊在正前方的一组照片，照片的标题是"手拉手"。

"……握住对方的手，你就会了解不同国度的人。——约翰·梅斯菲尔德[①]"

照片上，孩子们手拉手，围成一圈做着游戏。这些孩子来自罗马尼亚、秘鲁、日本、以色列、西班牙、中国、瑞士……

"哪个国家的孩子都是一样的啊！"妙子仿佛又拉住了儿时朋友的手。她眼含着热泪，悄悄地站了起来。

前面是展现大自然力量的照片：碎石滩的远方群山耸立、白云飘浮。妙子信步走去。

过了这个展厅就是关于死亡的照片，看了令人毛骨悚然。

"年年人去如落叶。——荷马"

对于这些死人、下葬、墓地的照片，妙子连看都不敢看。

她低着头匆匆地走过了"乞神"、"人世的苦难"、"憎恶与抗争"等展厅。突然，一幅可怕的照片映入她的眼帘。

"说！谁是杀人犯？谁是牺牲品？——索福克勒斯[②]"

一个士兵伏尸在地，他衣衫褴褛，脊背露在外面，在离他不远的地上插着一把手枪。这幅巨大的照片就竖立在妙子的面前。

"啊！"她两腿发软，手捂着嘴剧烈地咳嗽起来。

妙子晕了过去。她不知道，此时正是"人类大家庭"中的有田用他那有力的臂膀和坚实的胸脯支撑着她。

---

① John Masefield（1878—1967），英国诗人，曾获"桂冠诗人"称号。
② Sophocles（约前496—前406），雅典三大悲剧作家之一，代表作为《奥狄浦斯王》。

下　望

外面风很大，佐山本想开车送妙子去，可是却被一口回绝了。因此，他也不好马上就跟着出去。

"被甩了吧？"市子调侃丈夫道，"妙子是想把自己的秘密带到一个隐秘的地方。"

"她的秘密……她的秘密不是早已在她父亲的判决书和辩护词中公之于众了吗？"

"所以说，她大概还想保留一些不为人知的秘密吧。"

"……"

佐山对送到大门口的市子叮嘱道：

"别忘了，下午五点半。去晚了的话，对村松先生就不礼貌了。"

住在大阪的商业美术家村松是佐山的老朋友，他每次来东京佐山夫妇都要请他吃饭。

"要穿和服吗？"

"随便。"

"我们不在的时候，阿荣会不会来？从刚才那封快信来看，她打算住在咱们这儿。现在，她肯定就在东京，这阵儿可能去见什么人了吧？"

"这又是个秘密吗？真叫人头疼。她到了这儿，又要让你照顾，真是个不懂事的孩子！要是只留她几天的话倒没什么……"

"是啊。"

"这事还是少管为好。"

市子对丈夫的话有些不满，她感到有点儿委屈。

"前几天你不是说，我虽然没有责任，但有责任感吗？"

"可那是什么时候说的？"

市子回想起四五年前初见阿荣时，出现在眼前的那个娇嫩的小女孩。当时她就想，若是需要，自己一定会照顾她。

这孩子在干什么？怎么还不来？市子坐立不安，焦急地等待着。

送走丈夫后，到十点以前市子有一段闲暇的时间。

寄给阿荣的快信封着口。

"拆开也许不妥……"市子犹豫了一下，把信放在了桌子上。

除了这封快信以外，妙子送来的信件中还有一封是寄给市子的。那是上女校时的同学们给她发来的聚会通知。

这个通知也会发给大阪的三浦音子吗？市子的脑海中浮现出三浦家那间古朴而又别具风格的客厅。

天快黑了。直到市子临走前，妙子仍未回来。

市子先去了丈夫的事务所，然后两人去站前饭店接村松去数寄屋桥附近的一家天妇罗店吃了一顿饭。

饭后，他们开车把村松送回了饭店。

"时候儿还早，不上来坐坐吗？"村松不放佐山夫妇走。

佐山转念一想，的确，朋友难得来一次，只是见见面吃顿饭，然后送回来，似乎不尽兴。于是他说：

“你要是不觉得累的话，咱们再去银座转转怎么样？”

他打算带村松去银座的几家酒吧和夜总会转转。

“对不起，家里还有点儿事，我就不陪你了。”市子说道。

“算了，我还是回酒店吧。也许儿子在房里等着我呢！”

“瞧你，怎么不带他一起来呢？你也不告诉我们一声！”

“他打电话说晚上来……我告诉他，早来了的话，就在我房间
里等我。”村松踏上楼梯说道，“这次他大学毕业，已在东京找到了
工作。”

“那可得恭喜你了！趁你还在这儿，改天我们再好好庆祝一番。”
佐山说道。

“谢谢。要是他在的话，请夫人见见他。我对他讲过夫人的事，
他说如今像你们这样的夫妇不多见……”

“哎哟，有什么不多见的？我们是再平凡不过的了！”

“你丈夫对你十分的满意，冲这一点，你们就称得上是一对非凡
无比的夫妻！”

“就是说，做丈夫的缺心眼儿。”佐山爽朗地大笑起来。

“瞧你，村松先生不过是开个玩笑罢了。”

“哪儿的话，我是认真的！我还让儿子好好学着点，将来以你们
为榜样……夫人，光一如果遇上什么挫折想不开的时候，麻烦您收
留他在家里住上十天半个月的。”

“那可不行！我家里住着一个姑娘，也许还要来一个，太危
险了！”

“既然是到夫人这儿来的姑娘，那肯定错不了。”

“可是……”市子看了看佐山。佐山却佯作不知。

"且不说小姐如何，只要有让佐山这样的丈夫都能满意的太太……"

"您又拿我开心。佐山是做出这副样子给人看的。这样一来，他就轻松多了，真狡猾！"

"胡说！"

在二楼休息厅，一群前来参加婚礼的宾客正在与新郎和新娘合影。

"委屈一下怎么样？在他们忙完之前，先到我的房间避一避吧。"村松回头对市子说道。

"还是去您的房间比较踏实。方才去您的房间也没来得及好好欣赏一下窗外的景色，从那儿观赏到的风景真是别有一番情趣……"

村松每次来东京，总是下榻站前饭店。他带了很多沉重的摄影器材及行李，有时还会带上助手，因此，选择东京站附近的饭店从各方面来说都是比较方便的。这家饭店虽然地处市中心，但房费却不太贵。

村松敲了敲自己的房门，里面有人应了一声。

"他来了。"村松说道。

市子随着佐山进了房间。当她脱下外套时，一个眉眼颇似村松的年轻人站到了她的面前。

"这是光一。"村松向市子介绍说。

市子仿佛见到了一本封面雪白的新书，她寒暄道：

"初次见面，请多多关照。"

"以前，我见过阿姨。"

"哦？是吗？"

"您也许已经不记得了。那是在我六七岁的时候。"

"那么小的时候的事，你还记得？"

市子摘手套时，指尖感受到了光一那热辣辣的目光。

"夫人，请坐这儿吧。"村松指了指窗边的一把椅子。

"大部分的灯都熄了。"市子说道。

她指的是丸大厦和新丸大厦的灯光。

方才来接村松去吃饭时，二楼的这间房子里尚残留着夕阳的余辉，对面丸大厦和新丸大厦灯火通明，天空中的云霞被染上了淡淡的粉红色。在两座大厦的中间是遮蔽着皇居的黑树林。

更令市子惊异的是，这间屋子的下面就是进站口。在她的眼皮下，往来的车辆频繁地停靠、驶离，人群躲闪着车辆向这里拥来。

"怎么样？我从这二楼的窗户可拍了不少照片呢！"村松也凑过来，一边探头往下看，一边说道，"就在那座红砖岗亭附近，常有怪人出没。"

这时，站前广场已笼罩在一片夜色中，不知何故，穿梭往来的出租车不停地按着喇叭。

村松向佐山谈起了参观"我们人类是一家"摄影展的事。

"我们搞广告摄影的也该重新考虑一下了。我们拍的美人像太多了，其实，拍摄现实生活中的普通人才是最重要的。"他转而对市子说道，"不过，我倒是想用一次夫人的照片！"

"您别出我的洋相啦！"

这时，村松发现光一显得有些不自在。

佐山说："是不是天皇陛下去参观时，把日本原子弹受害者的照片遮盖起来的那个摄影展?"

这次摄影展的照片是从全世界的应征作品中遴选出来的,并遵从美国人的要求,从中撤掉了原子弹爆炸的照片。佐山和村松正对此发表着各自的见解,光一却站了起来。

"我得去照相馆为学校取广告照片,那儿九点关门,所以……"

"一定要到家来玩儿呀!"市子叮嘱道。

"是。"

光一绯红了脸。

"我先走了。"

市子欠了欠身子,目光落在了方才被光一叮过的手上。这是一双白皙而柔软的手。

"对了,光一!"村松叫住了他,"你顺便看看休息厅里的那些人照完相了没有,然后告诉我一声。"

光一刚一出门,市子便对村松说道:"您平时从不谈自己的孩子。您把那么好的儿子藏起来,今天就像是突然从地下冒出来似的。"市子不禁想起了自己因流产而死去的孩子。据说是个女孩儿,要是活到今天的话会有多大了呢?她甚至还清楚地记得,当时用被子蒙住头嚎啕大哭的情景。

一眨眼的工夫,光一就折回来从门外探进头说:

"已经没人了。"然后,他转身就走了。

村松请佐山夫妇来到休息厅,然后要了三杯低度鸡尾酒。

出生在东京的村松对佐山感慨地说:

"现在,我依然眷恋着东京。每当我走上这熟悉的街道时,心里就激动不已。有时我还梦见又住在了东京，但不是我搬回了东京，而是把东京搬到了我那儿。你说这梦怪不怪？"他笑起来。

佐山从衣袋里掏出烟盒，市子见里面只剩下两支烟了。她悄悄地站了起来。

市子在酒吧买烟的时候，一位身姿绰约动人的女子由侧面的楼梯款款地走了下来。市子被她的美貌吸引住了。

那姑娘下来以后，立刻站住了。市子的眼前出现了一张白皙俊俏的面孔，那忸怩羞涩的神情似曾相识。

"咦，你是……"

"阿姨……"

市子仔细地打量着面前的姑娘。

"阿姨。"阿荣一把抓住了市子的手。市子感到她的手在微微地颤抖。

在市子的印象中，阿荣如同男孩子一般淘气可爱，不过，那已是四五年前的事了。如今，出现在她面前的已是一个亭亭玉立的大姑娘了。

"你是阿荣？到底发生了什么事？你一直在哪儿来着？"

"在这儿……"

"你当然在这儿，我是说你来这儿做什么？"

"我就住在这儿。"

"住在饭店里？一个人？"

"瞧您说的，当然是一个人啦！"

"是吗？"市子愕然无语。

"阿姨，请您原谅。"

阿荣扑闪着那双妩媚的大眼睛兴奋地说：

"阿姨，您是特意来找我的吗？哈，我太高兴了！"

"不是的。"

"一定是的！您怎么知道我住在这里？"

"我当然知道。"市子也为活泼开朗的阿荣所感染，她打趣道，"告诉你，大事不好了！你妈妈寄来了快信，可是，我们也没见你的人影儿，于是就给大阪打了电话。你妈妈一听可吓坏了，说不定已经报警了呢！"

"报了警也没用。谁能想到一个离家出走的女孩子会住在站前饭店里呢！"

"是啊！所以我也给吓了一跳！"市子盯着阿荣的脸说道，"你为什么不直接去我那儿？"

"起初，我是打算去……"

"那为什么没来？也不知道你在哪儿，多让人担心呀！"

"我是想干干净净地去您家。"

"嗯？"

"到这儿的时候已经很晚了。我刚住下，例假就来了。"

"是吗？可怜见的……阿姨也是女人，其实也没什么关系呀！"

"您说得对。阿姨您知道吗？当火车翻越连绵的雪山时，我就想，在雪山的后面有阿姨，有一个崭新的世界……我就是为这而来的。"

"去我家吧，一个人在这儿也不方便。"

"不。"

阿荣摇了摇头。

"真是太有意思啦！我从没这么开心过。"

"你这孩子可真任性！佐山在这儿，你可不能这样说呀！"

"叔叔也来了吗？"

"就在那边。"

市子用眼睛向临窗的一张桌子示意了一下，只见村松和佐山两人一边欣赏着广场上的夜景，一边聊着天儿。

阿荣向那边瞟了一眼，立刻惊慌地躲到了市子的身后。

"去我家怎么样？"

"旁边那个人是不是在大阪搞摄影的那位村松先生？"

"是啊！"

"哎哟，吓死我了！阿姨，请不要把我的事情告诉他……对了，请您跟我一起躲到房间里去吧。"

"我躲起来？去你的房间？"

"快一点儿，阿姨。"

"好吧。"

市子任凭阿荣拉着自己的衣袖，含笑说道：

"村松先生就住在这里，所以我们才来这儿的。"

"他就住在这儿？没让他发现真是侥幸。"

"被发现不是挺好？反正我也是要打电话告诉你妈妈的……"

可是，阿荣急不可耐地说：

"我的房间是 317……在三楼的最里面。我这就回房间去。待会儿您偷偷地带我出去好吗？"

"好吧。那……"还没等市子说完，阿荣便转身向走廊的另一头跑去。市子从她的背影中也能感受到其无比喜悦的心情。

休息厅并不大。

市子回到桌子旁坐了下来。这时，一个侍应生走来，请村松去接一个电话。市子趁村松离开之际对丈夫说：

"真是吓了我一跳，阿荣就住在这家饭店里。"

"谁？"佐山心不在焉地问道。

"就是三浦的那个女儿，离家出走的……"

"那姑娘住在这儿？"佐山立时清醒了许多，"她来干什么？"

"不知道呀。"

"……"

"她好像在大阪的时候认识村松先生，可能是不愿意被看见吧。村松先生是我们的老朋友，我离开这里去阿荣的房间，他不会见怪吧？"

"那倒没什么……不过，这是个让人操心的姑娘。"

"她是个非常可爱的姑娘啊！"

"你见到她了？"

"嗯，刚才就在这儿。"

市子喜悦的心情溢于言表，反观佐山却是一副忧心忡忡的样子。

市子无论对什么人、什么事都很热心，尤其是现在，似乎比年轻的时候更加投入。

两人没有孩子，夫妇相濡以沫，生活十分平静，但市子总是寻求在两人的感情中增加一些新的内容。佐山对此十分理解。

市子为年轻人美好而纯洁的心灵所感，因此乐于照拂他们。这或许是她的美德，是她得以保持青春的原因之一吧。

就拿阿荣的事来说，佐山本想劝市子把她送回她母亲那里，可是，市子早就决定要照顾她了。

在家里，无论妻子做什么事，佐山都不会放在心上，但如果妙子在角落里一声不响，他就会感到不安。

村松回来以后，市子就上三楼去了。她来到 317 房间门口，试着敲了敲门。

"来了。是阿姨吗？"

门开了。从房内泻出的光亮衬托出阿荣倩丽的身影。

她面施淡妆，秀发垂肩，面庞显得更加楚楚动人。

"您来啦！"

"你就一直一个人住在这个房间里？"市子瞧着房间感到有些气闷，"这房间简直就是一个白色的箱子。"

"那当然，这是饭店里最便宜的房间嘛！"

阿荣毫不在意地说道。

"一天多少钱？"

"一千日元，服务费另算。"

二层村松的房间十分宽敞，里面放有两张床，还带卫生间，而这个小房间只有一张简单的铁床。房间的一段墙壁挂着布帘，里面鼓鼓的，帘边露出了阿荣的外套，这显然是权当衣柜用的。白色的洗脸池和镜子就安在房内的墙上，在一个角落里放着一张小桌。这与村松的房间简直是天壤之别。

阿荣将一把布面椅子搬到市子面前，然后自己坐在了床边。

"阿姨，这儿不能住吗？"

"当然不能住！"

"我好不容易才找到这个房间，只能凑合了。"

"你来我家就好了。"

"到东京的那天晚上，我确实是想去阿姨那儿来着。我出了八重洲口一问出租汽车司机，他说多摩河离这儿很远。我想，万一他把我扔在那黑咕隆咚没有人的地方，还不吓死我呀！于是，我就决定在站前饭店住上一夜。结果，我坐着出租车围着东京站绕了半圈就下来了。您说我傻不傻？其实，从八重洲出站口走地下通道就行了。刚到的那两天，我就一直待在房间里没出去。"

"就在这个房间？我可受不了。"市子又向四周看了看，"真让人喘不过气来。这屋里没窗户？"

"嗯……窗户……您看了一定会吓一跳。"阿荣从床上站起来，推开上面的一块厚厚的玻璃，然后向市子招了招手。

"那儿能打开？"

"您过来瞧瞧，从这儿能看见整个进站口。"

"真的呀！"

市子惊讶不已。透过窗外的铁网，可以看到下面进站口的全貌。检票口人来人往、熙熙攘攘。

进站口的圆屋顶有八个角，每个角都有一个小窗，这些就是三楼的客房。没想到，饭店居然把这样的房间都利用上了。

"在这里整天都看不够，天天都这么热闹，到处都是人……他们谁都不知我在这里观察着他们。从这里不是可以了解形形色色的面孔吗？"

"是的。"

"那个穿白色短大衣的人……"阿荣的脸凑到了市子跟前,"我吃饭前就见她在那儿了。她等男朋友已经等了三个多小时了!"

"未必就是男朋友吧?"

"除了男朋友,谁能等那么长时间?"

"……"

"傍晚约会的人很多……一般都是女的等男的。"

"你是从这里观察到的?"

阿荣点了点头。

"等人时的样子和两人见面时的样子真是千奇百怪,有趣极了!我在上面有时也会不由自主地替他们着急,对于有好感的人,我就盼着对方快点儿来。"

"傻瓜。"

"左边是专供外国人用的特别候车室,有一个跟美国大兵来的女孩子躲在那个角落里不停地哭着。我真想跟在外国人后面悄悄地混进去看看……"

"什么?"

"那里不许日本人进,您说气人不气人?听说地面是锃光瓦亮的大理石,连一片纸屑都没有。最里面的墙上还刻着日本地图呢!"

市子怀疑地想:这丫头在饭店住了几天,不知干了些什么。

"阿姨。"阿荣猛然回过头,鼻尖几乎碰到市子的脸上。市子嗅到一股年轻的气息。

"住在这儿,一大清早就会被上班的人的脚步声吵醒。这屋顶都被震得直颤。从窗户往下一看,下面排着许多长队,我真想在上面为他们鼓气。瞧那人山人海的场面简直都有些吓人,但是,我还是想为他们做些什么。我想，我一定能做到……"

这时，阿荣显得异常兴奋，说话都有些语无伦次了。

"你都在哪儿吃饭？"市子问道。

"车站这儿什么都有。在八重洲口的名店街有数不清的饭馆，米饭二十五日元一大碗，寿司饭团三十日元一个，花一百日元可以舒舒服服地吃一顿。"

"是吗？"

"我对东京站已经了如指掌，这里就像是人群旋涡的中心。"

"阿荣，"市子站起身，"我现在就同佐山离开饭店，你如果不想见村松的话，就从进站口那边下去吧。然后在那儿等我们。房费我来付好了。还有，我们家里住着一个跟你年龄相仿的姑娘。"

"是谁？难道不是我一个人吗？阿姨，那我不去了。"

"我不愿意。"阿荣坚决地说，"我以为可以一个人住在您家里，所以，就从大阪来了。要是有别人在的话，我就不去了。"

说着说着，阿荣的眼里闪现出了泪光。面对着这任性的姑娘，市子感到左右为难。她解释道：

"一来我们不知道你要来，二来，我们收留那姑娘也是有原因的。"

"我不管什么原因！我只要一个人守在您的身边。"

"你这不是让我为难吗？好了，你先同她见见面再说吧。"

阿荣轻轻地摇了摇头，向后退了一步。

嫉妒和独占欲使阿荣小儿女态毕露，显得更加娇艳明媚。

"真拿你没办法！难道非得把妙子赶出去不成？对了，她叫妙子。"

"知道名字又能怎么样？反正我决定不去了，就这样好了。"

市子没想到阿荣为自己而离家出走竟会闹到这步田地。她不由得想起了佐山说的话，也许这孩子真是个"让人操心的姑娘"。

"你不去我家，打算怎么办？"

"不知道。您就别管了。"

"我哪能不管呢？我不能让你再住这种地方了。"

"阿姨，我已经预付了三天的房费。"阿荣强忍着眼泪说道。

"是吗？"

市子把手放在阿荣的肩膀上说道：

"一起回去吧？到家以后我们再好好谈谈。我在进站口等你，好吗？"

阿荣站在那里未置可否。

市子回到休息大厅向村松告别后，朝进站口走去。这时，只见阿荣拎着一只廉价的塑料包从候车室那边走来。

"求你对阿荣什么也不要说，好吗？"市子向佐山央求道。

阿荣的眼睛红红的，好像是刚刚哭过。

"阿姨，让您久等了。"

"这是阿荣，你还记得吧。"市子的口吻似乎是非要佐山承认不可。佐山点了点头。

"嗯，记得。"

一回到家，市子就把阿荣引到了客厅。

"妙子呢……"她向女佣轻声问道。

"她回来了。天黑的时候……"女佣答道。

"她就像个影子似的悄悄地进来了。我上三楼一看，房里没开灯，她正要上床……"

"她哪儿不舒服？"

"我问她要不要吃饭，她说不要，然后就蒙头躺下了。"

市子吩咐女佣沏一壶粗茶来，然后，向佐山和阿荣坐着的桌子走去。正当这时，妙子竟又出现在客厅。

"叔叔，阿姨，回来了！"

"妙子！你……"市子睁大眼睛瞧着她，"你这是怎么了？看样子挺高兴，气色也不错。"

妙子两颊绯红，目光柔和而温存。

"你瞧，妙子好像变了一个人似的。"市子叫着丈夫。

佐山两手捧着盛有白兰地的酒杯，正疑惑地瞧着妙子。

"叔叔，请让我帮您拿着酒杯。"阿荣伸过手去。

"嗯？"

佐山手上的酒杯一下子就被夺走了。

"阿荣，白兰地要放在手中焐热，你知道吗？"

"知道。酒在手中焐热后，就会散发出酒香来。"说着，她将鼻子凑近酒杯。

阿荣的鼻子和嘴唇几乎贴在了酒杯上了。佐山见状，内心油然产生了一种欲望。他慌忙掩饰道：

"你是在哪儿学到的？"

肚大口小的高脚杯托在姑娘白嫩的小手上，杯底只有少许白兰地。

"妙子,到这边来。"说着,市子走到了阿荣的身边。

"阿荣,这就是妙子,方才我告诉你住在家里的……"

妙子默默地点了点头。

阿荣手持杯子坐在那里没有动。她开门见山地说:

"我叫三浦荣,是从大阪来投奔阿姨的。"

"……"

"我做梦也没想到有你在这里,请你不要怪我这个不速之客。"

"妙子根本没有怪你的意思。"市子打着圆场。

"不管是她还是我,都是投奔您来的,我不愿同她有什么瓜葛。"

"好凶啊!"佐山笑道,"阿荣,这里可是和平之家哟!"

"那是因为有阿姨在。"阿荣把酒杯递给了市子。

"平时,总是您为叔叔焐酒吧?"

"不是我,多半是酒吧的女招待吧。"

"看您的手法十分熟练,好像是对酒也充满了爱。"阿荣目不转睛地瞧着市子。

市子被瞧得有些不好意思,她说:"你说什么呀!快喝吧。"她把酒杯递到了佐山面前。

"啊。"

佐山一边嗅着白兰地的酒香,一边说道:

"你这孩子,是不是在吃醋?"

"啊,我家都是醋坛子,而且口总是张着,不停地吃呀,吃呀,真受不了!我看妈妈都看腻了!"

佐山被她这番话逗得笑起来。

"叔叔，您不是说'这里是和平之家'吗？也许是我小心眼儿，您是不是担心我来会破坏这里的和平？真伤人心！"

"不是的。"

"她（妙子）为什么不坐下？（对妙子）我想听听你对我来这里是怎么想的。"

阿荣满不在乎地望着妙子。

"妙子，你也坐下吧。"市子说道。

"是。"妙子怯生生地答道。

"阿荣，你们初次见面，不该说那些话！"

"阿姨，我知道自己太任性，不过……"

正当阿荣支支吾吾的时候，妙子轻轻地说道：

"你知道我为什么会在这里吗？"

"我怎么会知道？要是知道有你在，我就不会千里迢迢从大阪赶来了。"

"阿姨。"妙子抬头看了看市子。

"既然今后要同阿荣住在一起，就请您把我的事全告诉她吧，好吗？"

"妙子。"

"我自己也可以讲。"

"算了，何必……"市子用目光制止妙子。

妙子点了点头，然后转向了阿荣。她的眼中渐渐蒙上了一层幽怨、凄楚的阴影。这悲哀的神情仿佛具有某种魔力，直压得阿荣喘不过气来。

"我还没决定住不住这儿呢！"阿荣有些气馁。

"我在这儿也住不了多久。"妙子也说道。

"这些留待以后再慢慢说吧。"市子劝慰道。

不，没什么

门口的地上放着一只大皮箱。这只皮箱用草席包着，十分难看。

阿荣住下后，市子往大阪发了信。这只皮箱是阿荣家里寄来的，想必是她的一些衣服什么的。

阿荣收到后，就一直把它放在那里。

"阿荣，你收拾一下吧。"前天和昨天，市子曾催促过她，可是，她仍然未动。市子隐隐感到有些不安。

这姑娘莫非真如她母亲来信说的那样，什么事也不干，连自己都料理不好吗？

阿荣只身从大阪出来，在东京站附近的名店街和大丸百货商店买了几件廉价衬衫、裙子及内衣等，那点家当都装在她那只塑料包里，她现在穿的睡衣都是向市子借的。既然如此，她为什么就是不肯打开箱子呢？

自从阿荣来了以后，市子常常外出，无暇顾及她。

佐山是知名的律师，手上的案子很多，而且，同时还兼顾着几家公司的顾问和律师协会的理事。他还负责宣传组织废除死刑、保护囚犯家属等方面的活动，甚至连罗马字改革及一些国际运动他都要参加。总之，他是个大忙人。

从三月的春分至四月初是婚丧应酬的繁忙季节。佐山要参加秘书的婚礼及有关公司的一些工程竣工典礼。另外，春季多丧老人，守夜、向遗体告别自然少不了他，就连人家孩子的入学及毕业庆祝会他都要一一前去祝贺。

近一周来，佐山夫妇几乎天天都盛装外出。

每当他们出去时，阿荣都依依不舍地将他们送到大门口。他们不在家时，阿荣什么也不做。

与妙子不同，阿荣总想陪在市子身边。

这不，她去接电话时竟这样说：

"找阿姨吗？我不知道她在不在，您等我去看一下。"放下电话后，她满脸不高兴地对市子说：

"好像是同窗会的人找您，我就说您不在家，回了算啦！"

"那可不行！"

"您每天都出去，不累吗？"

"没法子呀！"

"我可不管！"

阿荣噘着嘴不知去了什么地方。可是，当市子换了衣服，忙不迭地戴珍珠项链时，她又神不知鬼不觉地溜到了市子的背后，帮她把项链戴好。

触到市子后颈的指尖冷冰冰的。

"阿姨，看样子您很累。"

阿荣温柔地做出了和解的姿态。

"今天是最后一次了。这些日子我净出去了，把你一个人扔在家里，实在对不起。"市子回头说道。

"您洗头了？"

"嗯。"

市子的黑发披散在尚未化妆的、光滑的面颊上。

"这附近有家不错的美容院，你去一次吧。"

"我愿意让您给我做。"

"……"

"每次都我自己做。"

市子看了看表："已经没时间了。"

"我等您回来。明天做也行。"

啊，原来如此。市子猜到了阿荣的心思。她给妙子做过头发，阿荣大概也想让自己给她做吧。

妙子在家的时候，总是披散着一头长发，显得有些阴森可怕。考虑到阿荣也在家里，因此，市子为妙子的头发着实下了一番功夫。她把妙子的长发挽成一个发髻，然后将后颈柔软的毛发梳得蓬松起来。然而，与发髻相比，蓬松的颈发似乎显得有些凌乱，于是，市子便用白色的尼龙发带把头发松松地拢住。

最近，街上也有人梳这种发式，但在妙子身上却有些不同。这种发式使她的耳朵、脖颈一览无余，后颈的发根清晰可见。市子看后竟有些伤感，仿佛是红颜薄命似的，令人同情。

市子一面思索着为阿荣做何种发型，一面对她说：

"你让女佣帮你整理一下箱子。"

"我一个人就行……"

"照我说的去做。"

"我不知道自己就这样住下去合适不合适……所以，也没心思整理箱子。"

"什么？"市子吃惊地睁大了眼睛，"你说些什么呀！你不是已经跑到我这儿来了吗？就在这儿一直住下吧。真看不出你还有这么多顾虑。既然你妈妈已经把东西寄来了，你就……"

"她当然会寄来。不过，我还是不喜欢妈妈。"

"……"

市子无言地照了照镜子。

睫毛淡淡的，无力地低垂下来。市子用小刷子蘸上少许橄榄油，细心地修饰起来。

她往左手涂上了指甲油。

"我帮您涂吧。阿姨，我的手艺相当不错呢！"说罢，阿荣拉起了市子的右手。

"真是美极了！我真高兴能够摸摸您的手。"她看得简直都入迷了。

阿荣刚刚沐浴过的秀发散发出淡淡的清香，在市子的眼前闪着黑油油的光泽。

无论从面部表情还是从体态上，阿荣都显示出了极强的个性。她虽然十分任性，但对市子却有很强的依赖性，甚至不愿意离开她半步。阿荣常常语出惊人，令人捉摸不透。

市子有时想，若是同阿荣脸贴着脸，也许会受她青春活力的感染而再次焕发青春呢！

市子甚至怀疑自己对阿荣与日俱增的无名情感是否是同性恋？

"等佐山有空时，咱们一起出去玩一趟吧。"

"只我们两个人去不行吗？"

"我们俩去也可以，不过，你为什么……"

市子期待着阿荣的回答。

"同叔叔在一起的话，我觉得拘束。也许是他太了不起了吧，在他面前，我一句话也说不出来，像个木头人似的。"

"木头人？这可不像阿荣说的话。其实，那只是有点儿不好意思罢了。佐山在背后还问我'你那位可爱的小朋友怎么样了'呢！"

市子决定穿有春天感觉的深紫色套装出门去。市子这种年龄的人参加同窗会时多半穿和服。与年轻时不同，大家总是互相对对方的衣服、带扣乃至袜子评头论足。有时自己被别人看上一眼都会吓得躲起来，生怕人家给自己挑出什么毛病来。

市子生性不爱出风头，因此，每逢这种场合，她都尽量不穿和服而选用西式服装。

"今天，聚会的同时还要为从前的老师祝贺七十七岁大寿，因此，参加的人很多。听说还有从仙台和九州来的人，她们是战后第一次来东京……这次肯定也通知你母亲了，但听说她不打算来。"

"她只把我的东西寄来了。"阿荣嘟哝道。

市子打扮停当，又对着镜子在头上戴了一顶小白帽。

"我走了。"

阿荣沉默不语。

"我走了。"

市子穿好高跟鞋，又说了一遍。

"这是我从小养成的习惯，出门时，人家如果不大声回答'你走好’，我就不走。阿荣，你实在让我放心不下。你就不能大声地回答我吗？”

“请您早点儿回来！”阿荣尖声说道。

“回来可能不会太早。”

这时，那个名叫志麻的女佣也走了过来。她给逗得哈哈大笑起来。

但是，不见妙子下来，市子的心里沉甸甸的。通常，佐山夫妇出门或回来时，妙子都会到下面来的。

因二楼是佐山夫妇的卧室，所以，市子把阿荣也安排在了三楼。

她在三楼打扫出一个小房间，把为客人准备的一些东西都收拾起来，然后放进一张床，换上一幅图案活泼、色彩鲜艳的窗帘，把房间布置成了一个漂亮的闺房，阿荣见了十分满意。

市子原想，妙子也住在三楼，两人做伴免得寂寞。没想到，她们之间似乎隔阂很深。

“我本想跟妙子聊聊，可是她老是躲着我。大概是那些小鸟吵得她连打招呼都忘了吧。”这是阿荣的说法。至于妙子，也许她畏惧阿荣。

妙子一直把自己静静地封闭起来，不踏入佐山夫妇的生活圈子。市子对此已习以为常了。

然而，阿荣肯定不屑于妙子的这种生活方式，她们最终会闹得水火不相容吗？

倘若妙子避而不见是因为阿荣缠着自己不放的话，那就该认真地考虑考虑了。市子心事重重地走出了大门。

沿着坡道一侧的右壁，开满了黄色的迎春花，看了令人耳目一新。

　　市子从沼部乘上了目蒲线电车。

　　下一站是多摩游乐园，市子喜欢透过车窗欣赏这里游乐园的情景。停车时间虽然很短，但仍可看清孩子们各种欢快的表情。

　　佐山夫妇没有孩子，因此，他们家虽然离此不远，但却无缘领略游乐园的风光。对于他们来说，只能透过车窗欣赏园内的情景了。不过，他们偶尔也会议论起园里新添了旋转木马啦，今年的菊花娃娃做得如何啦等等。

　　今天，市子看到几个孩子坐在一辆马车上，辕马的背上蹲着一只猴子。

　　这时，市子眼前的风车椅子转动起来，吊在风车上的一只只椅子随着风车的转动，仿佛要冲进车窗似的。忽然，市子发现一只椅子里赫然坐着妙子。

　　"咦?"

　　市子惊讶地跑下了电车，可是，妙子已经转过去了。

　　"她明明应该在家……"

　　妙子外出向来是同家里打招呼的。

　　令市子尤为吃惊的是，妙子的身边竟坐着一位青年男子，他身上的灰色风衣随风飘舞着。

　　"莫不是我看错了?"

　　但是，妙子身上的那件浅蓝色毛衣和自己给她做的发型是决不会有错的。

　　那个长相酷似妙子的姑娘脸上洋溢着幸福的微笑。市子心里蓦然一动，记起自己带阿荣回家的那天晚上，妙子脸上那从未有过的生动表情。

但愿这是妙子的爱神降临了。市子暗暗地为她祝福。

在目黑站下车后，市子上了一辆出租车。她把地图递给司机说："麻布的仙台坂不是有一个栖川公园吗？我要去的地方就在那附近。"

会场设在发起人的家里。今天，大家要在这里为老师祝贺七十七岁寿辰。福原老师曾担任过市子她们这个毕业班的班主任。当时，学校的女生在他的带领下，成立了"趣味生物研究会"。这次，也给曾参加过研究会的同学发出了请柬。阿荣的母亲比市子高两届，她也曾是这个研究会的成员。

今天早上，佐山乐滋滋地说：

"今天，我终于可以早些回来啦！"听了这话，市子真想留在家里，然而，一想到将要去见的是福原老师，她就待不住了。她还清楚地记得福原老师亲切地教她如何欣赏美丽的贝壳。少女时代的市子几乎每天清晨都去海边拾贝，她搜集了许多被人们忽略了的可爱的贝壳。贝壳的种类不计其数，形态各异的贝壳色彩斑斓千变万化。认识了贝壳，市子大开眼界，进而对其他生物及大自然的美有了新的认识和感受。

市子来得略迟，她被引到了设在院中的会场。院子里摆着一排长桌子，已到场的太太们一个挨一个坐在桌边。正如她所预料的那样，满目都是艳丽的和服。

大家在热烈地谈论着从前研究会的事，同时似乎还在互相考问跟前的树名。

"连雪柳都忘了，实在是太过分了！难道你既不去花店，也不插花吗？"大家哄笑起来。

在这群四十岁上下的女人堆里赫然站着一个青年人和一个十五六岁的少女。青年是一身崭新的学生服，少女是白地箭簇图案的绉绸和服。两人显得十分引人注目。

"长得真漂亮！他们……是你的孩子吗？"市子拉着女主人的手问道。

"市子，你总是喜欢年轻人。那姑娘是我的大女儿，我是让她出来帮忙的。那位公子是名古屋的那个吉井的儿子……因为吉井不能来，所以让在东京念大学的儿子送了一封信来。吉井病倒以后，已经在床上躺了三年了。这次让儿子来，大概也是想了解我们的情况吧。她儿子倒是个十分稳重的孩子。"

"是吗？"市子眼望着两个年轻人，然而却怎么也记不起吉井的样子了。

"福原老师。"不知是谁欢呼起来。

"我活了这么大，方才在生物学上有了巨大的新发现。原来情敌也有死去的时候呀！"

众人哄笑起来。

"你的……怎么样？"女主人向市子轻声问道。

花枝招展的少女把一杯新茶放在了市子的面前。

"今天请你来帮忙，实在辛苦你了。"市子佯作未闻女主人的问话，转而对少女说道。

72

"妈妈，您过来一下……"听到少女的呼唤，女主人起身离去。

市子总算松了一口气。其实，即使不回答也没什么关系，女主人总不至于再问一遍吧。

诚然，万般无奈之下也只好硬着头皮答一句"不知道"了事。

市子不知道昔日的"情敌"是否还在人世。对于那段苦涩的恋爱，她甚至连想都不愿去想。

但是，二十年前的情人与情敌不知现在生活在何处，而自己与佐山业已共同生活多年，一想到这些，市子的胸中又摇曳起了淡淡的火光。

少女时代的朋友们重又相聚，打开了市子记忆的闸门。

四十岁的女人能够聚在一起，就足以证明昔日的情敌连同情人都已死去。实际上，在这些人中也有失去丈夫的。

市子的班里有几个人的丈夫死于战争，而在比她低一年的班里，尚有更多的人在战争中失去了丈夫。同窗会曾举办过几次舞会，并把卖票获得的款项捐赠给了那些失去丈夫的同学。战争刚结束时，这类慈善舞会曾盛行一时。

市子向四座看了看，丈夫死于战争的仅来了一人，而且，她亦已经再婚。

"市子，快到这边来，这是对迟到者的惩罚。"客厅里有人在叫她，老师也在那里。于是，市子走了过去。客厅里坐满了人，她只好坐在人群的后面，仅露出了一张脸。

"佐山还是那么年轻、漂亮。"年逾古稀的老师对市子说道，"我老伴去世后，我就把你送给我的贝壳银带扣送给了女儿。她已经结婚了，现在有两个孩子。你怎么样？"

"啊。"

正当市子犹豫不决时，老师身旁的一个人代她答道。

"老师，佐山没有孩子，所以才显得那么年轻。她结婚很晚，丈夫年轻有为。两人的感情非常好，丈夫从未得过什么疑难病症……"

"疑难病症？"市子迷惑不解地反问道。

"就是妻子不了解丈夫……刚才我们还在一起议论来着，这是中年男人的流行病。最近，不是越闹越厉害了吗？"

市子扭脸向院子望去，角落里的一株雪柳已经开花，青枝上已绽出嫩芽。

院内还有一株盛开未败的樱花树，市子看了一会儿，思绪便又回到了往事的回忆中。她感到有些不可思议，自己与昔日的恋人同住在东京，竟然没有见过一次面。她不由自主地站起身，打算给家里打个电话。

很久没有这么早回家了。傍晚，在这喧闹繁忙的大街上，唯有佐山悠哉游哉地迈着四方步，享受着这难得的闲暇时光。他东张张、西望望，出了鱼店又进了菜店。

他看到，在鱼店里买鱼的主妇们舍不得多花一分钱。在菜店里，他仿佛第一次发现堆积如山的蔬菜和水果五颜六色，令人赏心悦目。

佐山知道市子尚未回家，所以，他选择了另一条路，从古寺那边绕道回去。因为，他曾在自家的屋顶上看见古寺的墓地有樱花。寂静的山坡上飘荡着线香的缈缈青烟。

"哎哟！"

佐山一不小心，差点儿踩上一只癞蛤蟆。这家伙不知是打哪儿钻出来的，全身沾满了泥土。它一动不动地蹲在地上，俨如一个土块儿。

佐山感到一阵恶心，急忙走开了。

到了家门口，佐山仰头看了看门旁枫树的树枝，只见枝头已爆出淡紫色的嫩芽。忽然，他瞥见三楼通向外面楼梯的门开了。

只见一位身着白毛衣、灰裙子，脚穿白袜子的年轻姑娘凭栏而立。看那背影不像是妙子，倒好像是阿荣。她站在那里做什么？

在家里，阿荣每次见他都显得有些不太自然。阿荣给佐山的印象是天真无邪、任性顽皮，然而，这蓦然出现在眼前的娉婷袅娜的身影，使他不由得怦然心动。

阿荣振臂一挥，将一只纸团抛了下来。纸团打在枫树梢上，然后滚落到草坪上。

"真没规矩！"佐山皱着眉头按了按门铃。门铃的声音告诉他妻子不在家。他又按了两次。

"您回来啦？"

佐山以为是女佣，可是抬头一看，见是阿荣弯腰蹲在眼前。她似乎跑得很急，上气不接下气地喘息着。

佐山瞠目惊视着阿荣。

阿荣走到正在换鞋的佐山身边，温柔地说：

"我在上面整理箱子，把纸都扔下来了。"说着，她俏皮地耸了耸肩，然后像小鸟似的飞跑出去。

佐山痛痛快快地洗了个澡，胡须也刮得干干净净。

晚饭是竹笋海菜汤、炖竹笋、炖加级鱼和炸鸡块。这些大概是市子吩咐准备的。裹着花生面衣的炸鸡块散发出诱人的香味，可是却勾不起佐山丝毫的食欲，他呆呆地望着桌上的饭菜。

有人敲门。进来的是阿荣，她手里捧着一只小木匣。

"叔叔，您瞧，妈妈还给我寄来了什锦菜，您不尝尝吗？"

阿荣做出一副无可奈何的样子。

"好，我尝尝。"

"真的吗？"阿荣嫣然一笑，将木匣交给了在一旁侍候的志麻，"你去把它打开……"然后，她侧身坐在了志麻的位子上，仿佛是要代替志麻似的。

阿荣巧妙地支开了女佣，取代了她的位置。佐山见状，几乎笑出声来。

"东京怎么样？"

"东京……"阿荣支吾起来。

"在东京，你有没有什么想看的地方？"

"没有，没什么……"阿荣随口答道。

"这下可难办了。"

"难办？"

"啊，你一定有想做的事吧？"

"没有。"

阿荣那清澈的目光久久地停留在佐山的脸上。

佐山感到迷惑不解。他自言自语地嘟哝道：

"嗯？什么也不想干？"

这姑娘也没有妙子那样悲惨的身世，她究竟想要干什么？

"这么说，你来东京毫无目的？"

"因为阿姨在这儿。"阿荣答道。

"就算是为了阿姨，那你毕竟还有其他的目的吧？"

"在大阪的时候，我什么也不想干，于是，就想到来东京了。"

"有你阿姨的帮忙，说不定你会找到既有意思又适合女孩子的工作呢！"

"既有意思又适合女孩子的工作，到底是什么样的工作？"

阿荣的语气仿佛是在嘲笑佐山。

这时，女佣端着一只漆盒走了进来。盒里盛的是甜烹什锦菜，里面的松蘑、海带、花椒芽和笔头菜色浓味香。

"是你母亲做的？"

"她就爱做这些东西。"阿荣低下了头。

"我妈妈总是邋里邋遢的，人家说的话她总是不放在心上。每次跟她谈正经事儿时，她总说，你这孩子真啰嗦……那次您和阿姨去大阪，现在我还清楚地记得。当时，我父母的关系就已经恶化了。阿姨在我家住的那几天，碍于家里有客人，我们才算安静了几天。记得那时我死活不愿让阿姨走。阿姨送我的那些布娃娃我一直珍藏至今。方才，我在妈妈寄来的箱子里翻了半天，结果也没找到。那些布娃娃穿着木棉和服与踏雪靴，女的系着红头巾，男的戴着蓝棉帽，他们手拉着手站成一排。"

阿荣讲起她的布娃娃来如数家珍，佐山感到十分惊奇。

"若是那种布娃娃的话，家里也许还有几个。有一阵子，你阿姨做了不少，现在也不知道都放到哪儿去了。以后，让她给你找出来就是了。"

"我非常喜欢它们，它们会使人联想到那白雪皑皑的北国风光。而且，每当我看到这些布娃娃的时候，就仿佛听到阿姨在呼唤我……"

"……"

"阿姨在给我布娃娃的时候说，要带我去东京玩儿。这些话，我一直记在心里。"

"当时，你要是能来的话就好了……"

"要是我不在的话，爸爸、妈妈不知道会闹成什么样子呢！一想到这里，我就害怕了。其实，我也很担心家里，想到妈妈的处境，我也就忍耐下来了。"

"你一走，家里不就只剩下妈妈一个人了吗？"

"她大概会去姐姐那儿吧。那样，总比死守在那座阴森可怕的大房子里强。我姐姐喜欢在家里擦这擦那，她也会化妆。"

"你化得不好吗？"

"不好。"

"……"

"姐姐手很巧，人又勤快，而且还能吃苦……"

"你不愿吃苦吗？"

"我最不愿挨累了！"阿荣认真地答道。她紧锁着眉头说："为什么大家总是忙忙碌碌的？一想到人活着这么辛苦，我的头都大了。"

"说到辛苦，的确，做什么事都很辛苦。在你看来，世上的人所做的一切都没有意思吗？"

"嗯，差不多……"

"所以，你没有想做的事？"

"也许是吧。"

"也许？这可是你自己的事呀！什么样的生活才是你理想的呢？"

"更为紧张热烈的生活。"

"紧张热烈的生活？你什么也不想干，又怕吃苦，又怕挨累，哪里会有什么紧张热烈的生活呢？"

"有的。"

"那是什么样的？"

"我只想到阿姨这儿来生活，所以才离开了大阪，就是这样。"

"嗯？"

佐山把头发向后捋了捋，身子靠在了椅背上。

"那么，到了东京以后，你为什么没有马上来找你阿姨，而却一直待在旅馆里？"

"我担心阿姨对我失望，所以不敢来见她。"说罢，阿荣绷紧了嘴角。

来例假这种事她可以向市子坦言，但面对佐山，她却难以启齿。不过，身上干净了以后，她仍然待在旅馆里没走。

"我想，自己随时都可以见到阿姨。但是，我非常喜欢见面前的那种紧张、兴奋的感觉，所以，就一直忍耐着没来。可是现在，我却反而很难见到阿姨，真叫人伤心。阿姨不会总是这样忙吧？"

"照这样看来，无论什么人都会使你失望的。你阿姨也很辛苦，我看，问题不是你阿姨对你失望与否，而是她要让你失望了。"

"不，不会的。"

"不会？你不是说过，一定要一直守在自己喜欢的人身边吗？"

"我根本就没有什么梦想。"

"梦想？"

"我是说对男人。"

阿荣用那清澈的目光看着佐山。

"真拿你没办法。"佐山自言自语似的说道,"什么也不想干,对男人又没有兴趣……"

"阿姨找到了您,好像找到了自己的幸福似的,叔叔您也……如果在这儿住下去的话,我大概也该重新考虑自己的人生了。"

"是该重新考虑一下啦!"

"按从前的说法,阿姨算是晚婚吧?她是不是一直在等着您……"

佐山避开阿荣那咄咄逼人的目光,苦笑了一下。

"跟你阿姨一起去赏花怎么样?如果日子合适的话,也许我也可以跟你们一起去。"

"我已经坐观光汽车在东京转过了。"

"哦?你一个人?"

"是啊!就在东京站的出口上车……有从 A 到 G 好几条线,C线和 D 线要八个小时呢!有的线是专门游览东京夜景的。"

"阿荣,你住在饭店那段时间究竟都干什么了?"

"反正没干坏事。"

志麻悄悄地走了进来,她一边收拾碗筷,一边告诉说,阿荣的晚饭已在另一间屋里准备好了。

"妙子呢?"佐山问道。

"还没回来。"

"是吗?若是阿荣一个人的话,就在这里吃,怎么样?"

"我可不好意思。"

志麻准备拉上窗帘。

"现在拉窗帘早了点儿。"阿荣说道。

"天长了。"佐山转脸向院子望去。志麻见状,便放下窗帘进里屋去了。

白玉兰花已开始凋谢,可是,在草坪的一端还残留着几朵挨过漫长冬天的白山茶花。顺着泛青的草坪向下望去,天空和大地都笼罩在一片暮霭之中。这是一个寂寞的黄昏。

今年春天,春分那几天暖如初夏,然而过了几天却寒风料峭,接连下了几场淅淅沥沥的小雨,到了四月,竟又下了一场鹅毛大雪。

但是,昨天和今天却是赏花的好天气,手脚好像也已复苏,催人出户。

阿荣不让志麻拉上窗帘,然而却没有向窗外望上一眼。

饭后,佐山悠然点上了一支香烟。阿荣无事可做,她搭讪着说:

"叔叔,您不喝点儿白兰地吗?"

"现在不喝。"

"一只眼中闪烁着喜悦的神情,另一只眼湮没在忧愁之中……叔叔,您听说过这句话吗?"

"没听说过。"

"这是《哈姆雷特》中的一句台词,您看,像不像是在说妙子?"

"……"

"妙子好像讨厌我身上的味儿。"

"嗯?"

"在我来这儿之前,不是曾有人给我寄来一个快件吗?我同他坐出租车时，他说，车里全是我身上的香味。真是讨厌死了！"

佐山仿佛被戳了一下，一时间竟顾不上问那人是谁了。经阿荣这么一说，佐山也觉得她身上确实散发着一种诱人的香味。

"他说要把我引荐给一个时装模特俱乐部……"

"你想当时装模特？"

"不，我才不干那无聊的事呢！穿人家的裙子给人家看，不敢吃不敢喝的，腰勒得都要断了，傻不傻呀？"

"我可真服了你了！"佐山忍不住笑起来。

这时，志麻进来叫阿荣去吃饭，说是妙子回来了。

"我所能做的是……"话说了一半，阿荣便站了起来，"过一会儿，我再回来同您聊聊可以吗？"

"可以，你先吃了饭再说吧。"

阿荣离去了，屋内依然余香缥缈。

佐山在心里暗暗地期待着阿荣回来，用她那柔软婉转的关西口音同自己聊天。

这心情宛如盼望欣赏一幅新地图。

可是，迟迟不见阿荣回来。佐山等得十分心焦，那情形仿佛像在大街上等人似的。在这所静悄悄的大房子里，隐藏着两位年轻的姑娘。

佐山起身走到组合柜前，倒了一杯威士忌。然而，他却没心思喝。

不知不觉，窗外升起了一轮明月，几点繁星点缀在夜空中。一架夜航的飞机轰鸣着由远而近，从房顶上一掠而过。那巨大的轰鸣声萦绕在耳际，久久不肯散去。

"这姑娘真让人捉摸不透。"佐山尽管嘴上这样唠叨着,但内心亦明白了几分。

表面上,阿荣是个极为自信的姑娘,然而,一旦受到对方的冷落,便变得十分脆弱。她的这种性格虽然使人难以理解,但正是由于这一点,才博得了市子的疼爱。

不过,她这样一味依赖市子,将来会怎样呢?

佐山曾告诫市子不要陷得太深,还是及早将她送回大阪为好。然而,看目前的情形恐难办到,因为,他们尚想不出合适的理由。

佐山把喝了一半的威士忌放到一边,拿起法兰西斯·艾尔斯①的推理小说读了起来。这部小说他扔在那里十多天了。

走廊里骤然响起两个姑娘悦耳的叫声,她们随着市子一同向佐山的房间走来。妙子进来后便立在了门旁,而阿荣的脸上却显出悲戚的神情。

"阿荣,你还有什么想谈的吗?"佐山问道。

"下次吧。"

"谈什么?"市子回头看了看阿荣。

阿荣缩了缩脖子,在妙子的前面先出去了。

"阿荣方才陪我吃饭的时候,谈了许多。后来,她说过一会儿再来和我谈谈,可是却一去不返。这姑娘性情多变,像个小孩子……"

"这姑娘既单纯又高傲,不过,倒是蛮有魅力的吧?"

佐山逗妻子道:

---

① Francis Iles (1893—1971),英国侦探小说家Anthony Berkeley Cox的笔名,他以此笔名写了以杀妻为主题的著名犯罪心理小说《杀意》。

"那姑娘好像对我有点儿意思。"

"她一直都很怕你呢！"市子笑着说道。

"她说自己什么都不想干，把我吓了一跳！还说什么希望过紧张、激烈的生活……"

自那日起

妙子将放着鸟食的竹勺一凑近鸟笼，两只小文鸟就扑打着翅膀冲上前来。

只要妙子一走进房间或有所动作，它们就叽叽地叫个不停。

这两个小东西的生命系于妙子一身。

妙子梦想着小鸟快快长大，飞到自己的肩上、手上，即使走出庭院也可以呼之即来，挥之即去。永远跟在自己身边。她把鸟食轻轻地送到小鸟的嘴里。在这段时光里，她忘却了孤独，忘却对世人的惧怕。

少顷，她又记起了那日买文鸟的事。

在看"我们人类是一家"摄影展的时候，妙子突然咳嗽得喘不过气来。她无力地靠在了有田的胸前。有田搀扶着她出了会场，妙子休息了很长时间，有田从水果店买了柠檬，挤出汁来喂她喝了下去。

妙子被有田直接送回了家。小鸟是第二天傍晚千代子给送来的。

当时，妙子已悄悄地溜出家门，跑上了多摩河大堤，因此没有见到千代子。昨天，她只买了一只小文鸟，可送来的却是两只，一定又是千代子送的。

妙子把其中一只小文鸟叫"千代"。

当妙子喂小文鸟时，另一只笼子里的知更鸟却在不停地跳来跳去。

"你嫉妒了？都成大人了……"她对知更鸟说着，同时，想起了阿荣。

从买文鸟那天起，她的命运似乎发生了变化。阿荣也是那天来的。

阿荣的出现给妙子带来了某种不祥的预感。这种不安的心情远甚于嫉妒。阿荣插足在佐山夫妇中间，必有什么不可告人的目的。

妙子若是有能力的话，真想阻止阿荣在这个家住下去。

然而，小鸟是不会区别妙子和阿荣的。

它见到阿荣也会叽叽地叫着，高兴地扑打翅膀。

妙子将在水中浸泡了半日的小米拌在蔬菜汁里，精心制作着柔软可口的鸟食。在一旁观看的阿荣迫不及待地说：

"让我先喂喂它们……"她伸手拿起盛着鸟食的竹勺，"它们的嘴这么大，看了叫人恶心。"

"对它们没有诚意可不行！"妙子有些看不下去，"请让我来喂。"

"诚意……？"

阿荣仿佛还没弄清楚怎么回事，便顺手把竹勺递给了妙子。

"你吓了我一跳！喂鸟还要什么诚意？"

"你的喂法缺乏爱心！"

"爱心……？你别吓唬人了！那鸟饿得眼珠直转，给它们吃不就得了吗？"

“不是的。”

“诚意和爱心？那还不好办，看它们张嘴大叫就给它们吃嘛！”

“你一次喂得太多，都掉到地上了，而且，你把竹勺都塞进它的嗓子眼儿里去了……”

“哦，是吗？”阿荣显得意外的干脆，“你是怪我太不小心吧。”

“那是因为你不爱惜小鸟。”

“我不是讨厌它们……对这种怪里怪气的小鸟也讲诚意和爱心的话，你不觉得太累了吗？”

“我就是喜爱小鸟。希望你不要歪曲人家的爱心！”

“哼！”阿荣紧绷着脸转过身来，“我告诉你，请你戴上眼镜好好看看我的脸，然后再说！”

“然后再说什么？”妙子的声音微微颤抖着，“你那张脸我看得很清楚，长得挺漂亮！”

“什么漂亮不漂亮的？我看你才漂亮呢！不过，你对我的脸好像是视而不见似的！”

“你一踏进这个家门，不是就不愿意看见我吗？”

“那倒是真的。”

“我可不是。”

自那日起，阿荣对妙子的小文鸟再也不看上一眼。金丝雀和知更鸟叽喳乱叫时，她也不说吵了。

由于阿荣的到来，妙子感到自己越来越难以在这个家里立足了。她徘徊在多摩河岸边，心烦意乱地总是理不出一个头绪来。她还没有把自己的顾虑告诉市子。文鸟被送来的时候，她还在河堤上。

这样一来，妙子更不愿阿荣碰自己的小文鸟了。

妙子起得很早，但并非仅仅为了小鸟。

不知为什么，今天佐山比市子先起来了。他来到楼下时，见妙子正在屋里擦玻璃。

"阿荣又睡懒觉了。"佐山对妙子说道，"你叫她一下吧。"

"我去可不行。她是在等着阿姨去叫呢！"

"她在撒娇。"

"是啊。"

"她很直率，蛮有意思的。她说话口没遮拦，连市子都拿她没办法……"

"先生。"妙子屏息叫了一声，她擦玻璃的动作变得僵硬起来。

"阿荣跟您和阿姨在一起时的态度与单独跟阿姨在一起时的态度不一样。我看得十分清楚。"

正在低头看报的佐山抬头看了看妙子说：

"你对此很不满，是不是？"

少顷，妙子说道：

"这人很可怕。"

"女孩子是不可怕的。"

"她同您谈话时，很会讨您的欢心，所以您当然会这样想了。她处处表现得很单纯、直率，以博得别人的好感。"

佐山惊讶地发现，妙子竟把阿荣看得那么坏。

市子对佐山谈起阿荣时，也曾这样说过：

"这姑娘听话时，十分可爱，但使起性子来，着实让人头疼。"

市子顾不上她时，她便要抓住佐山。佐山不理她时，她便缠住市子不放。市子为此伤透了脑筋。

尽管如此，佐山仍不同意妙子的看法。妙子似乎是在暗示，阿荣对佐山的态度与对市子不同，她是在以女人的娇媚引诱佐山。这是否是女孩子那过于敏感的嫉妒在作祟呢？

"你和阿荣难道就不能成为朋友吗？"佐山试探着问道，"她嫉妒心强或许正是富于爱心的表现呢！"

妙子没有作声。

正当这时，门口出现了市子的身影，"阿荣还没……我去叫她。"说罢，她转身上三楼去了。

"是阿姨吗？"

阿荣在床上叫道。她仿佛是在一直等待这脚步声似的。

"既然醒了，就赶紧起来吧。"

"是。"

阿荣爽快地答应道。但在市子进屋之前，她仍一动不动地躺在床上。

阿荣躺在床上的样子不但不给人以懒散的感觉，反而会显出娇慵可爱的憨态。当她穿着市子的和服睡袍坐在床边时，那裹在睡袍里修长的双腿，使身为女人的市子都看得心旌摇荡。她穿上了母亲寄来的睡衣后，更显得分外妖娆妩媚。

市子进来叫她时，若是坐在床边抚摩她的额头，或是把手伸到她的身下将她抱起的话，她会像小孩子般的高兴。

但是今天市子没有如她所愿，而是站在门口说：

"你叔叔也起来了，在下面等着你呢！"

"阿姨，妙子每天睡得那么晚，都在写些什么？我觉得，她大概是在日记里写我的各种坏话。"

"不会的！"

"她时常外出，一去就是大半天，她到底是去哪儿呢？"

"去见她的父亲。"

"咦？她父亲？现在在哪儿？"

妙子的父亲尚未判刑，现被关押在小菅拘留所。市子想，若是将这事对阿荣一直隐瞒下去的话，也许不利于她们两人的和解。

"你去问问妙子吧。她会告诉你的。"说罢，市子拉上门，转身向妙子的房间走去。

此刻，妙子正在给小文鸟喂食。

"妙子，你叔叔说，大家一起去看《新艺拉玛假期①》……他那么忙，难得跟我们出去一次。"

"是今天吗？"

"明天。"

"明天……是晚上吗？"

"不，白天。"

"明天白天……"妙子面露难色，"我已约好要去看父亲。"

"噢，那是去不了。我去退票，改天佐山有空儿时，我们再去吧。"

"不，你们还是去吧。我就算了吧。"

"为什么？难道你不想去？"

———————————
① *Cinerama Holiday*，摄于1955年的美国纪录片。

"一到人多的地方，我就受不了。"

"莫非是顾忌阿荣？"

"不是。"

妙子神色黯然地摇了摇头。

"难得有机会大家一块儿出去……"市子感到左右为难。这时，金丝雀展开了歌喉，一会儿悠远而低长，一会儿高亢而洪亮，令人听了心旷神怡。

市子出了妙子的房间，只见阿荣呆呆地站在走廊的一角。

"莫非她在偷听？"市子边想边走到了阿荣的身旁。阿荣扬起那双明亮的大眼睛看着市子，脸渐渐地红了起来。

"怎么啦？"

"阿姨。"

阿荣伸手抱住了市子的手臂，一头黑发埋在市子的胸前。

阿荣的肌肤散发出一股淡淡的幽香，市子笑着说道：

"别撒娇了……我很口渴，咱们下去吧。"

阿荣同往常一样，同佐山和市子坐在一起喝着咖啡。她显得十分高兴，连市子都觉得有些奇怪。

一听说要去看全景电影，阿荣兴奋地说："太棒了！"

然后，蹦蹦跳跳地跑了出去。

早饭后，市子从院子里剪来一大束菊花，插在白瓷花瓶里。正当这时，阿荣慌慌张张地跑了进来。

"阿姨，我不知穿什么去好，真急死人了！我想请您来帮我看看……"

"穿什么去都行。"

"不行！您和叔叔带着我这么寒酸的人走在大街上，肯定会丢面子的。"

说罢，她连拉带拽地把市子领上了三楼。

刚一踏进阿荣的房间，市子立刻惊呆了。

床上、椅子上甚至连窗帘的挂钩上都搭满了花花绿绿的各式衣裙，袜子和内衣则扔了一地。

"你这是干什么？"

"我想该穿什么，总不能穿裤子去吧？我喜欢那件衬衫，可是现在穿又有点儿冷。有一件厚的连衣裙，可是图案又太花哨，像个孩子似的，我不想穿。阿姨，妙子穿什么去？"

市子沉默了片刻："妙子明天有事要外出，她不能去了。"

"是不是听说我也去，所以她才不去的？"

"根本不是那么回事！那孩子也怪可怜的。"

"我不信！"说罢，阿荣撒娇似的扑了上来。

市子按住她的肩膀，把她推了回去，然后，语气沉重地说：

"她是去见她的父亲。"

"去哪儿？"

"小菅拘留所。"

"……"

"她从小就失去了母亲，与父亲两个人相依为命。后来，她的父亲犯了罪，于是，佐山就把无依无靠的妙子领回了家，把她当成亲生女儿看待。"

阿荣睁大了眼睛，惊讶地望着市子。

"所以，妙子不愿见人，不愿去人多的地方，甚至对我们有时也避而不见。希望你也不要多管她的事，不要介意她的举动。"

阿荣一下子从市子的身边退开了。

"你不妨站在妙子的立场想想看，父亲不知会不会被判死刑，她的心都要碎了。"

"死刑？"阿荣陡然变了脸色，"他到底犯了什么罪？"

"杀了人。"市子低声说道。

"一审被判死刑，现在已上诉到高等法院，佐山是他的辩护律师。"

"是吗？"阿荣语气沉重地说，"妙子明天一个人去吗？"

"最近，她总是一个人……"

"阿姨您呢？"

"我曾陪她去过。看样子，她父亲不像是那种人。"

"我可以去吗？"

"你说些什么呀？你不要侮辱妙子！"市子厉声制止道。

可是，阿荣毫不退让地说：

"她父亲杀了人也不等于是她也杀了人呀！"

"那倒是。"

"既然这样，那就没问题了吧？"

"尽管如此，作为妙子来说……"

"我接受了。"

"嗯？"市子虽然没有弄清阿荣的意思，但还是对她说："总之，你明白妙子的处境了吧？"

阿荣点了点头。

"其实，我跟妙子一样，也是无路可走了。虽说我打心眼儿里喜欢跟您在一起，但总不能一辈子都这样吧？"

"你尽管住这儿好了，我跟你叔叔对于你……"

"叔叔和阿姨感情好得就像一个人似的，我真羡慕你们。叔叔从没喜欢过别的女人吧？"阿荣忽然美目流盼，抬头看了看市子。

"这个……去问问你叔叔吧。"

阿荣耸了耸肩，又转向了另一个话题。

"那天晚上，在站前饭店遇见村松先生时，我不是躲起来了吗？其实，他原想让我姐姐做他的儿媳妇，可是，光一不喜欢我姐姐那种类型的人，所以总是躲着她。就因为这个，我姐姐总是拿我出气，不给我好脸看。"

"你们很熟吗？"

"小时候，我也常常当村松先生的摄影模特，长大以后，他就老是教训我……"

市子的脑海中浮现出了光一那沉稳的目光，她突发奇想，意欲邀请光一看电影，以填补妙子的空缺。

从多摩河的丸子桥到位于新荒川（泄洪道）千住桥畔的小菅的距离等于从西南部的大田区，穿过整个东京市区到达东北部足立区。

作为辩护律师，佐山也要常常去看望妙子的父亲寺木健吉，不过，他是从位于市中心的法律事务所乘车经千住银座过大桥去的。尽管如此，他也觉得有些吃不消。

从千住新桥可以看到对岸右手拘留所监视塔上的钟楼。

但是，妙子来见父亲要多次换乘电车和公共汽车，见面时间只有五分或十分钟，然后就得回去。这样一来，路上就要耗去大半日的时间。

由于尚未最后判决，因此，也不能肯定他就是罪犯。他与检察官具有平等的人权，在这一尚在审理的官司中，家属不受限制，可以随时前来探视。拘留的名义只是所谓防止逃亡和销毁证据而已。他还可以穿自己随身携带的衣服，而不是囚衣。

起初，妙子每隔两三天就来探视一次。

探视的手续也很简便，到了拘留所以后，请人代笔在"探视申请表"中填上被探视者的姓名及探视者的姓名、住址、年龄与被拘留人的关系、探视目的等就可以了。

妙子到了佐山家以后，离小菅就远多了。她生活中的唯一一件事就是去见父亲。然而，随着时间的推移，探视的次数逐渐变成了四天一次及目前的五天一次。她父亲也让她尽量少来。

"妙子，这是车费和给父亲的东西……"市子给妙子的车费，多则一千，少则五百。每当这时，妙子心里就很不好受，她父亲也知道这些。

今天早上，市子给妙子梳头时说：

"带上伞吧，天很阴……"

"好的。"

阿荣站在她们的身后，目不转睛地盯着坐在梳妆台前的妙子。

她又同市子一道把妙子送到了大门口。

"阿姨，我也留长发怎么样？"

"你梳短发比较好看。"

"您别以为我要学妙子。"阿荣随市子上了二楼，"光一看电影时，见到我和您在一起，不知会怎么想呢！已经两年没见了，一定很有趣！"她差点儿鼓起掌来。

在去小菅的电车上，妙子同往常一样，将头低垂在胸前，对窗外的行人和街道不看上一眼。偶尔，她抬起了头，无意中发现车窗上有雨点，但并没有流下来。

街道仿佛笼罩在一片迷蒙的大雾中。虽然两旁的街树刚绽出春芽，但那湿漉漉的电线杆却使人联想到了梅雨季节。窗外的景致给人一种不和谐的感觉，宛如在潮湿闷热中袭来一股寒气。

妙子的父亲是在梅雨时节犯下杀人罪的，因此，她十分害怕梅雨的到来。

现在，见到这湿如梅雨的街景，又使她想起父亲被捕、自己被吓得六神无主的情景。

妙子曾被法院传唤出庭作证。当时，她咳嗽得很厉害，坐在被告席上的父亲吓得脸色煞白。他用双手死死地捂住耳朵叫道：

"请让她出去！请让她退庭！把病人、把病人……"

今年的梅雨季节，父亲将会怎样呢？

父亲和有田的身影在妙子的心中渐渐地重合在一起。

雨越下越大，妙子的胸中也随之掀起了感情的波澜。

她绝望地想，即使自己同有田之间存有一份感情，恐怕也只能等到来生了。

她恍然觉得自己和父亲一同登上了绞首架，心中体味到一种苦涩的喜悦。

自从父亲杀了人以后，妙子便掉入了恐怖和羞耻的深渊之中。

那天，她突然晕倒在有田的怀里，尽管时间很短，但事后回想起来，她竟羞得无地自容。

当时，妙子感到自己整个身体几乎都要溶进有田那宽厚有力的胸膛里了。

妙子感到忐忑不安，自己倒在有田怀里的一刹那，眼神是否很怪？面部是否显得丑陋不堪？她担心自己的所有隐秘都给有田发现了。由于这种羞怯的心理，妙子仿佛觉得自己被有田占有了，自己把一切都献给了有田。一颗久被禁锢的心一旦被打破，就会爆发出巨大的热情，爱也就随之产生了。

妙子这异乎寻常的恐惧心理和羞怯心理使她对人生彻底绝望了，但是，从另一方面却反映出她那异乎寻常的纯真。

有田几乎不敢相信世上会有如此纯真的女孩子。

他甚至怀疑妙子还未清醒过来。

"不要担心，我送你回家。"

当时，有田觉得妙子似乎有话要说，因此，决心一直陪着她。

妙子轻轻地点了点头。她眼神中含情脉脉，万般妩媚，令有田几乎不能自持。

从百货商店到日本桥大街的这段路，妙子仿佛是在梦中走过来的。她不敢看有田，只是紧紧地依偎着他。

妙子目光茫然地注视着前方，双颊没有一点血色。

"累了吧？找个地方歇息一下吧。去银座怎么样？"有田提议道。

"嗯。"

妙子变得十分温顺，她没有勇气拒绝有田。

在银座的一家咖啡店，有田要了两杯热可可，然后，又为妙子要了一份鸡肉咖喱饭。他猜想妙子还没吃饭。

这家临街的咖啡店窗上挂着白窗纱，从里面可以望见马路上的行人，而外面的人也可以透过窗纱看见店里的情形。

吃完饭，喝了热可可之后，妙子的面颊红润起来。

有田拿出在会场买的"我们人类是一家"的影集递给了妙子。妙子胆战心惊地翻阅起来。

一个士兵倒在地上。下面的文字是："说，谁是杀人犯？谁是牺牲品？"妙子稍稍镇静了一下，发现这是一张反战的照片。她一联想到自己的父亲，就觉得这张照片不那么可怕了。这本影集并没有收入凶杀罪犯、疯狂的吸毒者、可怜的残疾人、监狱里的囚犯、死刑现场等方面的照片，因此，可说是乐观向上、给人以希望的影集。

可是，最令妙子害怕的还是"杀人犯"这几个字。

妙子被送到了多摩河边。她指着山上的佐山家对有田说：

"我就住在那儿。今天真是给你添麻烦了。"

"那房子可真气派！"有田显得有些气馁。

"我只是寄住在那里。"

"是你亲戚吗？"

"不，与我毫无关系，只是……"妙子犹豫了一下，"我根本就没有家。"

有田走上前来说，希望以后能再见到妙子。妙子点头答应了。

妙子悄悄地上了三楼。她回到自己的房间以后，就一头倒在了床上。

在这紧张劳累的一天中，羞愧、害怕和喜悦的心情交织在一起，使她再也支持不住了。

妙子还未把有田的事告诉父亲。

给父亲写信要经过检查，会面时旁边又有人监视，因此，妙子很难启齿。另外，两个人之间尚未发生任何事情，这一切不过是妙子心理上的变化而已。然而，这种变化竟使妙子像换了一个人似的。

她把那份恐惧深深地埋藏在心底里，表面上变得开朗起来。

妙子坐的电车上了新荒川泄洪道上的铁桥。在新绿的对岸，暗灰色的拘留所笼罩在一片蒙蒙细雨中。

在小菅下车以后，妙子打开了雨伞，她把雨伞打得很低，尽量将自己的脸遮住。

妙子常来拘留所，对来这里的其他疑犯家属已十分稔熟，她们见面总是互相点头致意，有时还简短地交谈几句。有几次，她还遇到了接送疑犯们去法庭的汽车。

若是这里拘留着两千人的话，那么，家属该有多少啊！在日本共有七个拘留所，其他的均为监狱。

妙子在往来拘留所的这段日子里，对那些可能要被判刑的人逐渐产生了同情心。她觉得自己唯一可做的就是为他们服务。因此，她请佐山为自己找这样的工作。

"等你父亲的案子了结之后再说吧。"佐山这样劝阻她。

妙子缩在雨伞下，沿着泄洪道匆匆地向前赶路。她觉得，跟有田在游乐场嬉戏时的自己与现在的自己仿佛不是同一个人。

前面就是拘留所的大门了。

妙子超过了前面一个带孩子的人。凡是来这里探视的人，她凭直觉就能猜到。这是一位面容憔悴的年轻妇女，她背着一个婴儿，手里拉着一个两岁左右的小女孩，胳膊上还挎着一只大包袱。那里装的大概是衣物。

妙子停下脚步等她过来。

"我来帮你拿吧。"

"嗯？"那女人愕然地抬起了头。

"还是算了吧。"原来，她把大包袱系在了打伞的胳膊上，因此，取下来很费力。

"那么，我来背孩子吧。"说罢，妙子走到小女孩面前，背对着她蹲下身子。

"真是太麻烦您啦！来，这位姐姐说要背你呢！"

小女孩将小手搭在了妙子的肩膀上。

"你要抱住姐姐，不然的话，姐姐就没法儿打伞啦！"

妙子用一只胳膊托住小女孩，另一只手撑着伞。诚如女孩的妈妈所说，孩子重量全压在一只胳膊上，打起伞来十分费力。

小女孩抱住妙子的脖子，小手被雨淋得冰凉。

妙子被勒得禁不住想要咳嗽，可是，她强忍住了。

"这么小的孩子，有什么罪？"想到这里，妙子咬着牙用一只手将孩子往上推了推。

妙子和那女人无言地冒雨前行。

探视者须从南门出入。从正门沿红砖墙走不多远就到了南门。在通向正门的路两旁是一排排管理人员宿舍。这里共住有三百户，据说在小菅的九千人口中，从事与拘留所有关的工作的就有一千二百人。昔日小菅监狱的红砖都被拆下来建围墙或做别的了。

妙子看见高高的墙头上爬出了许多常青藤，路两旁的大树下开满了蒲公英。

"谢谢,您可帮了我的大忙啦!"快到探视等候楼门口时,那女人伸手想把孩子从妙子的背上抱下来,"我本不愿带孩子来,可孩子父亲很想见她们。没想到,今天下了这么大的雨……"

妙子一闪身说道:"马上就到了。"

"可是,背着这么个脏孩子,别人见了会说闲话的,您不愿这样吧?"

"没关系。"

"是吗?"

那女人回头瞧了瞧自己背上的婴儿。

"已经睡着了。听说,这里面还有带着吃奶孩子的母亲呢!"

由于外面下着雨,等候楼里十分昏暗。

等候大厅摆着六排长椅,每排三个,而且,所有的椅子都朝一个方向摆着。去年,在这里曾有过三万八千零七十二次会面,平均每天超过一百次。律师的等候室设在二楼,与普通探视者是分开的。

妙子在等候大厅的小卖部买了一瓶咸韭菜、一听鲑鱼罐头、一瓶维生素和牛奶、面包等,打算送给父亲。另外,她还给小女孩买了一盒奶糖。

然后,她走到位于一角的代笔处,请人为她填写了探视申请表和送物品申请表。

拘留所正门旁边有一个小门,门内有个收发室,再往前就是探视接待室,在那里领探视号牌。接受物品的办公室相当大,送东西要按金钱、食品、衣物、杂物等不同的类别在相应的窗口办理。为了及时将物品送到被收审者的手中,这里的检查工作一直持续到晚上八点。这里还有一个返还窗口，是里面的人向外送衣物、书籍等的地方。

妙子办好送物品的手续之后，出了大门，又回到了等候大厅。

妙子低头坐在油漆斑驳的长椅上，静静地等着。终于，大厅的广播里传来了"三十六号、三十六号"的叫声。

在这里，从不直呼探视者的姓名。当然，来探视的人也不愿别人知道自己的名字。

妙子从接受物品办公室前的走廊上走过时，听见雨点打在洋铁皮屋顶上噼啪作响，左边的水泥墙也被雨水染成了暗灰色，五米多高的墙边，有一块色彩缤纷的花圃。会面室的入口处也摆有盆花。

普通人的会面室有十一个，律师的会面室在里面。

妙子拉开七号室的木门，只见父亲已站在了铁网的对面。

"可把你盼来啦！"父亲眨着隐藏在高度近视镜片后的双眼，"你的头发怎么啦？"

"是阿姨为我梳的。"

"是吗？这个发型很漂亮，好像换了一个人似的。"

"什么换了一个人呀！"妙子的脸颊升起了两朵红云。她不由想起了有田。

"还叫人家'阿姨'呀！太不懂礼貌了，你该叫'夫人'才是。"

"从一开始，她就让我叫她'阿姨'。"

"谁也不会让人家叫自己'夫人'嘛！你别太随便了。"

"是。"

"你常帮着做家务吧？"

"……"

妙子本想讲讲阿荣的事，但是，话到嘴边又咽了回去。

每次写信时，妙子都要写上："爸爸，您精神还好吧？"可是，一旦见了面，却不能这样问候。

原来，父亲的脸色很不好。

"妙子，坐下吧。"父亲不经意地避开了妙子的目光。

"我喜欢站着。"

会面室里虽然备有椅子，但被探视者必须站着。妙子觉得，自己陪父亲站着会离他更近，与他息息相通。然而，一来有看守监视，二来父女毕竟不同于母女，两人不能靠得太近，再者，中间还隔着一道铁网。

那道铁网其实就是夏天的防虫纱窗，据说仅仅是为了防止私下传接东西而已。囚犯的会面室就没有这种铁网。辩护律师那边也没有铁网，而且也不设看守。

总之，妙子与父亲见面时，总是隔着这道铁网，甚至在家里想起父亲时，她的眼前往往也会浮现出这层铁网。她时常梦见这间小木板房，这个唯一能见到父亲的地方。周围房间里传来的说话声、哭泣声、尖叫声有时会使妙子从梦中惊醒。

"爸爸，我养了两只小文鸟，它们非常可爱。"妙子又想起了买鸟那天所发生的一切。

"是吗？"父亲打量着女儿。

妙子左眼是双眼皮，可右眼却时双时单。现在，她的右眼现出了浅浅的双眼皮。父亲知道，这只有在女儿心情好的时候才会出现。

"妙子，今天谈谈你妈妈怎么样？"

"我妈妈……"

"要是你妈还活着的话，我们也不至于弄得这么惨。"

"……"

"你长得越来越像你妈了。"

"不，才不像呢！"妙子未加思索地否认道。她对自己的回答感到十分吃惊。

"你还记得你妈妈吗？"

"记得很清楚！"

"既然记得很清楚，怎么能说不像呢！"

"……"

母亲去世时，妙子才六岁。

"你很像你妈妈。一看到你，就仿佛见到了你妈妈。可你还说不像。为什么要这么说？难道她不是你的亲生母亲吗？"父亲从铁网的对面向妙子诘问道。

妙子点了点头。她似乎被父亲的神情镇住了。

"那是因为你忘记了母亲的容貌了。"父亲的语气和缓下来，"你没有妈妈的照片吧？"

"一张也没有！"

"在战争中都给烧光了。当时的生活条件我也没能力让她照相。也许你母亲从前的朋友那儿有她的照片吧。不过，也用不着照片，我只觉得你长得漂亮这一点很像你母亲。我被关在这里，根本看不见女人。每天能见到的就是你和你母亲，所以，自然觉得你们越来越像了。"

"我如果真是那么像妈妈的话……"妙子说道。

她明白父亲是在安慰自己。他现在是戴罪之身，不愿女儿为自己而烦恼。他想通过纯洁的母亲来证明女儿的纯洁。然而，妙子仍未完全理解父亲的用意。

自从妙子和父亲之间设置了铁网之后，两人的内心仿佛也受到了阻碍，有时甚至无法沟通。当然，旁边有看守及避免谈论父亲的案件也并非主要原因。其实，极端特殊的场合，有时或许可以拉近人与人之间的距离。由于是父女一起生活，语言以外的表达方式或许就渐渐地消失了吧。

"你的声音简直跟你妈妈一模一样。你还记得她的声音吗？"

父亲仍然执意认为妙子像母亲。

"这个……我可记不得了。"

"你妈妈生你时的情景，仿佛就在眼前。她是在家里生下你的。那是一个夜晚，正赶上下大雪，接生婆是冒雪赶来的。一听说生了个女孩儿，我就想到了'雪子'这个名字，可是你妈妈不喜欢，于是，就从'白妙之雪'中取了个'妙'字，叫你'妙子'。"

"我早就知道了。"

"是吗？我还记得，当时你妈妈盖的被子是牡丹花被面，虽然很便宜，但非常漂亮。那是为生你特意买的。"

"因为是生孩子，所以，头发也不像佐山夫人给你梳的那样整齐、利索。你妈妈只是把头发拢在脑后，头发显得很松散，你妈妈还让我为她梳头来着呢！那天夜里，外面下着大雪，可你妈妈却是满头大汗，连耳朵都变白了。"说到这里，父亲瞧了瞧妙子的耳朵，"跟你的耳朵一样。接生婆把你放在你妈妈的枕边，然后就走了。你是顺产。你妈妈一直盯着我的脸，她对我说，你别光看着孩子，摸摸她的脸蛋吧。我想也是，于是就伸手摸了摸你。现在，隔着这道铁网，我连你的手都碰不到。恐怕今生今世都无法再摸到了吧。"

"……"

"当时你妈妈含着泪说，多亏了这孩子，我们才能在一起。这话没说错。因为你的出生，你外公外婆才最终让步，把大女儿嫁给了我。因为我不愿做五金店的上门女婿，你妈妈的妹妹最终继承了家业。你妈妈当时是远近闻名的美人，虽然街上还有别的五金店，但一说五金店的女儿谁都知道是你妈妈。我不可思议地想，是这个孩子让我得到了五金店的女儿呀……妙子，刚出生的孩子，你应该没见过吧？"

"嗯。"

"你姨有信来吗？"

"没有。我没有告诉她我的地址。"

"自从你妈妈去世后，我们就断了来往。我还带你去过五金店的废墟呢！当时，还是被空袭炸毁的样子。我被捕以后，你没再去看过吗？"

"没有，我怎么会……"

妙子意外似的摇了摇头。

"是吗？我过去曾想，那帮薄情寡义的家伙是不是又在那里开了五金店。"

"我偷偷去一趟怎么样？"

"偷偷去……"父亲满脸苦涩的神情。

"你妈妈临死前曾对我说，下次再找一个身体好的。你不知道吧？"

"……"

"如今看来，要是再娶一个的话，你也许会好过一点儿。如果有一个名正言顺的女人在身边的话，我大概也不会出那种事。若是随便找一个，那么，女人就会变成魔鬼。"

"我不愿您再婚，是我不好，对不起。"妙子耸了耸肩膀。

"不是的。你对我向来百依百顺。主要是你妈妈不该死得那么早。将来你结婚后，千万要死在丈夫前面啊！"

再现昔日

村松光一住的桑原照相馆位于自由丘与都立大学之间。

这里的设备十分破旧，没什么新的东西。照相馆内到处积满了灰尘，里面摆着各种各样过时的背景，还有踩在模特脚下的假草坪、破椅子、石膏像、旧窗帘及多年不用的十六毫米摄影机等，简直就像一间仓库。

光一喜欢拍摄山间的景色，因此，他皮包里的摄影器材竟在这里也派上了用场。

"光一，请来一下。"偶有客人光顾，光一往往被从二楼叫下来。在大阪上高中时，他常协助父亲工作，于此道决非生手。

门外的陈列窗里，发黄的墙壁上挂着新郎新娘的结婚照和祝贺孩子七五三①的呆板的照片。这些照片从未换过。

升学考试时，还有学生来照考试用的照片，除此以外，这里几乎没什么生意。

光一称山井邦子为阿姨，她在暗室里洗出来的照片，仅是业余水平，而且还比自由丘其他照相馆收费高，因此，生意自然清淡。

已戴上老花镜的邦子，工作时间一长就腰疼，她常为收入少而抱怨不休。

桑原是光一父亲的故交，他在战争中撇下妻子离去了。为了使桑原照相馆能够维持下去，村松把自己的助手山井邦子介绍给了桑原的未亡人藤子。

两个无依无靠的女人凑在一起，一切似乎都是那么自然。邦子在这十年的生活中已把自己的命运同这里紧紧地连在了一起。

藤子与邦子俨如一对亲姐妹，对于藤子的女儿町子两人也同样爱如掌上明珠。

"町子长大以后，绝不能再让她受穷。"两个中年妇女常把这句话挂在嘴边。

町子现在上中学二年级。

光一的房费竟成了她们一家生活的主要经济来源。

二楼只住着光一一个人，显得十分空旷，房里的榻榻米尚属完好。墙壁虽已多处破损，但骨架还很结实。

在光一看来，楼下的那些女人仿佛过着乞讨般的生活。老姑娘邦子来到这里以后，把自己的心血都倾注到了町子身上，甚至比她的母亲还要关心她。

光一受托帮助町子学习，但町子根本就坐不下来，连作业都要光一代写。

带她去自由丘散步时，她总是要买这买那，去咖啡店也总是点最贵的东西。

光一在这个家里对一件事感到不快，那就是藤子和邦子常常随便翻看自己的东西。

---

① 当男孩到了三岁、五岁，女孩到了三岁、七岁时，于当年的十一月十五日举行的庆祝仪式。

"你们是怎么知道的？"

有些事往往光一还未说，她们就知道了。光一对此十分不满。

在这里干活的邦子俨然成了这一家的主人。她动不动就说，想把这个破照相馆卖掉，然后在自由丘或涩谷一带开一爿小店。对于这个空想的小店，她作过种种设想，一会儿说要开一家酒馆，一会儿又说要开一家饭馆。

光一曾忍不住问她："阿姨想干服务业？"

"别小看我，我能干！这一行最适合女人了！"

这个既未恋爱，又未结婚，且已眼花的女人，令年轻的光一不得不刮目相看。

她常向光一请教改行的事，每当这时，光一都回答说："我不知道。"

似乎只要光一赞成，即使没有计划和预算，邦子和藤子也会立刻改行。然而，单单两个女人是很难下此决心的。她们不厌其烦地询问，不过是想使人相信，她们尚未山穷水尽。

光一大学毕业后，她们对他似乎越来越依赖了。光一烦得恨不得搬到别处去，可是，有时又不忍抛下她们不管。

他父亲也曾嘱咐说："结婚以前，你就一直住那儿吧。"

无论光一回来有多晚，她们俩总是有一人会一直等着他。

今晚是邦子在等他。光一刚进门，她就操着大阪话迫不及待地说："光一，尝尝新茶。"接着，把茶端到了光一的面前。

"好香啊！"

"那当然，比别的贵五十呢！"说着，邦子自己也尝了一口，"我那紫藤开的花一年不如一年，实在是让人担心。听说往根上浇点儿酒就可以了，是真的吗？"

"这个……我不知道。"

邦子仿佛猛然想起什么似的说道：

"对了，对了，有你一封快信，是一个你意想不到的人寄来的，我也认识那个人。"她卖了个关子，然后拿来了那封信。

光一急切地接过信一看，白信封下面的落款是佐山市子。他感到一阵心跳。

"她怎么会知道我住在这儿？"

"佐山夫人不是你父亲的老朋友的太太吗？她人漂亮，手也巧。我住大阪时，在一次展览会上见过她。"

"……"

光一见邦子在一旁看着不肯走，只好把信拆开了。

"里面是什么？"

"是一张电影票。"光一取出电影票给邦子看了看。里面还有一封仅写了五六行的短信。

"什么时候的？"

"明天。"

"她为什么请你看电影？"

"信是几点收到的？"光一反问道。

邦子终于觉察到了光一的不快，她开始收拾桌上的东西。

光一急匆匆地进了帝国剧场，看样子开演的铃声刚刚响过，走廊里不见一个人影。

黑暗中，他在服务员的指引下找到了自己的座位。

"对不起，我来晚了。"

他向邻座的佐山道歉说。坐在佐山另一边的市子伸过头来说：

"我还以为你不来了呢！"

"对不起。"光一话音刚落，银幕上便映出了连绵的雪山，这组镜头好像是飞机飞越瑞士的阿尔卑斯山时拍下的。

弧形巨大银幕上的画面是由三架放映机放映出来的。除了正前方以外，在观众席的两侧和后面还装有扬声器，因此，景色与声音交融在一起，产生了极强的立体效果，使人宛如身临其境。

光一是初次欣赏全景电影，那沿着冰道急速下滑的冰橇、滑冰表演和雪原滑雪等场面在美国黑人音乐的烘托下，给人以极强的震撼力。

中场休息时，场内的灯亮起来。光一起身再次向佐山夫妇致谢道："今天实在是太感谢了。"然后，目光瞟向了市子身边的阿荣。

"咦？"

"你没想到吧？"市子与阿荣会心一笑。

"啊，我的确没想到……"

"阿荣归我了。"

"……"

"你的住址，我是听阿荣说的。"

"是吗？"

"讨厌，干吗一个劲儿地盯着人家！"阿荣拉起市子的手说，"阿姨，咱们出去吧。"

阿荣紧挽着市子出去了。光一迷惑不解地跟在两人的后面来到了走廊上。

"阿姨,我想起了来东京时火车翻越雪山的情景,心里好激动啊!"阿荣兴奋得眼睛发亮。

"电影里有飞机飞越雪山和火车翻过雪山的场面吧。阿姨您就在雪山的前面。"

"那不是瑞士的阿尔卑斯山吗?跟京都和米原一带的山根本扯不到一块儿呀!"

"现实比电影更真实,尽管日本的山很小……而且电影的画面变来变去的没有意思。"

"这是阿荣的至理名言呀!"佐山笑道。

阿荣与佐山夫妇怎么那么亲密?光一百思不得其解,因此,他难以插话。即便市子说阿荣"归我了"像是一句玩笑话,但她们之间的亲切神情却不似作伪。

诚然,阿荣亦有做给光一看的用意。

光一与阿荣的姐姐爱子是青梅竹马,小时候常在一起玩。因光一年幼,家里人担心他过马路有危险,而不让他上三浦家,但他还是经常偷偷跑去玩。三浦家的那座老店就像古代神话一般,对光一有着特殊的吸引力。

爱子比较早熟,虽然她与光一是同年,但从外表上看像是比光一大三四岁的样子。他们玩过家家游戏时,爱子也总是充当母亲的角色,而光一只能做孩子。

不知从何时起,光一渐渐喜欢同阿荣在一起玩儿了。尽管他同任性、泼辣的阿荣时常发生口角,但两人的关系反而越来越融洽了。

光一还记得阿荣曾瞪大眼睛对他说:"我才不嫁给你这个爱生气的家伙呢!那样的话,生出来的孩子也是个气包儿……"

随着年龄的增长，阿荣渐渐招致了姐姐的嫉妒，然而，她却显得十分开心。这样一来，光一就难以再去三浦家玩了。

光一的父亲有时用阿荣做摄影模特，但从未用过爱子。

光一上高中以后，常常收到爱子写来的信。爱子常在信里抱怨光一疏远自己，说想同他一起聊聊，谈谈儿时的趣事等等。光一觉得爱子更像一个成熟的女人了，因此，觉得与她交往很不自在。

来到东京以后，光一从父亲那里知道了爱子结婚和三浦家的其他一些事情。

"阿荣，你是什么时候来东京的？"光一用亲昵的口吻问道。阿荣看着全景电影节目单，头也没抬地说："山上下雪的时候。"

佐山夫妇在走廊里找到一张二人长椅，于是两人坐了下来，阿荣见状也硬挤了进来。因座位很窄，她只好斜靠着市子欠身坐着。

光一立在一旁。

"我和阿荣从小就认识……"光一对市子说道。

"是，我听阿荣讲了。她母亲和我是女校同学，村松先生和佐山也是老朋友。算起来，我们之间的关系倒很奇妙呢！"

"我跟光一可没什么关系！我们之间也没什么友情可谈，你说是吧。"

阿荣生硬地对光一说道。

"从今以后，也许就会产生友情了。"市子撮合道。

"男人的友情跟陷阱差不多，还是女人之间的友情可靠。"阿荣说话毫不客气。

昨天一听说能见到光一时，阿荣乐不可支，今天见了面却又满脸不高兴。市子暗忖道，阿荣是否爱上了光一？

全景电影的第二部分由巴黎观光开始，直至美国的阿尔顿湾夜空中五彩缤纷的焰火结束了全片。

呈现在观众眼前的有巴黎圣母院的弥撒、卢浮宫博物馆的《蒙娜丽莎》，巴黎圣母院唱诗班的歌声回响在帝国剧场的每一角落，观众们恍如坐在圣母院里。

佐山买的六百日元的 A 席位于一层中央靠前的地方，这是剧场内的最佳位置，给人以身临其境的感觉。就拿画面上出现的美国海军喷气机来说，时而飞机从头上一掠而过，时而又像是坐在飞机里。

电影总共演了两个小时才完。一出帝国剧场的大门，市子便手按太阳穴揉起来。

"好累呀！真受不了这种刺激！"

"全景电影的引人之处，就是刺激人的视听神经。"

"哟，简直像个老头子……"阿荣讥笑光一道。接着她又说："你别拍阿姨的马屁了。"

"拍马屁？"

光一似乎摸透了阿荣的脾气，他调侃道：

"你不累吗？"

"我想再看一遍，看看雪山、黑人的葬礼……"

佐山望着皇宫护城河的方向自言自语道：

"雨下得这么大，恐怕很难找到出租车。到隔壁坐坐？"

"隔壁？"

"是东京会馆。那里有法国餐厅、快餐厅……"

剧场前面，人们争先恐后地往出租车上挤。

"光一，对不起。事务所也许有人找我，所以我想先走一步。"

"叔叔，您不跟我们一块儿去吗？"说着，阿荣走到了佐山的面前，"我想看看叔叔的事务所，一块儿去不行吗？"

"有什么可看的！"

"我要在叔叔的事务所工作嘛！当然应该先看看啦！"阿荣此言一出，佐山大吃一惊。他与市子对视了一下，然后爽朗地大笑起来。

"今天不行。今天要为光一开庆祝会。"市子大声制止道。然后，她独自打着雨伞向前走去。

"庆祝什么？阿姨……"

佐山代市子答道："当然是庆祝光一毕业和就业啦！"

"怪不得下这么大雨呢！"

"你就职的时候，还会下大雪呢！"光一甩下这句话，大步流星地追市子去了。

阿荣斜打着伞，向佐山靠了过来。

"叔叔，也会为我开庆祝会吧？"

"我可不给无所事事的人开庆祝会。"

同佐山分手后，市子等人从对着护城河的侧门进了东京会馆。

虽然仅仅是几步路，但雨伞已被淋透了。市子一边收起雨伞，一边思忖：妙子挨了淋会不会……忽然，阿荣在市子的身旁蹲了下来，同时，从提包里拿出草编拖鞋摆在了市子的脚前。然后，她摸了摸市子的袜子说："阿姨，袜子没湿。"

阿荣又麻利地将市子换下的木屐包了起来。走到衣帽间时，阿荣抢着为市子脱下了雨衣。

"这孩子今天是怎么啦？"市子感到有些难为情，光一也在一旁愕然地看着。

"光一，吃鱼怎么样？"

"啊，可以。"

"那就这样定了。看电影看累了，我也不想吃肉。阿荣好像还不太累……"市子回头对阿荣莞尔一笑，然后拉开法式海鲜餐厅的门进去了。

阿荣一进门，就站在门旁的玻璃橱窗前聚精会神地瞧了起来。橱窗内铺满了冰块，中央摆着一条大鲑鱼，周围是大龙虾、基围虾、螃蟹、牛舌鱼、河鳟及小加级鱼等，上面还点缀着几个黄色的柠檬。

靠窗的一排桌子是分别隔开的，市子在窗边的一张桌旁坐了下来。绿皮椅子呈"コ"形将桌子围住，阿荣同市子并排坐在一起，光一坐在了阿荣的对面。

"你坐到阿姨的对面去吧。"阿荣对光一说。

光一涨红着脸向旁边挪了挪："又想吵架吗？"

"你不是想让阿姨为你庆祝吗？我可不愿跟你大眼瞪小眼面对面地瞧着！"

这时，侍者走来，将三份菜单分别递给了他们。

"我听阿姨的……反正我也看不懂法语。"阿荣连看都不看就把菜单还了回去。

"光一，你呢？"

"我也不懂。"

于是，市子就点了什锦小虾，纸包小加级鱼和汤等。然后，她又对侍者说：

"再来一个龙利鱼……"

点完菜后，市子拿起水杯，目光移向了窗外。路边的银杏树纷纷将它们那新绿的枝叶伸向高高的窗前，并且随着落下的雨滴不停地摇曳着。透过枝叶的缝隙可以望见对面护城河里黑黢黢的石壁。远处，从马场前门至皇宫广场的那段路上，隐约可见穿梭在雨中的汽车。往常，六点半时天还很亮，但现在天已经给雨下黑了。

　　阿荣呆呆望着远处的厨房，里面不时闪现出火光。

　　"阿姨，阿姨！"阿荣向市子叫道，"里面的那些人是不是在相亲？"

　　对面的角落比其他地方高出一截，有八九个人围桌而坐，看那情形像是两家人。

　　从市子这个方向可以看见其中两位小姐的面孔，一位身穿和服的像是姐姐，另一位则穿着一身洋装。她们都是圆圆的脸蛋，像是一对姐妹。双方的父母似乎都已到场。背对着市子这边坐着一个年轻人，从双方那拘谨的态度可以看出，他是与两姐妹中的姐姐相亲。只有一个四五岁光景的女孩子显得不太安分，她没有坐在自己的位子上，而是在众人的椅子后跑来跑去。

　　这个小女孩不像是那两位小姐的妹妹，席间还坐着三位中年男子，她或许是他们当中某人带来的。

　　"阿荣，别一个劲儿地看人家。"市子说道。

　　"肯定是在相亲！阿姨，您瞧他们那规规矩矩的样子。"

　　"若是你去相亲的话，大概不会那么规矩的吧？"

　　"当然不会。"

　　"是吗？你去相亲一定很有意思，我真想陪你一起去。"

　　"要是有阿姨陪着的话，我随时都可以去。"

120

“来一次怎么样？”

“来就来！”

“如果把现在当作相亲的话……”

“现在？”

“你可以跟光一相亲嘛！”

“我不干！阿姨，您真坏，净捉弄人！我从小就讨厌光一……”

“青梅竹马，有什么不好？”

“阿姨，我可要生气啦！”阿荣拉住市子的手使劲地摇着。

光一差点儿笑出来，同时，又显得有些难为情。

市子从阿荣的手上也隐约觉察到了什么。

虽然市子是开玩笑，但也许正是面对光一和阿荣这对俊男俏女，才使她突发奇想的吧。

阿荣松开市子的手，转而对光一说：“我差点儿把阿姨心爱的和服扯坏了。”她似乎想打破这尴尬的局面。

“夫人的这套和服的确不错，这江户碎花样式说来还是无形文化遗产呢！”光一附和道。

市子穿着一件由小宫康助①染的藏青色碎花和服。

方才的那个小女孩由侍者牵着手来这边看玻璃橱窗里的鱼。

相亲席中的一个中年人回过头来，目送着小女孩的背影。市子定睛一看，不由得大吃一惊。

幸而他只顾注意那小女孩，没有发觉市子。

---

① 小宫康助（1882—1961），日本明治、昭和时代的染色家。

"啊，清野他还活着！"

一刹那间，万般情感一齐涌上市子的心头，说不清是震惊还是喜悦，抑或是害怕。总之，他的出现宛如一道刺眼的闪电，使市子感到有些迷茫。

市子常常想，清野也许早已在战争中葬身大海了。市子并非因同佐山结婚而窃望清野消失，只是由于清野是个水产技师，他与市子热恋的时候也常常出海远航，所以她才会这样想。

"那是清野的孩子？"市子留心看了看那个小女孩。

小女孩给侍者抱着，全神贯注地瞧着橱窗里的鱼。

过了不久，她又被侍者领着从市子等人的面前走了过去。她的眉眼与清野毫无相似之处。

"终于被他瞧见了。"

当小女孩走过自己身旁时，市子感到清野的目光随之落到了自己的身上。她周身的血液几乎要凝固了。

"见一面又能怎么样？不就跟他有过一段恋情吗？"市子自我安慰道。

侍者端来了什锦小虾，市子用叉子叉起一小块送到嘴里，然而却感到味同嚼蜡。

"阿姨，您怎么啦？脸色好难看呀！"阿荣关切地问道。

阿荣的目光清澈明亮，引得市子不由得悲从中来。

初次委身于清野时的情景又跃然浮现在市子的眼前。她仿佛又感到了身体里的那阵刺痛，周身的血液都沸腾起来了。

她忽然感到一阵不安，与佐山同床共枕十几年的自己就像一个与丈夫同床异梦的荡妇。

"没什么，是看电影太累了。"市子手抚着额头说道。

有这个敏感的姑娘守在身旁简直有些受不了，她真想拔腿离开这里。

光一问阿荣："你真打算去佐山先生的事务所工作？"

"啊，当然。"

"你工作只会给人家添麻烦。"光一揶揄道。然后，他又不相信似的问市子："夫人，是真的吗？"

"嗯。"市子木然地点了点头。

阿荣对光一不悦地说："你少管。"然后，她又担心似的问市子："阿姨，您是不是感冒了？"

这时，坐在角落里的那群人走了过来。

清野对市子连看都不看。当他将要从市子身边走过时，猛然转过身："好久不见了。"

"好久不见了。"

清野沉静而又郑重地说了两遍。

他那张充满男性魅力的脸上只写着久别重逢，市子这才松了口气，而清野的话音却仍留在耳畔。

他声音虽有些沙哑，但却蕴藏着深深的情感，宛如从胸膛中发出的唤海的强音。

市子想起了第一次伏在他那宽厚的胸膛上，被他紧紧拥抱时的情景，内心禁不住一阵狂跳。

"时间是够长的，大概十七八年没见面了吧？"她的脸上泛起了一片红潮。

她似乎有意把相隔的时间说给阿荣听。

"有那么长吗？"清野注视着市子，"不过，你可是一点儿也没变，还是那么年轻。"

"不，我已经……"

"双亲大人可好？"

"他们都已去世了。"

"是吗？"清野沉默了良久。

市子终于忍不住问道："你还出海？"

"不，我现在已经解甲归田了。"

清野穿着一套合体的双排扣西装，显得十分庄重。市子这才发现他已略微有些谢顶了，昔日那张被海风吹得黝黑的面孔也已不复再现。

"市子，我想和你说几句话，不知……"

"啊？"

"我在大厅那儿等你，一会儿见。"他对坐在一旁的阿荣和光一恍若不见。

市子突然感到有些害怕，心头遮上了一片阴影。她委婉地说："是不是还有人在等你？"

"没关系，那么……"清野转过身，大步向外走去。

阿荣睁大眼睛在一旁看着，她似乎觉察到了什么。

一想到清野在外面等着自己，市子就再也坐不住了。

"让人家等着太不礼貌，我先出去看看。"

"阿姨。"阿荣叫了一声。

"什么？"

已起身准备离去的市子不得不停了下来。

"不，没什么。我只想请您问问相亲的情形。"

"问那个做什么？"市子不耐烦地说道。

阿荣目送着市子出了菜馆的门，然后羡慕地说道："阿姨真漂亮！"

"……"

"刚才的那个人是阿姨的情人。叔叔和那个情人都很帅，你说是不是？"

大厅临窗的桌旁只坐着清野和小女孩两个人。小女孩深深地坐在椅子里，双腿伸得直直的，市子走到近前首先看到的就是她那双红鞋子。

清野一直望着窗外的大雨。他从小女孩脸上的表情知道市子已经来了。于是，他回过头将对面的椅子向前拉了拉，示意市子坐下，然后自己靠在椅子上。

可是，市子站在那里没有动。

"你想说什么？"

"唉，想说的话太多了。不过，我只想告诉你一句话，今天意外相见，我感到十分激动。"

"……"

"我做梦都想见到你，可是，我既不能去见你，也不能在你家周围转来转去。我以为这一辈子再也见不到你了呢！"

清野仰头说话时发出的声音唤醒了市子的记忆，使她忆起了从前那充满温情的热吻。

"这是你的孩子？"

"不是，她是我妹妹的孩子。这孩子跟我很亲，所以我就把她带来了。"

"你太太……"

"她天生体弱多病，胆子小，我走南闯北常年在外，也没能好好地照顾她……"

"这是老天对你的惩罚。"市子不假思索地脱口而出。

"什么？"清野愣了一下，随后马上老老实实地点头承认说，"是的。我自暴自弃地想，反正也不能同你结婚了，于是就随便找了一个，结果吃尽了结婚的苦头。你或许与我不同……同我分手后，直到遇上佐山，你等了好几年……"

"并不是我提出与你分手的。另外，我也不是为了等佐山。"

清野沉默了片刻。

"那两个年轻人是……"

"是我朋友的孩子。"

"你一点儿也没变。从前你就是个有人缘的小姐，别人都想从你这儿得到点什么……"

"你是说，你也是其中之一？"市子急欲离开。

"那些不过是我听说的。在我这一生中，心里只有你一个人，而没想过别的。"

"先不要把话说死，你的一生今后还很长呢！"

市子担心佐山随时都会出现，因此急于脱身。佐山是从位于丸之内的事务所直接来这里，她估计他会从正门进来。

"据说佐山曾帮我们公司打过渔业权的官司,"清野说,"不过,我没见过他……"

"是吗?"市子准备告别道,"佐山马上就会来这里。"

清野点了点头。

"你知道?"清野点头就是要引市子继续问下去。

"我非常清楚你是佐山太太这个事实。"

"哦?瞧你说的……"

"你不喜欢听,是吧。我若不是这样想,今天就决不会轻易放你回去。"清野的声音里透出一股坚毅,他又说,"你从未想过要与佐山离婚吗?"

"你越说越离谱儿了!"

"你难道不明白?我唯一的希望就是你能幸福!"清野说,"在遥远的大海上,有人曾以你的幸福为自己的幸福。"

"你这不是强加于人吗?"

"我的确是这么想的。"

"你在遥远的大海上,怎么会知道我是幸福的呢?"

"因为那是我的期望。今日一会,就更加清楚了。我已心满意足了。"

"我是不是该说些感谢你的……"

"话越扯越远了。"

"……"

"佐山知道我的事吗?"

"我想他不知道,因为我没说过……"市子心里反而犹豫是不是该告诉佐山。

“那就好。”

清野避开市子的目光，起身将孩子从椅子上抱了下来。

“再见。”

“……”市子只是用目光同他道了别。

清野牵着小女孩的手，头也不回地大步向大门走去。

市子无力地闭上了双眼。

同佐山结婚的那天晚上，倘若他起疑心的话，市子就打算把清野的事告诉他。没想到，市子的恐惧和羞怯反倒被认为是纯洁。现在回想起来，她感觉羞愧难当。

路上小心

日本那阳光灿烂的五月，不知从何时起已不复存在，今年又是一个阴霾蔽日的五月。尽管如此，应季的植物仍以五彩缤纷的色彩装点着大地。

草坪上绿草如茵，院子里的树木郁郁葱葱充满了生机。

从三楼往下望去，只见多摩河滩的麦田一片绿油油的景象。

临窗生长的水仙仅是茎叶越长越高，毫无情趣，但市子亦从中体会到了植物的力量。

"路上小心。"市子在门口送丈夫和阿荣上班。

"今天早点儿回来。"这一句话是说给阿荣的。

阿荣比佐山先出了门，她站在离门口两三步远的地方向市子挥了挥手，笑时露出了一排洁白的牙齿。

"阿姨，您用大阪方式送人？"

"什么？"

"在大阪，不说'路上小心'，而说'早点儿回来'。"

"你想到哪儿去了？"

阿荣白皙的脸上洋溢着春天的气息。

她那半干的头发梳理得整整齐齐，发型依然与往常一样，脸上薄施着淡妆，就像准备登台的女演员在化妆前那般风情万种。

　　这样的阿荣整天在事务所围着佐山转，不能不令市子担心。她第一次感到了阿荣的身上的邪气。

　　就在看完电影的第二天，佐山不经意地说："阿荣，你不想去事务所瞧瞧吗？"市子听了，脸立刻沉了下来。

　　"你别逗她啦！"

　　"我没逗她。"佐山对市子的态度感到有些意外，"昨天是她说要去看看的。"

　　"……"

　　阿荣兴奋得眼睛发亮，"啊，我真是太高兴了！"

　　市子噤口不言了。自从被阿荣发现自己与清野之间的秘密之后，在她的面前市子就失去了自由。

　　昨天，幸好佐山来得晚，因此没碰上清野。可是，在回家的路上，坐在车里的阿荣始终是一脸不高兴的样子。

　　光一在中途下车时，向佐山致谢后，又向阿荣说了声"再见"，可是，阿荣却别过脸去不予理睬。然而光一下车后，阿荣却又变得活泼开朗起来。

　　"你这孩子真没礼貌，你对光一什么地方不满？"

　　"他那么快就成了您的崇拜者，而您也光听他一个人说话！"

　　见她这样蛮不讲理，市子不由得沉下脸来。

　　从那以后，阿荣从未提过有关清野的事，也未在市子面前故作神秘。因此，市子还没有被人抓住了把柄的感觉。

　　但是，佐山提出让阿荣去事务所帮忙却使市子产生了顾虑。她虽然没有明确表示反对，可心里却是一百个不愿意，只不过难于启齿其原因罢了。

"自己跟清野的事早已成为过去，就算是被佐山知道了也……"尽管市子用这种理由来安慰自己，可是仍然不能释怀。

但是，现在向丈夫坦白自己与清野的事不嫌太迟了吗？

佐山从未问过市子婚前是否谈过恋爱，所以，市子至今也不知道佐山是否在意自己的贞洁。这种不安不知会持续到哪天。

市子也曾推测，两个人都是晚婚，也许佐山没必要了解市子的过去，或者他也有不愿回首的往事。

无论如何，两人的过去并没有影响到婚后的幸福。他们相信，两人的结合本身就是十分幸运的。

现在，毫不知情的丈夫和见过清野的阿荣却每天一同去事务所，市子送他们出门时感觉很不舒服。

佐山的事务所在丸之内的老区，那里是清一色的红砖建筑。

那一带的房子大多被法律事务所租用，楼前挂的一般是个人事务所的牌子，有些合办的事务所则联名写在一个牌子上。

事务所有三四名职员，他们大多是高中毕业生，女的负责待客、接电话等所内杂事，男的则负责跑法院及政府机构等外面的工作。

有一个大学毕业的女职员会速记和英文打字，佐山对她十分器重，但因为要结婚，最近她辞去了事务所的工作。

阿荣恐怕没有能力将她的工作接过来。

"阿荣她干得怎么样？能拿得起工作吗？"市子问佐山。

"她看上去很爱干。大家都说，她来了以后，事务所里的气氛变得活跃起来。"

"不知她能不能干下去。"

"听说她常去京桥学速记，至于打字……要是日文的话，只要不是太笨，用所里的打字机练一段时间就会熟悉的。"

"这么说，阿荣就干这个啦？"

"也许她会成为一把好手。"

"这姑娘找工作的手段倒蛮高明的。"

"我的确像是上了她的圈套。有人还说，把她放在事务所里太惹眼了。"

一天，阿荣刚一踏进大门，就兴奋地大叫："阿姨，今天我跟叔叔去学习了！"说罢，她回头瞧了佐山一眼。

"我们去看了一场电影。"佐山解释道。

"电影的名字是《死囚二四五五号》，叔叔是应该看看的。这部电影早就上映了，我一直还没看过。《恶人下地狱》和阿根廷电影《女囚一一三号》都是写监狱的……"阿荣连珠炮般地说到这里，忽然发现市子的脸沉了下来，便立刻扑上前撒娇似的搂住了市子。

妙子马上将脸藏到了市子的背后，然后又不声不响地走了。对于这一切，阿荣佯作不知。

"本来，我跟叔叔不是一块儿离开事务所的。我去银座逛街的时候偶然碰见了叔叔，于是便要他陪我看电影了。我这样出去乱跑，是不是太不像话了？"

佐山被阿荣的话逗得笑起来，市子见了更加生气。

市子在初潮之前就爱做些怪梦和噩梦。

这天晚上，她又做梦了。

她躺在佐山的身旁，尽管两眼闭得紧紧的，但阿荣那张生气勃勃的面孔依然顽强地出现在她的眼前。她一直担心方才自己生气的样子被阿荣瞧不起，没料想在她的梦中又出现了阿荣的身影。

梦中，市子睡在阿荣的床上。市子见阿荣的面庞滑如凝脂，竟忍不住要去亲她。忽然，她瞥见墙上阿荣那巨大的身影，披头散发的样子十分吓人。

市子不悦地说："阿荣，你的头发……"她想让阿荣也看看自己的影子，岂料她却扑上前来欲与市子接吻。市子吓得惊叫起来。

佐山见市子像是被梦魇住了，便摇醒了她。

"啊，这梦可真吓人……"

"什么梦？"

"嗯……"

市子欲言又止。

若是说出阿荣的名字，佐山免不了又要笑话她一番。另外，一旦说出来恐怕还会引起佐山的怀疑。

"像是有关女孩子的梦……"

"女孩子的梦有什么可怕的？"

"……"

"还能睡着吗？"

"能。"

"晚安。"佐山话音里带着睡意，市子松了一口气。

"现在几点了？"

"不清楚。"

市子久久不能入睡，她想象着阿荣一个人伸开手脚躺在床上的样子。

市子的梦一直持续到早晨，她起得比佐山晚。

她来到楼下，见妙子正在为佐山弄咖啡。

"阿荣呢？"市子问道。

"已经走了。职员早晨上班要准时，要是她总跟我一起走，别人会有意见的。"

"那倒也是。"

市子迷迷糊糊地随声附和着，在佐山的对面坐下了。

"这几天潮气太重，头疼得厉害。"

"那是昨晚做梦受了惊吓的缘故。"

"是啊，半夜你还叫醒我一次呢！"

妙子见市子来了，便准备起身离去。她"啾、啾"地叫着落在肩膀上的文鸟，轻轻地把它移到了手上，然后站起身来。

市子微笑地看着小鸟不停地扑打着翅膀："小鸟长得可真快。"

"阿姨，您叫一下试试。"

"啾，啾。"

文鸟跳到市子的手上，一下一下地啄着她的手指。

"好痒痒！"

"让我把它送回去好吗？"

"好，你把它带走吧。"

"要是每天都这么下雨，就没法儿带它去院子里玩了。"

妙子走后，市子微微感受到了一种无言的慰藉。她明白是妙子在暗中保护着自己。

"到了春天，妙子也变得漂亮起来了。"市子说道。

"她一直很漂亮呀！"

"话是那么说，不过，她总给人一种花开了的感觉……"

"你原本就喜欢美丽的东西，若是妙子和阿荣长得不漂亮的话，你大概也不会照顾她们吧？"

"瞧你说的。你才是那样的人呢！"市子反唇相讥道。不过，她显得有些心虚。

佐山十分了解市子，他们互相之间就像了解自己一样了解对方，因此，夫妻之间的气氛十分融洽和谐。

长时间以来，市子从未设想过佐山会对其他女人移情别恋。阿荣出现在梦中虽然令市子有些不安，但幸好佐山没有出现。也许阿荣真是因仰慕自己而来的。若是那样的话，自己做梦嫉妒佐山和阿荣就不可原谅了。

送走佐山以后，市子自然而然地向三楼妙子的房间走去。

"妙子，最近和阿荣的关系怎么样？"

妙子只是看了看市子，没有回答。

这星期日是个难得的晴天，百货商店的电梯门口挤满了等待坐电梯的人，有田只好去乘自动扶梯。

商店里已摆上了夏季服装和浴衣等夏季商品，到处是迎接夏天的气氛。随着自动扶梯的上升，有田的眼前展现出一幕幕五彩缤纷的世界。

自动扶梯只到六层，去屋顶还要上一层楼梯。有田踏上洁净明亮的楼梯，不禁想起了乡下家里的那间阴暗破旧的房子。他下面有许多弟妹，父母对身为长子的有田颇多依赖。去年年末，他来这里打工认识了在鸟市工作的千代子，他把家里的事全告诉千代子了，就连对学校里的朋友们难于启齿的事也都说给她听。

屋顶上，有许多带孩子来的顾客。

透过鸟笼可以看见身穿蓝色工作服的千代子的身影。

有田刚走到千代子的面前，她突然说道：“明天我就换工作了。”听那口气，她好像有些不高兴。

“去卖手绢。”

“……”

“在一楼。”

“妙子来买鸟食的时候就见不到你了。”

“是啊，一楼的人比这上面多多了，连你也不能去见我。”

“我倒没什么，可是你的那位就不好办了。”

“你别跟我提那个人。”

有田又低头轻声问道：“你帮我联系了吗？”

“联系了。”

妙子坚决不让有田往佐山家里打电话或写信。她几乎是哭着求他不要这样做。

两人那天去了多摩游乐园之后，又见过一次面。但自那以后，妙子再也没有赴约。

徒然空候的有田愈发为妙子那神秘的美所倾倒，无奈之下，他只得求千代子代为联络。

“怎么样？”有田急切地催促道。

“一会儿告诉你。你先到儿童火车柜台对面的长椅那儿等着，我马上就过去。"有田显得坐立不安，他担心再也见不到妙子了。

千代子双手插进工作服的衣袋里，用手在里面压住裙子小跑着来了。

"让你久等了。妙子说她四点到四点半在多摩河的浅间神社……"

"谢谢。现在几点了？"

"十二点二十，还早呢！"

千代子见有田喜形于色，便试探着问道：

"有田，你对妙子有什么打算？"

"打算……"

"我这人说不上幸福或不幸福，但妙子真的很不幸。"

"女人动不动就说幸福或不幸。"

"我不是说自己谈不上幸福或不幸福了吗？"紧接着，千代子又补充道，"我说的是妙子！"

"我对她的印象并不单单是不幸，我还觉得她有一种神秘的魅力。"

"你跟妙子是不能结婚的。"千代子忽然向他泼来了一瓢冷水。

"你怎么突然……别吓唬人了，你不是在说你自己吧？"

有田之所以没被吓住，是因为从前千代子听了他家的事以后也曾说："你不能结婚。"千代子知道，有田大学毕业后，还要养活父母和弟妹。这句话里既有同情他的成分，也有自己的一份私心，那就是嫁给有田要辛苦一辈子，她不愿意。

有田做梦也没想到千代子会把他作为结婚对象来考虑。不过，打那以后，两个人的关系很快地变得亲密起来。

“我并没有吓唬你！我只不过是告诉你实话罢了。你对妙子是认真的吗？”

“当然是认真的！”

“想同她结婚？”

“说我不能结婚，又来问我想不想结婚？”

“你别打岔，说实话！”

“你是在试探我吗？”

“算了，作为一个不能结婚的人，你要好好地待妙子，不要让不幸的人更加不幸。她真的很可怜，连我也不忍嫉妒她。”

“我还以为你有多么了不起呢！一说起妙子的事，一口一个‘真的’。”

“我说的是真的！其实，妙子的事你一点儿也不知道！”说罢，千代子凑到有田的耳边，将妙子父亲犯罪的事和她的身世低声告诉了他。

“怪不得！我原来还以为她本人有什么问题呢！比如遗传有问题啦、患重病啦或小时候犯下了无可挽回的错误啦等等。”有田用笑声掩盖着内心的震惊，“总算明白了，她养小鸟是为了排遣内心的孤独。”

“不能跟她吧？”

“……”

“那么，今天你还要去多摩河吗？”

“去！”

“你好好安慰她。”

“嗯。”

"你是个好人。自从你喜欢上妙子以后，我才了解到这一点。今后若有什么事，还要请你帮我拿主意。其实，现在我就有些心烦意乱。"

"你要是心烦意乱的话，还是别来找我。"

千代子尴尬地笑了笑。

"请代我问妙子好。"说罢，千代子便返回鸟市去了。

因为还有时间，有田先在京桥的布里基斯顿美术馆和银座转了转。然后在新桥乘上了电车。在目黑，他换乘了公司线。只有去见妙子时才会乘这条线，沿线的景物令他越发思念妙子了。

"原来她是杀人犯的女儿啊！"

今后该怎么办？一时之间有田也没了主意。

在"我们人类是一家"的会场，妙子剧烈地咳嗽着靠在有田的胸前。现在回想起来，有田的心里又掺进了一种异样的感觉，他恨不得狠狠地掐住这个女人。方才千代子说自己是个"好人"，其实她才是好人。

在有田的眼里，妙子有时纯洁得像一张白纸，有时又老练得令人难以捉摸。他在两者之间徘徊彷徨。可是，令他不可思议的是，此时他反而有一种获得了自由的感觉。

多摩游乐园站前十分热闹，通往游乐园的整条大街都摆满了小摊，街上人来人往熙熙攘攘，到处是前来游玩的人们。

有田下车后，逆着人流向多摩河方向走去。多摩河的景象逐渐开阔起来，在远离闹市的一角，有一个被繁茂树木覆盖的小山丘，浅间神社就坐落在山丘上。

山丘下一家出售红螺卵的小店前出现了妙子的身影，她脚穿着红凉鞋。

妙子发觉背后有人，转身一看，是有田。她目不转睛地看着他，向前走了几步。

"对不起。"她道歉说。

"为什么？"

"害得你跑这么远的路……"

"远点倒没什么……"

"不过，你能来我很高兴。我还以为再也见不到你了呢！"

妙子在前面踏上了石阶。

"到上面可以看见河景。"

"千代子让我代她向你问好。"

"要是没有千代子的话，真不知会怎么样。"

"那有什么？你随时可以给我打电话，拍电报也行……"

"……"

"你是怎么出来的？"

"我出门时，阿姨追出门来送我。当时，我的腿都软了。"

"你没告诉她我的事吧？"

"……"

"你常来这里吗？"

"有时候来。"

快到山顶的地方有一个广场，广场的前面立着一块牌子，上面写着"婚礼会场"。过了广场，前面就是一片树林，中间夹着一段高高的石阶，神社的大殿就在上面。

"今天叔叔感冒在家休息，阿姨肯定有事要出去。我本该留在家里的。"

山上土地湿润，神殿周围阒无人声。

妙子打开了一直小心翼翼拿在手里的手绢，里面包着的是一个用柔软的牛皮和漂亮的织锦做的钱包。钱包扣儿是一个金属圈儿。

妙子从钱包里拿出几枚硬币投进了香资箱，然后双手合十默默地祈祷着。

有田感到妙子那倩丽的身影仿佛在渐渐离他而去。

"你在祈祷什么？"

"以前我常来这里，想求神帮忙。我许过许多愿。"

"刚才呢？"

"我许的愿太多了。"

"……"

有田觉得妙子的钱包很新奇，极想拿来看看。

"让我瞧瞧好吗？"

"这是很久以前阿姨给我做的。"说着，妙子把用手绢包了一半的钱包递给了他。

"真漂亮！皮子和织锦好像都不是现在的东西，我虽然不太清楚，但……"

钱包胀得鼓鼓的，拿在手上却轻得像一只皮球。有田感到很纳闷。

"里面装的是什么？"

"只有一枚硬币。"

"你怎么只有硬币？"

"这个另有原因。我以前攒过硬币，但现在已经不攒了。"

"……"

"里面还有小贝壳呢！"

"贝壳？"

"你可以打开看看。"说着，妙子打开了有田手上的钱包，用小指尖勾出一只圆圆的贝壳。

"这种贝壳叫'私房钱'。"

"这就是你的私房钱？"

"那是贝壳的名字！还有，这个叫'菊花'。"

那是一只带有白色条纹的黑贝壳，看起来俨如一朵菊花。还有一只叫作"松毛虫"的贝壳简直跟真的一样。

有田喜欢一只名叫"八角"的贝壳。那细长的白贝壳真像是一只牛角号。

"这是阿姨送给我的，所以不能给你。这些都是阿姨上高中时每天清晨去海边拾的。那时候还没有我呢！"

"你总是把阿姨挂在嘴边上。"

"叔叔和阿姨都非常疼爱我嘛！"

妙子找了一个能望见多摩河的、青草茂密的地方蹲了下来。有田也陪她坐在草地上。

"阿姨做学生的时候，通过捡贝壳看到了一个美丽多彩的世界。"妙子望着有田手上的小贝壳喃喃地说道。

两个人被包围在草木的清香中。

从这里望去，不远处的多摩河显得十分遥远。河滩边的草地上有几个游客模样的人，他们的说话声偶尔传来，反而使人觉得这里更加安静。不过，山下公路上往来的汽车声一直未绝于耳。

"咱们从那个长长的桥上过去看看怎么样？那边好像比这里更美，更富有田园风光。"有田说道。

"那座桥叫丸子桥。对岸的景色跟这里差不多。"

"你怎么了？瞧你那脸色好像不愿我来这里。"

"不是，你想到哪儿去了！"

"可是，我看你好像心不在焉。"

"是吗？"

妙子的目光仿佛要向有田倾诉什么。

"我想把一直憋在心里的话说给你听……"

有田点了点头，他等待着这个父亲是杀人犯的姑娘吐露烦恼。

"不过，叔叔家里的事我可不能对你讲。"

"嗯。"

"有你在我的身边，我感到心里踏实多了！"

"这不全在于你自己吗？"

"我从小就屡遭不幸，因此，常常会产生某些不祥的预感，即使是一件小事也会令我胆战心惊。"

你要是能说出来，心情就会舒畅多了。"

"高兴的时候，请你不要说这些。"

"你高兴吗？"

有田把手上的贝壳交到了妙子放在膝盖上的手里，然后紧紧地握住了她的手。妙子没有动，可是脸却红到了耳根。

"上次约会你没有来，连电话和信都没有。难道你被管得那么严？"

"不是的。是我自己管自己。我本想再也不见你了。"

"可是我想见你。"

"阿姨也曾告诫过我。"

"她知道我和你的事了？"

"我们在多摩游乐园玩儿的时候，好像被她看见了。"

"她说你什么了吗？"

"她倒没明说不准我和男孩子交往，不过……"妙子含糊其词地说到这里，突然话锋一转，"即使没被发现，阿姨大概也会知道的。因为她说，一切都写在我的脸上……"

"是吗？"有田把手搭在妙子的肩膀上，想把她拉近一些。

"她说，那是爱。其实，要说爱，以前我只爱他们两个人，他们对我恩重如山。"

妙子小心地缩了缩肩膀，似乎要摆脱有田的手。然后，她伸开了双腿。柔软的小草发出了轻微的窸窣声，她竟受到了惊吓似的说：

"我可不敢自作主张！"

"爱怎么能叫自作主张？你太守旧了！"

不过，有田还是不情愿似的把手放回到自己的膝盖上。看来，妙子的心底里有一扇漆黑、沉重的大门。

"我曾一度下决心想请他们允许我与你堂堂正正地在一起。"

"那可不行！我早就想好了，要是我们的事被阿姨发觉了，我宁可把自己关在房里痛哭也决不再见你了！"

"就因为你只爱你叔叔和阿姨？"

"以前我……"

"现在呢？"

"一想到你，我常常幸福得像是周围开满了鲜花，可是，我又害怕这样……"

"……"

"我并非总是这样。有时，我的心里也会出现彩虹，也会迸发出火花。"

"你总是在压抑自己。"

"自从见到了你以后，我觉得自己就像换了一个人似的，变得有精神了。"

有田将身子挪近她说："你把头靠在我的胸前试试，就像那天你晕倒时那样……"

"不要！请你不要再提那件事……羞死人了！"妙子羞愧难当，将头顶在了有田的肩膀上，有田顺势将她的头抱在了胸前。他被妙子突如其来的坦诚所感动，说："你的生日是哪天？"

"生日？二月十四日。听说那天下着大雪。对了，半夜雪刚停我就出生了。第二天早上，有人还在雪地里放了几瓶牛奶呢！听说，我的名字取自于'白妙之雪'中的'妙'字……"

"真的吗？"

"你呢？"

"我是五月二十一日。"

"哎呀，快到了！你的生日我一旦记住就不会忘记，哪怕是再也见不到……"

"我不愿意！下次到我过生日时，咱们再见面吧！"有田用力抱紧她。

妙子像躲避火星似的极力扭开脸，可是，有田的嘴唇还是碰到了她的面腮。

"请你放尊重些。"妙子直起了身子。"我不愿被人看见。"说罢,她站起身,"该回去了。"

但是,有田仍默默地坐在地上,一动不动。

"瞧你那不高兴的样子,我怎么能安心回去?咱们顺大堤那边下去吧。"说着,妙子拉起了有田的手。

白 芍 药

市子上女子美术学校时的一个同学是油画家，她每年五月都要在银座的画廊举行个人画展。

　　市子每次都跟丈夫一起去，有时还买一幅小的作品。这不单单是为了捧场，同时也是为了重温昔日的友情。不知是由于有画家的天赋，还是本人锲而不舍的努力，作为一个女人，她终于成功了。

　　与她相比，再回头看看市子她们这些人，当年所学现在多半成了业余爱好。不过，市子抛下工艺美术与佐山结婚，主要是为了斩断对清野的一缕情丝。

　　今年不巧，正赶上佐山在家中养病，于是，市子只好在这个星期日，也就是画展的最后一天一个人去了。

　　临出门前，市子打算去房里看看躺在床上的佐山。她走到房门口时，忽然有点儿担心自己的发型和和服是否太引人注目。

　　"今年是我一个人去，不买画儿也没关系吧？"

　　"一个人的话，人家反而容易张口让你买。"

　　"已经到了最后一天的下午，好的或是价格适中的恐怕都没有了。"

　　从暮春起，佐山就开始肩酸头疼。他在按摩的同时，几乎吃遍了所有的新药，可是总不见好。

他怏怏地唠叨着："怎么老是这种鬼天气？"

以前，佐山从未因伤风感冒而休息过。

市子请医生来看了看。竟发现佐山血压很高。医生建议他静养一段时间。

"我还没到那个年纪呢！"佐山为此感到深深的不安。

睡眠和饮食他都严格遵照医嘱，夫妻俩熬夜的习惯也该改掉，然而实际做起来却很难。另外，由于他们好客，因此，来访的客人仍然络绎不绝。

最近，光一与他们的关系也亲密起来，每星期要来一两次，有时还在家里留宿。市子猜想他是为阿荣而来的。

佐山这几天已不需要别人看护，所以他急着要去事务所看看。偏巧今天妙子又不在家，因此，市子有些放心不下。

"银座那边，你有什么事吗？"市子在佐山的被子旁边坐下，温言说道。

"没什么事。"

"妙子大概该回来了。"市子停顿了一下，然后又嘱咐道，"有什么需要，你就叫妙子吧。"

"为什么？"

"她很寂寞。有什么事你总是叫阿荣。"

"啊，阿荣在我身边，所以我……"

"阿荣总是不离你左右，就算是回到了家里也是这样。"

"她把我和你当成一个人了。"

"根本不是那么回事！"

"她对你简直崇拜得五体投地。"

只要有妙子在家，市子就可以把佐山放在家里，安心出门了。市子是如何照料佐山的，妙子都一一看在眼里，记在心上。现今四十多岁的夫妇中，像市子这样对丈夫照顾得无微不至的，实属罕见。现在，妙子也能颇有分寸地代替市子做这一切了。

但是，轮到阿荣就与市子迥然不同了。她活泼好动，标新立异，市子有时甚至都看不下去。生性如男孩子的阿荣嬉笑撒娇时，媚态横生，往往令人放心不下。

这些日子，佐山吃药时，连倒水都要叫阿荣来做，这也许是事务所工作的延续吧。市子感到自己仿佛被从佐山的身边拉开了。她怀疑自己是不是太孩子气了。

阿荣常常一天跑回来两次，她依偎在佐山的枕边操着大阪口音汇报完工作后，仍喋喋不休地说个不停。因生病和天气情绪低落的佐山被阿荣说得心花怒放。

"难道……"

市子并不认为阿荣是爱上了佐山，但她还是郑重地叮嘱说："尽量叫妙子来干吧。"

"好吧。"佐山点头答应着，"是不是阿荣认为我们是她理想中的一对夫妻，从而想了解、体验一下？"

"……"

市子一时猜不透佐山话里的意思，她问道："阿荣去哪儿了？"

"刚才还在这儿来着……"

市子怀疑她是在有意躲避自己。这时，门响了。

门缝中露出一只白皙的大脚趾。

这只脚趾宛如一个生物慢慢地蠕动着，门被推开了。

市子屏住呼吸，胸口剧烈地跳动着。只见阿荣抱着一只插满白芍药花的花瓶走了进来。她的脸被花完全遮住了。

"阿姨，您要出去？"

这些花儿有的直径十五厘米左右，有的刚伸出一两枚花瓣，有的才结出小孩儿拳头大小的花蕾。花朵的四周衬托着鲜嫩的绿叶，它们与阿荣一同移动着，最后，被放在了昏暗的壁龛上。

"阿荣，是你剪下来的？"市子声音颤抖地责问道。

"这些花儿开在院子里，叔叔看不到嘛！"

"阿荣，我可没同意你把它们剪下来。它们是这院子的主人，是不能剪下来的。花儿也是有生命的……"

"因为叔叔在家养病，所以……"

"捧着那么漂亮的花儿，却用脚开门……"

"人家抱着大花瓶，腾不出手来嘛！"

"你先把它放下再开门不就行了？"

"噢，对！"阿荣认真地点了点头，"我光顾着花儿，就忘了规矩了。我想快点儿拿给叔叔看……"

看似雪白的芍药花瓣中还夹杂着奶白色和淡粉色，靠近花蕊的地方则呈淡红色。

"这芍药花连我父亲都舍不得碰。"市子连父亲都搬出来了。父亲在世的时候，这些花儿就一直陪伴着市子，父亲也总是在院子里观赏，从未剪下来过。

"阿姨，请您原谅。"

天不怕地不怕的阿荣竟乖乖地低下了头。

壁龛上原来就放着市子插的百合和美人柳，但是与大朵的芍药花摆在一起的时候，它们就显得十分渺小了。市子站起身走过去，把百合和美人柳从壁龛上取了下来。

佐山从枕头上抬起脑袋，仔细地欣赏着芍药花。

"从近处看才发现，这芍药花不同凡响，就像古时候中国的天子似的。"他既像是劝解市子，又像是安慰阿荣。

"天子是牡丹呀！"

"不，它不比牡丹差。"

市子考虑到佐山尚在病中，所以也就不再同他理论了。她站了起来。

"请您早些回来。"看着送到大门口的阿荣，市子无论如何也笑不出来。

出了门以后，市子一边走一边目光向远处搜寻着，她想，妙子这时候该回来了。

市子觉察到妙子是去约会了。她担心单纯的妙子越陷越深，最后会承受不了感情的打击。

"看样子，她向对方隐瞒了父亲的事。"这也是市子最担心的。

在银座的画廊看完画展以后，市子懒得直接回家。她本想约这位画家朋友一同出去走走，但一来画廊里尚有客人，二来今天是最后一天，恐怕还有许多收尾工作要做。

市子身不由己地混入了人流。为什么会有这么多人？她冷眼望着街上的人群。年轻的姑娘们一走上银座大街，就不由自主地兴奋起来。当华灯初放、霓虹闪烁时，男人们就会相约来这里玩，尽管星期天这里的夜总会、酒吧等多数休息。

"啊，终于找到您了，夫人。"有人在背后招呼市子。

看样子，光一是急急忙忙追来的。

"我去您家，听说您上这儿来了，所以……"

"你去我家了？"市子反问道。

"嗯。刚一进门就听说了，于是就急急忙忙地追来了。"

"你就在我家玩玩不是挺好吗？我这就要回去，咱们一块回去吧？"

"我好不容易才追上您，怎么能就这样回去呢？"

光一的声音充满了青春的活力。

"你在家看到谁了？"

"阿荣。"

"阿荣？是她说我来画廊了吗？"

在市子看来，这似乎不是理所当然的事情。

也许阿荣在大门口就把光一赶了出去，若是这样的话，市子可以想象出当时阿荣的态度。

光一走上前来。市子瞟了一眼光一新衣服的领子，不禁想给他买条领带。离家后一直积郁在胸中的闷气竟由此而烟消云散了。

市子放慢了脚步，浏览着路旁商店橱窗里的领带。

"夫人，您在笑什么？"

市子也没想到自己的脸上现出了微笑，她从橱窗边走开。

"光一，你知道这一带哪家咖啡店好吧。这几天一直陪着佐山，咖啡也不准喝。一到街上，就特别想喝咖啡。"

"佐山先生怎么了？"

"身体不适，在家休息呢！"

"我一点儿也不知道。阿荣她什么也没说……"

"已经没什么事了，就是血压有点儿高。"

"那样的话，我就不便打搅了。"光一失望地看了看表。

"实际上，因前几天听说您想看扇雀①演的歌舞伎，但嫌买票麻烦，于是，我就买了来，请您去看。"

"谢谢，是什么时候的？"

"今天晚上。"

"今晚？"

市子吃惊地看着光一。

"我好不容易才买到了两张。"

"然后，你就追我来了？"

"对，是的。"

"在这儿遇到我，是不是打搅你了？今天是星期天，夜总会和酒吧的美人们都休息，你不是约了她们中的一个人吧？"

市子一时不知如何是好，于是便用这种话来搪塞。

"再不就是阿荣拒绝了你的邀请，然后你就让我来顶替。"

市子半开玩笑地说。

"不是的！夫人，阿荣这种人……"

"你们不是青梅竹马的伙伴吗？"

"我们只是互相知道对方的缺点。"

"那就是说，你们互相之间十分了解呀！"

"您和佐山先生对阿荣是不是过于娇纵了？"

---

① 中村扇雀，歌舞伎演员的世袭名号，已传三代。

"她很可爱，不是吗？她把佐山照顾得很好……"市子虽然嘴上这么说，可心里却在想，阿荣会不会是为了一个人照顾佐山因而拒绝了光一的邀请？

"难为你的一片好意，那我就去看看吧。几点开演？"

"五点开演。"

"哎呀，早就开演了！"

"不过，您喝完咖啡之后也来得及。"

光一很快找到了一家咖啡店。他们上了二楼。

"真暗，是特意弄暗的吧。"市子往周围看了看，只有一对年轻人坐在里面。

"好香啊！"

很久以来第一次喝上咖啡，市子只觉得全身舒坦极了。

"光一，你不喜欢阿荣吗？"

"您怎么又提起她了？其实您搞错了，不是阿荣跟我怎么样，她只是不满意您对我好罢了。"

"是吗？"

市子感到，光一的目光落在了自己拿着杯子的手上。

若是对阿荣没有意思，那他为什么还总来呢？

市子把杯子送到嘴边，瞟了一眼杯底的咖啡。这时，光一开口道："夫人，我在公司看见清野先生了。"

"哦？"

"他们东方产业公司准备印制对外宣传的挂历，他为此来我们公司，据说要用彩色照片。"

光一毕业于一所私立大学的商学系。市子知道，他之所以能进

157

这家大的美术印刷公司工作，全凭商业美术家的父亲的后门。

"挂历……"

一听到清野的名字，市子顿时紧张起来，她想把话题转移到挂历上去。

"是的。听说是送给国外客户的，因此，清野先生说，最好展现日本的自然景物，但不是富士山、日光或樱花。比如，八月份可以印上日本的贝壳啦等等……"

从前，清野曾见过市子少女时代搜集的贝壳。他大概是难以忘怀，所以才脱口而出的吧。

"我这里也有一些贝壳呢！"市子温情脉脉地看了光一一眼。

这个青年人无论如何也想不到市子和清野之间会有一段关于贝壳的往事。市子的话语中吐露出了自己的一段隐秘，心里产生了一种青春骚动般的快感。

"用贝壳的彩色照片倒是个不错的主意。"

"我也这样认为。这样一来，既有季节感，又体现出了岛国情调。"

"还有大海……"

市子昔日曾眼望小贝壳，心中思念出海远航的恋人。那时，她自认为如漂亮的贝壳一般可爱。

"我虽然在营业部工作，但是我想改行做摄影，帮助他完成这套挂历。夫人，能让我欣赏一下您的贝壳吗？"

"当然可以。不过，没有多少，而且也不稀奇，恐怕不会派上用场。我不知道究竟哪些是日本特有的贝壳，要了解这些是很困难的。”

“是啊。”

“你是什么时候见到他的？”

“清野先生吗？是上星期二见到的。他在法国餐厅里给我留下了很深的印象，所以，我记得十分清楚。那天在公司见到他，我一眼就认出来了。当然，清野先生并不记得我。”

“他提起我了吗？”

“没有。当时我没有说话。”光一观察着市子面部表情的变化，“差点儿说出来……”

“说出来也没关系。”市子轻描淡写地躲了过去。

市子知道，年轻的光一对自己怀着一种非同寻常的好感。令市子吃惊的是，在他的面前，她对自己与清野的那段恋情非但无怨无悔，反而还有一种甜蜜温馨的感觉，连她自己都感到莫名其妙。

出了咖啡店以后，他们从铁路桥下穿过，向东京宝冢剧场与帝国饭店之间的那条路走去。那一带正在修建高架高速公路，周围脏乱不堪。

光一一边走，一边向市子诉说着自己住在那家人家的烦恼。市子只是不时地点着头，心里却是柔肠百转。

进剧场坐下以后，《汤女①传》已接近尾声，到了全剧的最高潮。有马温泉的小汤女阿藤假装恋爱，骗取了潜伏的基督徒的名单，结果招致了杀身之祸。

剧中的阿藤就是由扇雀扮演的。

---

① 日本江户时代初期温泉旅馆中的妓女。

市子是第一次看到舞台上的中村扇雀。他把女人演得惟妙惟肖，而且充满了青春的魅力，令市子赞叹不已。

"来看戏的都是年轻姑娘，我在这里怪不好意思的。"市子说道。

以长谷川一夫①扇雀为中心、且有越路吹雪②和宝冢的南悠子③加盟的东宝歌舞伎团的演出风格与传统的歌舞伎及其变种略有不同，他们的演出十分华丽。

在《汤女传》的第三幕，由长谷川一夫扮演的假基督徒的下人将从扇雀扮演的小汤女处偷来的秘密名单烧毁，然后逃走了。

幕间休息时，市子请光一去了地下食堂。

下一幕是舞蹈"春夏秋冬"，先是长谷川一夫和扇雀分别扮演藤娘和牛若丸，接着，他们又分别扮演了藤十郎和阿梶。当第五场"夏日祭祠"的欢快舞蹈开始时，市子忽然发觉时间已经不早了。

"真可惜，我得先走一步了。"

"那么，我也回去。"

"这多不好，我一个人回去没关系。家里只知道我去画廊了，所以……"

"真对不起，佐山先生尚在病中，我却硬拉着您来这里。"

"瞧你说的，要是你不来看的话……"

舞蹈之后尚有三幕，但光一还是陪市子一起出来了。

他们乘上出租车去目黑车站。

两人并排坐在后面，光一忽然显得高大起来，俨如市子的情人

---

① 长谷川一夫（1908—1984），日本著名男演员，以美貌著称。
② 越路吹雪（1924—1980），原名内藤保美子，日本著名舞台演员、歌手。
③ 南悠子（1923—2013），本名上野悠子，宝冢剧团演员，擅长女扮男装表演。

一般，市子有些难为情，她自忖：今晚自己是否不太自重？

"下次，我陪您去看电影好不好？"光一似乎怕被司机听到，他压低声音亲昵地说道。

"你到我家来玩吧。"

"我一定去。"

"到时候，再叫上阿荣一块儿出去玩吧。"

"您怎么又提她？"

"像今天这样的气氛，对我来说，只会感到岁月无情，催人心老。"

"岁月无情？这是您的托词。我看您倒好像非常愉快的样子。"

"愉快吗？"

"反正是您的托词。"

"托词？看了扇雀和你，我就觉得自己老了。就拿阿荣来说吧，连脸蛋儿和牙齿都透着年轻。"

光一点上一支香烟，沉默了片刻："您动不动就提起阿荣，我觉得很奇怪。"

"有什么奇怪的？"

"您是不是希望我跟阿荣谈恋爱乃至结婚？"

光一直言不讳的问话，令市子左右为难，不知如何作答。

"在法国餐厅吃饭的时候，您也用相亲来取笑我们。"

"你们从小就认识，虽然多年没见，可是见了面就吵，于是，我就想拿你们开开玩笑。"市子企图轻描淡写地搪塞过去。

不过，她也觉察到自己对光一说阿荣说得太多了。难道自己不知不觉竟嫉妒起这两个年轻人来了？也许自己把心底里对佐山和阿荣的那份嫉妒转移到了光一和阿荣的身上，以求得心理上的平衡。她讨厌起自己来。

"女孩子真是让人捉摸不透。"市子喃喃地说道。

"今天阿荣就把我挡在了门外，只告诉我，您去了画廊。"

"那孩子活泼可爱，可是……"

"我去的话，也只想同您聊聊……"

"……"

市子忽然瞟了光一一眼，只见他嘴角绷得紧紧的。

目蒲线的电车上只剩下市子一个人了。这时，她才感到浑身酸软无力，孤寂难耐。

沼部车站已笼罩在一片沉沉的夜色中。

头戴橘黄色围巾的阿荣一个人孤零零地守在出站口外。

市子一见，心里感到由衷的高兴。

"阿姨。"

"你是来接我的吗？等了很久了吧？"

"嗯，这是第十三趟。"

"唉，真拿你没办法。"

阿荣在车站足足等了近两个小时。

阿荣的喜悦中洋溢着清新的爱意，使压在市子心头的阴霾一扫而光。

"我把您心爱的花剪掉了。害怕您真的生气，我在家里怎么也坐不住。"

她一脸男孩子般真挚的表情。市子就喜欢她这一点。

"您走后不久，光一就来了。我说您不在家，把他给打发回去了。"

"是吗？"

市子没有机会说出自己见到了光一。

阿荣拉起市子的手，沿着飘满橡树花香的坡道向上走去。

今天早晨，门口摆上了一双白凉鞋。

现在，用人志麻对这类事都要一一过目。另外，她还关心阿荣出门是穿长筒丝袜还是短袜。

阿荣是志麻最感兴趣的人。长期以来，她一直服侍为人随和的佐山夫妇，对她来说，阿荣是个变幻莫测的人物。

阿荣在这个家里，亦主亦客，她仰仗着主人夫妻的庇护，对用人颐指气使，反复无常。妙子则与她完全不同。妙子对志麻很客气，做事也很有分寸。

阿荣细心地把长筒丝袜后面的接缝抻直，然后戴上了一顶漂亮的小帽。

她对在廊下偷看的志麻显出不屑一顾的样子。

门铃响了。

"有客人。"阿荣回头喊道。

志麻慌忙跑了过来。

只见一位中年男子站在门口。

"请问，您是哪位？"

"我是警察。主人在家吗？"他拿出了印有官衔的名片，"我想打听一点儿事。"

志麻刚进走廊，阿荣就一把将名片从她的手中夺了过去："是什么人？"

吃过早饭，佐山夫妇在喝柠檬茶。市子正在向佐山讲述昨天的事。因为昨天晚上她回来的时候，佐山已经睡下了。

佐山从阿荣手中接过名片，疑惑地说：

"我不认识这个人，你能帮我去问问吗？"

市子没有在意。然而，过了许久也不见阿荣回来。

"他说找阿姨有事。"阿荣跑到市子跟前说道。

"找我？"

"他说光一那儿的一个女人死了……"

"啊？是谁？"

"阿姨，昨晚您是跟光一在一起的吧。"

阿荣的脸上浮现出轻蔑的微笑。

"到底是怎么回事？"市子向门口走去。

"是太太吗？"

那人脸上毫无表情，市子看了觉得有点儿恶心。

"您是这家的太太吧。"

"是的。"

"我想打听一下，您认识村松光一吗？"

"认识。"

"……"

"我是问，他跟您是亲戚，还是朋友？"

"他是我丈夫的朋友的儿子。"

"村松住的那家里有一个叫桑原的人，你认识吗？"

"我只知道他住的那家姓桑原。"

"同住在那里的还有一个叫山井邦子的人，您从村松那儿听到过有关她的事情吗?"

"这个……"

昨天,在从银座去东宝剧场的路上,光一向市子诉苦时,她不记得有这个人的名字。其实,光一说的都是一些琐碎小事,她根本就没往心里去。现在看来,光一也许是在向她吐露着什么。

市子极力回忆着,一时无法回答。

"昨天下午五点半到晚上九点多钟,您一直跟村松光一在一起吧。"

"是的。"

"好了,实在太谢谢您了。"那人向市子点头致意道。

"发生什么事了?"

"是这样的,山井邦子自杀了,也没留下遗书,而当时只有村松一个人在场……"

"……"

"当时桑原母女外出不在家,村松回来后,山井邦子沏了一壶茶,两个人就喝了起来。只有山井的茶杯里被下了毒。"

"哦?"

"她是自己倒的茶。就在她濒死的时候,桑原母女回来了。估计是使神经衰竭的慢性自杀,不过,目前尚有几处疑点……"

"是村松一到家就发生的事吗?"

"好像是。"

"……"

"一大早就来打扰您,实在对不起。"

不速之客道歉之后,转身离去了。

光一是决不会杀人的，不过，市子总觉得那个女人的自杀仿佛是与昨晚的自己有关似的。她忐忑不安地回到了佐山的身旁。

早该出门的阿荣，这时却又在忙着为佐山换衣服。

"是什么事？"

佐山边穿衣服边问道。

"我也不太清楚，听说是光一住的那家的女人自杀了……她就死在光一的眼前，他不会受到怀疑吧？"

一听说是在两个人喝茶的时候死的，佐山立刻转向市子说："她是在等光一回来……这就很可疑了。"

"任何人都会认为，自杀者与光一之间有不可告人的隐秘。他会受到常规调查的。死者多大年纪？"

"也许跟我差不多……我好害怕。"

由于有阿荣在一旁看着，市子极力作出平静的样子。

"你也很危险呀！"佐山半开玩笑地说，"如果光一犯了杀人罪，我也许还要当他的辩护律师呢！"

"你别瞎说……光那人来问一次，我都……"

"那个女人一直等着光一回来，两人喝着茶她就死了，几十分钟以前，你和光一在一起，如此看来……"

佐山说话的神态不像是在开玩笑。

"正好今天我要去一趟事务所，顺便暗中查一下。

"报纸大概会登出来，光一会不会……"

"光一恐怕也会被写进去吧。"

市子本想仔细看看早报，可是阿荣一直站在旁边听他们夫妻谈话，令市子很不耐烦。

"阿荣，昨天光一来的时候，你为什么只告诉他我去的地方，而不说佐山正在家里休息？"

"您昨晚回来以后，也没提光一的事呀！"

这生硬的回答使市子感到十分愤怒，阿荣简直把她当成了罪犯，仿佛是在怀疑她与光一是同谋犯似的。

"我跟光一见面还要向你汇报吗？你的疑心怎么那么重？"

"您才疑心重呢！"

"我疑心什么啦？昨晚你去接我，我很高兴。我觉得，我在路上遇到光一的事没必要跟你说！"

市子措辞严厉，阿荣像挨了打似的低下了头。

"没什么大不了的，何必……"佐山劝慰着市子。

在市子看来，佐山是在同阿荣一个鼻孔出气。

市子不甘心就这样放他们走，更何况今天是佐山休养多日后第一天上班，但是，她又不能留住他们。

"你要注意自己的身体，阿荣就拜托你了。"

阿荣站在低头穿着鞋的佐山的身后，忽然孩子气似的眨着眼睛对市子说：

"今天惹您生气，实在对不起。昨天我觉得自己好像被抛弃了似的，伤心极了。"说着，她抓住了市子的手。

阿荣的手心热乎乎的。

"你动不动就胡思乱想。"

"是的。"阿荣无精打采地点了点头。

他们两人出门后，市子惴惴不安地坐在了镶有三面镜子的梳妆台前。

她描了描眉，又涂了少许口红，不知怎样才好。

望着镜中的自己，她越看越觉得自己显老。

"山井邦子这个人，为什么要寻死呢？"

光一那棱角分明的面孔浮现在市子的眼前，她越想越觉得他可疑。这个年轻人表面上彬彬有礼，也许暗地里却喜欢勾引女人。莫非他曾同邦子偷欢过？昨晚在出租车里，光一看她的目光也热辣辣的。

诚然，市子与年轻的异性在一起时，也会感到自己年轻了许多。

可是，自己能与光一在一起待了那么长时间，是否与他说了清野的事有关？一想到这里，市子不禁感到毛骨悚然。

"啊，好可怕！"

她上三楼刚上了一半儿，就忍不住大叫起来。

"妙子！妙子！"

今天早上，妙子没有到大门口去送佐山，佐山跟阿荣一同出去的时候，她常常不下去。

"妙子。"

妙子正在房里玩小文鸟，听到叫声后，慌忙把两只小文鸟放进了笼子。

她仰头看市子时，脸上现出惊恐的神色，仿佛是怕被触到痛处的病人或闯了祸的少女。

"你这是怎么啦？"

"……"

"去多摩河散散步，好吗？"

妙子的脸一下子红到了脖根。市子将目光从她的脸上移开："我在下面等你。"

妙子竟然一句话也说不出来。

市子久久不见妙子下来,便穿上一双轻便的木屐,先出去了。

过了一会儿,妙子赶了上来。她眼皮潮红,像是刚刚哭过,她就像一个回娘家的新娘似的,市子一时间竟不知说什么才好。

"妙子一定发生了什么事。"她在心中暗想。

昨天晚上,妙子比市子回来得还晚。当时,市子正在洗澡,但妙子悄悄上楼的脚步声还是被她听到了。

市子本想出来散散心,可是反而又添了一桩心事。她信步向多摩河方向走去。

市子想,假如妙子、阿荣和自己都不是女人的话,事情就没有这样复杂了。她想起法国的一个女作家曾在她的《第二性》这本书中引用一位哲人的话:

"女人的确是奇妙而复杂的,她们根本无法用语言来形容。倘若使用众多的形容词的话,它们之间就会互相矛盾,而假如不是女人的话,事情就会简单多了。"

从昨天起,妙子对自己的恋情更加讳莫如深了。

她觉得,市子突然邀自己来多摩河散步,一定是知道了自己与有田在大堤上约会的事,并且,早已看透了自己的心事。她感到自己的双腿几乎不听使唤了。

"瞧你那样子,好容易出来一次……"市子亲切地低声说道,"吓得跟什么似的。"

只这一句话,又把妙子说得面红耳赤。

"你要是不愿散步的话，我们就回去吧。"

"……"

"妙子，现在你还不能告诉我吗？跟你来往的那个人知道你父亲的事吗？"

"知道。"

妙子眼望着河滩，几乎忍不住哭出来。

一群身穿运动服的人正在堤下的草地上练习橄榄球。

市子说："我想见见那个人。"然后，费力地走下了大堤。

一到家，市子就见光一等在那里，她大吃了一惊。

光一坐在客厅的长椅上抽着烟，面容显得十分憔悴。

"怎么啦？"

"也不知怎么搞的，从昨晚开始我仿佛挣扎在长长的噩梦之中。"

"你没睡吗？"

"怎么睡得着呢？"

光一的眼中充满了血丝。

"你先洗个澡，睡一会儿吧。有话以后再说。"

"啊？"光一感动地望了望市子，然后，迫不及待地说，

"昨晚我跟您分手后就回去了。到家以后，她就给我端来了一杯浓茶。她平时总是等我回来，昨晚也没什么异样之处。她问我戏有没有意思，于是，我就告诉她，听坐在我们后排的一个人说藤娘的那套服装值几十万，长谷川和扇雀登台时，女戏迷们大声尖叫等等。她一直微笑地听着，那时，她的杯子里就已倒上了茶了。"

"你和山井邦子一起去看过戏吗？"

"没有，我怎么会……"光一摇了摇头说，"我想请她再给我倒

一杯茶，可是，她却一直摆弄着自己手里的茶杯不理我！所以，我也不好叫她……我住在二楼，所以，当我准备上楼睡觉时，她竟恭恭敬敬地对我说了声'谢谢'。我觉得奇怪，抬头一看，只见她已经倒在了地上。"

"接着，她就开始折腾，我哪儿知道她服了毒呀？我以为她是胃疼，于是就忙着为她按摩……就在这时候，町子她们回来了。等到把医生叫来时，她已经不行了。于是，我就成了嫌疑犯。"

"警察也来这儿问过了。"市子说。

"对不起，我本不想说跟夫人在一起的事，但是，她们母女俩都知道我去看戏了，并且，肯定会告诉警察的。我想，如果我隐瞒不说的话，也许反而对您不利……"

"是啊，警察只是客气地核实了一下昨晚我跟你是否在一起的事，然后就走了。"

"到了您这儿，我心里踏实多了。"

"完事了吗？"

"您是说对我的怀疑吗？基本上解除了，可是……"

"那位叫邦子的女人知道你和我去看戏了吗？"

"她知道。我的事她什么都打听，让人讨厌……"

"哦？"

"山井好像是见过您。"

"咦？"

市子向四周看了看，仿佛她就在附近似的。

"她说，从前在大阪，您去参观展览会的时候……"

"是吗？那是很久以前的事了。"

"山井从学校毕业后，就一直在我父亲的身边工作，我从小就认识她。她办事认真，为人不错。后来，我父亲让她到战死的朋友家里临时帮帮忙……"

"……"

"她就在那里一直待了下来，她对町子比她母亲还关心呢！照相的活儿，只有山井会干，家里的生活全靠山井一个人撑着。可是，为了町子的事，她常和桑原吵架。尽管做母亲的不称职，但人家毕竟是母女，山井管得太多，反倒招致町子对她的不满。打那以后，她就变得心灰意懒。只有町子，仍是她心中的精神支柱。"

至于邦子对光一怎么看，他自己似乎从来没想过。

"女人的一生，真是说不准。"市子感慨地自语道。

"可不是，最近她还说要关掉照相馆，改做酒馆生意呢！"

"她能办好酒馆吗？"

"不行，这只不过是她的梦想。她急于搞点儿别的生意，动不动就说想开个酒馆，一辈子哪怕只轰轰烈烈地干上一次，穿一回漂亮的衣服也就知足了。有时她哭哭啼啼地说，町子结婚之前她就离开这里……对了，我想起来了，这几天她曾偶尔念叨过，怕吃漂白用的赤血盐或米吐尔死不了，吃氰化钾又怕死得太快。当时谁都没把这当回事儿，听听就过去了。"

"氰化钾？"市子吓了一跳。

"今天，阿荣比警察还厉害。"市子转移了话题，"跟你一起去看戏的事，我没对阿荣讲，结果今天早上被她知道以后大发一通脾气。在她的眼里，我一会儿是崇拜的偶像，一会儿又成了一文不值的废纸。我实在不知如何是好。"

"我不了解女人，听说山井在日记里写着，她渴求没有性欲的爱情……没想到，她那么大岁数还想谈恋爱。"

市子十分同情这个叫山井的女人，年轻的光一是无论如何也不会理解一个自杀的中年女人的。

"她有日记？"

"是日记一类的东西……听说就是由于发现了这个东西才使我摆脱了干系。"

"哦。"市子起身准备离去，"别管那么多了，先洗个澡吧。我去给你烧水。"

"今天大概要守夜，明后天就该下葬了，町子和她母亲又一直哭个不停……"

"那你还是早点儿回去吧。来，先洗个澡，然后睡一会儿。"

"听说我父亲今早乘海燕号特快正往这边赶。"

"你要是去接他的话，就把他直接带到这儿来吧。"

"好的。"

"对方没有亲人吗？"

"您是说山井吗？她在神户有一个妹妹。她好像还没见过年龄尚小的外甥和外甥女，因为她一直没有机会回关西……"

光一总算是去洗澡了。市子上了三楼准备给他铺床。

"妙子，妙子！"她一到楼上就叫妙子。

妙子不知何时又走了。

"照顾人家的闺女可真不容易……"尽管市子没有说出口来，但仍有意犹未尽之感。

请 放 心

为了让光一哪怕只睡一个小时，市子特意把他安排在了三楼的房间。她想，为了光一，也为了自己，今天应该做一顿富于色彩的午饭。她想到了做起来方便、省事的什锦饭。

　　她将扁豆、榛蘑、莲藕、对虾、鸭儿芹和红姜等所需材料一一写在纸上，然后交给志麻去买。

　　她一边系着围裙，一边来到了敞亮的厨房。她正洗着手的时候，蓦然间又想起了山井邦子的死，同时，清野的面庞又浮现在眼前。她惊恐地想，难道邦子的自杀与清野的事还有什么联系吗？

　　昔日与清野分手的时候，市子也未曾想到过去死。

　　但是，邦子的死或许唤醒了埋藏在市子心中的女人的悲哀。

　　"这样太对不起佐山了。"市子关上了水龙头。不然的话，她这手不知要洗多久。

　　外面有人叫门，市子出去一看，原来是送信的。

　　送来的是阿荣的母亲三浦音子寄来的信和包裹。

　　音子在信上说，她四月底把家里收拾了一下，然后去了神户的大女儿家。

　　信上说，她无时无刻不在牵挂着阿荣。还说，今年气候不顺，五月天就像梅雨季节似的，她神经痛的老毛病又犯了，从手腕一直疼到指尖，甚至连信都写不了。所以信也一拖再拖，她为此再三表示道歉。

音子还在信上说，二十多天以前，她就打算来东京与阿荣一起生活了。看到这里，市子嘀咕道："那样再好不过了。"

但是，阿荣就是因为讨厌母亲才离家出走的，她会听音子的话吗？若是两个人都住在东京的话，弄不好音子会成为市子的又一负担。

另外还有一封信，是音子写给阿荣的。

大概是手指疼的缘故，阿荣来这儿以后，音子只给她写过两封信。一封是阿荣刚到的时候寄来的，另一封是在大约二十天以前收到的，里面还有给阿荣的汇款。

据说战后，阿荣的父亲在旧货店老板的劝说下曾买了一些茶具，音子拿了几件不起眼的小东西去卖，如黄濑户瓷香盒、两只小茶杓，结果卖了几十万日元，连她自己都没想到。有了这些东西，音子暂时还过得下去，因此还能给阿荣一些零用钱。

阿荣从不给母亲写信，她好像非常讨厌写信。

细长的小包裹里是一条博多产的和服腰带，这是音子送给市子的。漂亮的琥珀色对市子来说，似乎显得太鲜艳了。

"阿荣已经来了两个月了。"

市子想，用不了多久，连大阪的房子也会被卖掉吧。

佐山事务所位于丸之内一带，那里虽经历了大正大地震和昭和的战火，但仍完好地保留着昔日的风貌。

一到了街树新绿的时节，暗红色的砖楼仿佛也变得年轻起来。

休息了一周的佐山刚一走进事务所，大家便纷纷走上前来关切地询问他的病情。

"碰上这阴雨连绵的鬼天气，身体有点儿不舒服。"佐山含糊其词地答道。

佐山讨厌提血压高这事，仿佛自己已经成了老人似的。他想尽快把这件事忘掉。

阿荣站在桌旁，把一张表交给了佐山。原来，在佐山患病休养期间，阿荣替佐山婉言谢绝了一切来访和邀请，并把这些都一一记了下来。

"咦？在家里你怎么不告诉我？"

"告诉您这些只会增加您的负担。"

无论是电话还是来客，表中都记录得十分详细。调查案件的原稿也都抄写得工工整整。

很显然，阿荣为佐山工作十分努力，一切都做得井井有条，令佐山也不得不对她刮目相看。

下午，佐山去法院转了转，一个多小时以后，他回到了事务所，一天的工作也就结束了。

佐山顺手拿起一本美国杂志，浏览着上面的照片，这时，一个姓张的中国人来找他了。

这位张先生从前曾因触犯了经济法而请佐山帮过忙。打那以后，他就时常来事务所咨询有关法律事宜，并且还请佐山吃饭。

佐山夫妻曾被邀请去过位于麻布龙土町的张家。

那是一座战后建起来的房子，除了车库和客厅以外，其余的部分都是纯粹的日本风格。年过五十的张先生喜欢穿素雅的和服，看上去俨如一位日本老板，说他是中国人，别人几乎都不敢相信。

据说张先生是十二三岁的时候来日本的。现在，他同日本妻子、岳母及养子一起生活。听说他的养子是个日本孤儿，在产院里生下不久，就被抱养过来了。那个养子今年二十出头，张先生对他视如己出，对岳母也视同自己的亲生母亲。

除了这个由陌生人组成的和睦家庭以外，张先生在外面还有一个为他生了孩子的小妾，她现在经营着一家酒吧。

佐山夫妇应邀来到他家时，市子为他的这种生活惊讶不已。

张先生对岳母一口一个"外婆、外婆"，叫得十分亲切。

肌肤雪白的妻子穿着入时，但长得并不漂亮。她有时还跟张先生一起去小妾的酒吧，佐山听到这些，连忙阻止说："太太，那样做可不妥呀！"她母亲也赞成佐山的意见。因此，母女俩又吵了起来。

张先生对这一切却视若无睹，他依然谈笑自若。

佐山与张先生坐在有屏风隔出的一角谈着话，这时，阿荣送茶来了。

"小姐长得真漂亮，是什么时候……"张先生虽然面对着佐山，但这话好像是对阿荣说的。

佐山向张先生介绍了阿荣。

不过，张先生对佐山生病及阿荣在事务所工作的事则一无所知。

"带这个漂亮的小姐去夜总会玩玩怎么样？"

张先生望着阿荣的背影大声说道。

"今天恐怕……"佐山笑着谢绝道。

"反正今天我要带内人和犬子出去吃饭，大家一起热闹热闹，他们也会高兴的。"

佐山只好点头答应了。张先生约他在日活饭店的大厅见面，然后又叮嘱了几句，便高高兴兴地回去了。

佐山一回到办公室，阿荣便迎了上来。

"方才那个人约我去夜总会，你想不想去？"佐山低声问道。

"啊，太好了！"阿荣兴奋地大叫起来。

"可是，我这身打扮……"

阿荣无所顾忌地撩了撩茶色粉格的裙子。

"这事别声张……"佐山别开脸，"你就穿这个吧。就算是去了，我也不能喝酒，随便看看就回去。"他似乎有点儿不高兴。

可是，阿荣依然是兴致勃勃。

"几点到那儿？"

"我们说好六点见面。"

"那我总得化化妆呀！六点的话，去美容院还来得及。"

"……"

佐山摸了摸腮帮。他的头发不太密，但看上去比实际年龄要年轻一些，显得颇有个性。

"这样吧，我也顺便去理个发。你六点直接去日活饭店的咖啡厅吧。咖啡厅在饭店地下一层的最里面。"

他担心阿荣先到那里见了张先生一家不知该说什么，于是决定在地下一层会合后，一起上六层大厅。

阿荣欢快地扭动着腰肢将打字机罩好，把椅子推到桌子下，然后急匆匆地出去了。

佐山从二楼的窗户目送着阿荣沿着一排悬铃树渐渐远去的轻盈身影。

一个年轻的律师回来向佐山报告说，山井邦子已被确认为自杀了。不知为什么，佐山没有立即打电话将这个消息告诉市子。

佐山从银座的理发店走到了日比谷的日活会馆，一路上看到年轻的姑娘们已换上了夏装。在他休养的这段时间，街上仿佛换了个新天地。

先一步来到地下咖啡厅的阿荣把手举到耳旁，向佐山招手示意。

"叔叔，这下您精神多了！"

"等很长时间了吗？"

"不，我很高兴。我们总是一起回家，一起去事务所，这次在一个新的地方碰头……"

"……"

阿荣的柔发中散发着从美容院带来的淡淡的幽香。她化的妆比平常浓艳了一些，面庞显得更加俏丽妩媚。

佐山从她的身上感受到了强烈的青春气息。

"阿荣今年二十还是二十一？"

"我是属鼠的。"

"你还知道旧时的属相吗？我也是属鼠的，正好比你大两轮。"

"这样我就可以放心大胆地喜欢您了！"

佐山轻轻地笑了。

"放心大胆？就像是哄小孩的游戏？"

"我已经不是小孩子了！"

"……"

"那个中国人怎么还不来？"

"张先生他们一家在楼上等着我们呢！"

佐山带阿荣离开咖啡厅，乘上了自动扶梯。

在大厅里，佐山与张先生一家寒暄了一番便坐了下来。阿荣顺势坐在了他的身边，一双含情脉脉的大眼睛不时地望着佐山，宛如他的情人一般。

"叔叔，那位上楼去的先生……"

"嗯？"

"他是不是清野先生？我和阿姨见过他。"

"在哪儿？"

"在东京会馆，是上次看完电影以后……"

"咦？"

"怎么？阿姨没告诉您吗？"阿荣故作惊讶地睁大了眼睛。

"他叫清野？"

"我想……大概是的。"

佐山寻思，莫非是渔业公司的那个清野？佐山虽未见过他，但在为他们公司打官司时，曾听说过清野这个名字。

方才佐山也看到他和另外三个人在大厅里谈话，现在大概是要去餐厅。

他站在楼梯上回过头，那爽朗的微笑、坚毅的目光及强壮的肩膀尽收在佐山的眼底。

然而，市子怎么会认识清野呢？她为什么要隐瞒与清野见过面的事呢？

"昨晚光一的事也有些蹊跷……"

既然是在大厅会合，原以为会在饭店用晚餐，岂料张先生却把他们带到了一家关西菜馆。阿荣来东京后第一次尝到了红烧鸡肉，她吃得非常高兴。

佐山已经想走了，可是，有张先生的妻子和儿子在侧，另外，阿荣正在兴头上，所以，他不愿扫大家的兴，于是就决定跟他们一起去夜总会。

来到夜总会刚一落座，女招待就走到桌旁为他们点上了蜡烛。阿荣对这里的一切都感到十分新鲜好奇。散布在天花板上的照明灯闪烁着宛如繁星般的微光，桌上只有一支蜡烛，偌大的夜总会里显得很暗，连邻桌人的面孔都看不清楚。

对面和周围立着几根树根似的奇怪的柱子，像是分别代表着男人和女人，女人可以隐约看出腰部和臀部的曲线。据说，夜总会的整体装饰采用了象征宇宙的设计，黑洞洞的天花板上用红、蓝荧光涂料画着一些奇妙的线条。

在若明若暗的光线中，阿荣的面庞愈发显得白皙娇艳。

"怎么样？请您……"张先生的儿子邀阿荣跳舞。

他叫和夫，时髦的黄衬衫配着一条灰鼠色西裤。佐山觉得他有些流气。

"我就愿意这么看着。"阿荣胆怯地说道。

据说，这里可以容纳很多客人，光是女招待就有二百五十人之多。阿荣似乎被这阵势吓住了。

"你不会跳吗？"

经佐山这么一说，阿荣呷了一口杜松子酒，壮了壮胆说：

"那么，就跳一个……"

舞池里只有六七对男女在跳舞，女招待们都穿着袒胸露背的晚礼服，阿荣的那身普通的衣裙在这里反而很显眼。乐队演奏着低沉的乐曲。

　　一旦进入舞池，阿荣就跳起来没完，她连着跳了三四支曲子也不下来。

　　阿荣从和夫的颏下转过脸，向佐山促狭似的笑了笑。佐山心里很不是滋味儿，但又无处发火，仿佛是自己身边的东西被人顺手拿走了似的。

　　"这姑娘真不错，看样子很单纯。"张先生对阿荣赞不绝口。

　　"和夫交了许多女朋友，总是花钱，真拿他没办法。"张先生的妻子也在一直盯着他们，"要是有好姑娘的话，我想让他早点儿成家。"

　　"那姑娘可不行！"

　　佐山立刻一口回绝道，连他自己都不明白到底是为了什么。

　　"为什么不行？"张先生反问一句，然后，向佐山意味深长地看了一眼。

　　正当佐山苦于无法作答时，阿荣回来了。

　　阿荣抹了一把沁出汗珠的额头，又喝了一口杜松子酒。

　　"他跳得太好了，我实在不愿停下来。乐队也不错。"

　　听阿荣这么一夸，和夫似乎又来了精神，稍事休息后，他又邀阿荣跳舞。

　　岂料，阿荣却像蝴蝶似的挥了挥手，冷冰冰地拒绝道："我不能把叔叔晾在一边不管。多亏了您，今天我玩得很痛快……"她似乎从佐山的神色中领悟到了什么。

和夫拉起女招待的手，又下舞池去了。

"叔叔！"阿荣提醒道。

"啊，我们该走了。"

女招待用手按住佐山的腿说，模特表演马上就要开始了。那十个时装模特据说是女老板从女招待当中选出来的。

张先生一家似乎经常光顾这里，他的妻子跟女招待们正聊得火热。

这时，除了舞台之外，整个大厅的灯全熄了，舞池里的客人们也纷纷回到了自己的座位。在追光灯的指引下，身着晚礼服的模特们顺着带有红扶手的螺旋楼梯从天井鱼贯走了下来。这十个人当中，有两个穿的是和服。她们先在舞池站成一排向客人们亮了相，然后登上了舞台。台前摆着一溜儿人造百合花，花的下面透出了绛紫色的脚光。

佐山本欲离去，但一听说有脱衣舞表演，便又留了下来。

女招待说，如果喜欢模特中的哪一位，客人可以把她叫到身边来。大家沉默了片刻，张先生的妻子说道：

"那个扎着发带的姑娘挺可爱的。"

尽管看脱衣舞对阿荣来说有些难为情，但她仍目不转睛地望着台上。

随着表演的继续，那位扎着发带的姑娘走下来，坐到了佐山的身旁。这姑娘看上去很安分，她的头发上撒着金粉，佐山看了觉得十分新鲜。她那套晚礼服从后背到胸前镶着一圈看似珍珠的珠子，佐山用手指拉了拉那珠子问道：

"凡是参加表演的人都可以领到这身衣服吗？"

"不，这都是我们自己掏钱买的。"

"这可是一笔不小的开销呀！"

这时，阿荣凑过来说："叔叔，咱们走吧。"

张先生邀佐山再去一家夜总会，可是，这次佐山婉言谢绝了。他们告别了张先生一家，出了夜总会。

由于出租车堵塞了道路，他们被一群卖东西的小女孩团团围住了。阿荣高兴地买了一束花儿，然后搂住佐山的胳膊说：

"我喜欢叔叔，最最喜欢！"

"你是不是醉了？"

"有点儿……"

阿荣那柔软的小手微微有些发烫，无形中也使佐山增添了几分青春的活力。

"我觉得脸皮紧绷绷的，我一喝酒就这样。"

"在大阪的时候你也喝酒吗？"

"您也知道，我父亲不回家，所以，母亲总是喝酒，我也陪她喝，慢慢地就喜欢上了。"

"这么说，将来你得找个能喝酒的丈夫了！"

"瞧您，还是一副老脑筋。我想喝的话，可以自己一个人喝嘛！"

"你不是说，陪你母亲喝吗？"

"那是因为我讨厌那样的母亲。"

"你不是你母亲的孩子吗？"

"不，我喜欢父亲！他对我比母亲好上一百倍、一千倍！可是，父亲他一去就再也没……"

阿荣止住了话头，仿佛是在吐去心中的怨气。

"不过，现在我已决定把这些通通忘掉，高高兴兴地活着。有您疼我，我就心满意足了。我喜欢您甚至超过了阿姨……我只能用'喜欢'来表达心里的感受。"

佐山想多走一会儿，一方面为了使阿荣清醒过来，另一方面也确实是想跟这个美丽的姑娘单独多待一会儿。真是天赐良机，今天竟能让他得偿心愿。

"您要是不说话，我就会被当成是受到训斥的小孩子了。我可不是小孩子！"

佐山走近和服店的橱窗，躲避着夜风点起一支香烟。

"叔叔，您累了吗？"阿荣关切地问道。

"还不至于。"

"我担心您为了让我高兴而勉强自己。"

"没有的事。"

"您瞧，店里的人向您打招呼呢！难道这是阿姨常来……"

"嗯。"

佐山发觉以后，马上从店前走开了。

"若不回去的话，阿姨会惦记的。"

危险的机会正在渐渐逝去。

"不过，即使现在就赶回去，也会受到阿姨责备的。"

"是会受到责备的。"佐山轻轻地笑了笑，"就说你喝醉了，怎么样？"

"说了也没关系。阿姨从未体验过那种大醉一场的不幸，我真羡慕她！"

突然清醒过来的阿荣脸色煞白，细长的眼角闪现着泪光。佐山给弄得有些手足无措。

阿荣一直将市子奉为崇拜的偶像，佐山觉得，她之所以说喜欢自己，恐怕也是爱屋及乌吧。

市子心里盘算着，光一也许会从东京站将坐海燕号特快列车来京的村松直接带到家里来，另外，佐山今天也该早些到家。

她为佐山和村松做好了晚饭，耐心地等着他们。佐山今天是大病复出的第一天，村松这次来京是为了参加山井邦子的葬礼，虽然不能说是为他接风洗尘，但市子确实是下了一番功夫的。

然而，这一切都白费了。

将近夜里十点，外面响起了门铃声，市子以为是佐山回来了，可是打开门一看，却只见村松一个人站在门口。

"可把您盼来啦！光一他……"

"为这种愚蠢的事麻烦您，实在是令人惭愧……"

"哪儿的话！请先进来再说吧。"

正当村松脱鞋时，佐山也回来了。阿荣躲在佐山的身后，扑闪着一对惊慌的大眼睛。

"喂，"村松一见阿荣就大声说道，"听光一说，你这姑娘不请自来了！"

"光一可真讨厌！"

"没想到，出落成一个漂亮的大姑娘了！是用多摩河水洗的吗?"

阿荣一耸肩膀跑上了三楼，再也没下来。

佐山见到村松十分欣喜，立刻与他兴致勃勃地聊起来。村松将山井邦子的事原原本本地告诉了佐山。

"假如我不叫她来东京，她或许不至于走上绝路。桑原战死后，我觉得他留下的妻女很可怜，于是就让山井来暂时帮帮忙……其实，我对桑原并没什么义务，不过，山井过来一待就是许多年，她这一死，我反倒觉得对桑原母女今后的生活负有责任似的。这实在是一段奇妙的因缘。"

"阿荣来了以后，恐怕你佐山也不可能预知今后会发生什么事吧？"

"嗯，市子会感兴趣的。"

"这可不仅仅是兴趣呀！人与人之间产生的联系……"

村松对邦子之死似乎并未放在心上，他又同佐山海阔天空地聊了起来。

尽管邦子与佐山无任何关系，但男人们就是这样的吗？市子与邦子虽然素昧平生，可是心里却在为这个死去的女人感到悲哀。

过了一点半他们夫妇才上床躺下。

市子推开了佐山的手，尽管他们已久未亲近了。

"你的身体会吃不消的。"

"我已经完全恢复了。"

"这里还住着前来吊唁的朋友呢！"

"吊唁？"佐山把手缩回去，翻身仰面躺着自语道，"真是怪事，吊唁或是守夜之后非常地想女人。男人大概就是这样吧。"

"我可不是那种女人，请你不要侮辱我！"

仿佛佐山说的"女人"不仅仅是"妻子"似的，在市子听来，妻子不如说是一个替代品。她感到十分厌恶。

伤心亡人或许有时需要互相拥抱、抚慰，但山井邦子与佐山却是毫无瓜葛。

也许他想在市子身上发泄被年轻美貌的阿荣勾起的情欲？

市子本想问问佐山，从下午到深夜，他们都去了哪些地方。但是，她现在甚至都不愿提起阿荣的名字，唯恐自己会受到伤害。

另外，市子还担心自己若是捅破这层窗户纸的话，会不会弄假成真？

她自我解嘲地想，佐山回来时若不是在门口遇上村松，可能早就告诉自己了。

"你怎么啦？"

"从早上起来后，我这一天都没得安生，我还指望你能早点回来呢！"

"唉，今天张先生来了。"

"哪个张先生？"

"就是住在龙土町的那个，你跟我不是还去过他家吗？"

"哦，是他呀！"

"这回阿荣的母亲一来，我们家就成了旅店了。音子也要住在这儿吗？"

"听说音子要把大阪的房子和东西全部变卖掉，这样的话，她可以得到一部分钱。现在她只有阿荣了，她们母女俩若想在东京生活的话，那是再好不过的了。"

"是啊。不过，尽管阿荣的母亲被她父亲遗弃了，但是与父亲相比，阿荣更讨厌自己的母亲。她离家出走是投奔你来的，如果音子硬要同她在一起，难保她不会再次出逃。"

"我对这种年龄的女孩子简直束手无策。我现在只想照看好妙子一个人，把阿荣还给音子好了。"

"她对你那么亲，你舍得放手吗？"

"人家还有母亲呢！"

市子一反常态，语气十分尖刻。

"她父亲健在，双亲俱全……"市子似乎意犹未尽。

"……"

过了不久，佐山又悄悄地将手按在市子的乳房上。市子不由得热泪盈眶，她不愿轻易就范。

可是，若不能满足佐山的话，恐怕会把他推给纯贞无瑕的阿荣，而自己早在结婚的时候就已失去了少女的纯贞了。想到这里，市子突然发疯似的抱住了佐山。她感到佐山今天异常地强壮有力。

燕　飞

连晴两日，炎热异常，这已成了早报上的新闻。然而，今天却又变成了阴冷的雨天。

"老天真是疯了，弄得本人如此辛苦。"村松幽默地说着打开了雨伞。

他每天去桑原家安排邦子死后的生计，市子家他只是晚上回来睡个觉而已。

"我这可是名副其实的售后服务呀！"

"您肯定会处理好的。"市子说道。

"真想请夫人帮我出出主意。以往的经验告诉我不能病笃乱投医。桑原母女把什么事情都推给山井邦子，养成了极强的依赖心理。自从山井死后，那个上中学的女孩子一直缠着光一不放，光一一说要搬家，她就以自杀相威胁，这可真让人头疼。不过，幸好光一的名字没有上报纸，这总算是不幸中的万幸了。"

"今天您回来也很晚吗？"

"不知道，晚饭请不要等我。"

送走村松以后，市子回到一楼客厅自己的椅子上坐下，同每天早上一样，这段时间是她小憩的时刻。

庭院里的玉兰树已含苞欲放，一些雪白的花蕾还泛着青色。旁边的枇杷树也结出了淡黄色的小果实。

昨天和前天，家里请人来修剪了草坪，使得绿色尽现眼前。

一只雨燕掠过整齐的草坪，它时而直上云霄，时而急速俯冲。

市子的目光一直落在雨燕那黑色的脊背上，当它翻身露出白腹时，市子甚至连它的头部都看得一清二楚。雨燕在雨中的草坪上不知疲倦地飞来飞去，似乎要向市子诉说什么。

市子想让喜欢小鸟的妙子也下来看看，她按了按铃。

"你叫妙子马上下来……"她向用人吩咐道。

妙子围着白围裙就下来了。她大概正在打扫房间。

"阿姨。"

"妙子，你瞧那燕子，它还没习惯我们这儿呢！"

由于燕子飞得很低，妙子起初并没有发现。

"它大概想告诉我什么吧。"

妙子手扶窗棂探头出去。市子为她挽的发髻很紧，使得额头至后颈的发根清晰可见。市子觉得妙子比阿荣更美，近日来愈发变得清丽脱俗、楚楚动人了。

自从发生那次不愉快的事情以来，阿荣每天早晨都先于佐山出门，下午提早回来。

但是，她对市子还是那样撒娇取宠，没有丝毫的收敛。

市子已没有理由再对阿荣怀疑或嫉妒，她只是无形中感到阿荣那无拘无束的态度在不断地威胁着自己。过去发生的一切及所有的保证几乎都束缚不了阿荣。

阿荣对市子的心思了如指掌，自那以后，她再也没有提起过佐山，而佐山也尽量避免在市子的面前提及她的名字。这些反常的举动更使市子难以对佐山和阿荣说些什么，她简直要窒息了。

"阿荣肯定是爱上了佐山！"

市子做梦也想不到佐山会爱上这个二十来岁的姑娘，实际上，也怪她自己太疏忽了。

但是，市子没有去责怪阿荣，她只是在心里默默地忍受着痛苦的折磨。

在院子里飞来飞去的燕子仿佛是来向市子告密或警告什么似的。

傍晚七时多，天空仍很明亮。市子左等右等还不见佐山回来，心里便又胡思乱想起来。她仿佛看到阿荣与佐山偷偷地幽会。

"阿荣她早就回来了，难道……"

市子心中骤然紧张起来。

她不再等下去了，于是来到走廊准备上三楼叫阿荣和妙子下来吃饭。这时，她看见了站在大门口的阿荣的背影。

好像有人来了。

"吓了我一跳！您不会先来个电话吗？就这么冒冒失失地闯来……赶在这吃饭的时候，有什么事吗？"

"这一阵子没见你，比以前漂亮多了！"跟阿荣说话的竟是她的母亲音子。

"你不知我有多惦念你。早就想来了，可是家里事太多，一时脱不开身，想来也来不了……"

"这个时候您来做什么？"

"瞧你说的，你也给市子添了不少麻烦……"

市子虽然一直盼着音子来，但还是感到有些意外。

音子一见市子，眼里立刻涌出了泪水。

"你怎么不事先打个招呼？我好去接你呀！"

"不麻烦你了……以前我常来叨扰，对这一带很熟悉，这里还是以前的老样子。我大概有二十年没来了吧？时间过得可真快！"

她又说起了东京话。

市子见音子穿戴得整整齐齐，感到很安慰，又很高兴。

"音子，你既然来了就好。"

听阿荣讲，音子总是穿着厚厚的衣服，因为神经痛，到了初夏还穿着厚袜子。

市子以为屡遭不幸的音子一定变得十分衰老，然而现在看来，是阿荣夸大其词了。

她霜发入鬓，眼窝灰暗，面布皱纹，真是见老了，但决不似阿荣形容的那么老。

她没有化妆，显得非常自然。

"阿荣，别傻站着，快帮妈妈把东西搬进去。"市子催促道。

由于母亲的突然出现，阿荣在市子的面前显得有些不知所措。

为了让音子能够休息好，市子把她带到了二楼自己和佐山的房间。

阿荣放下东西以后，就悄然消失了。

音子身穿一件朴素的和服外套，虽然样式很老，但却给人一种新鲜的感觉。她脱下外套，从旅行袋里拿出一件染得恰到好处的结城飞白纹和服①换上了。

她又拿出一条蓝底白茶花的腰带系上了。

---

① 结城市位于现茨城县西部，其传统绢织物"结城袖"很有名。

"我该先见见佐山再换衣服。"她这时才发觉佐山不在。

"佐山还没回来。"

"他的生意还那么好。"

"听说你认识大阪的村松先生？他是佐山的朋友，现在就住在这儿。"

"哦，真没想到！那我更该重新换上衣服了。"

"算了，也不知村松先生什么时候才能回来，你不必太客气。你看看我，最近穿衣服总是这么随随便便的。"

"我可不能跟你比呀！"

"哦，我差点儿忘了。谢谢你送给我的和服腰带。"

"我该给你买更鲜艳的，你一点儿也不见老。"

"只是外表显得年轻罢了。我从法国小说里看到，这叫'年轻的木乃伊'或'经老的女人'。因此，我讨厌自己这副样子。"

"这不挺好吗？你再瞧瞧我，简直难看死了！不过，说着说着，我倒像是回到了从前似的。"

"是啊，你要是来参加祝贺福原老师七十七岁寿辰的聚会就好了。"

"我哪儿顾得上呀！去的人多吗？"

"嗯。"

"市子，你从前收集的那些贝壳，现在还有吗？"

"有啊！聚会时，岛津还说起了一件有趣的事呢！还说是生物学上的一大发现！她说，情敌也有死的时候……"

"真的死了吗？"音子瞅着市子。

"死了。"

岛津也许有她自己的情敌，不过，音子指的当然是那个同清野结了婚的女人。市子在东京会馆见到清野时，才知道她已经死了。在那以前，市子从未在别人面前提起过那个女人。

　　"死了？"音子又将市子的话变成了疑问式，她嘀咕道，"要是你同他结了婚，说不定也会死呢！"

　　"讨厌！你怎么这样说？"

　　"我是说有这个可能，人的命运谁也说不准。当初你哭着与清野分手，结果嫁给了佐山，现在不是很幸福吗？要分手就趁年轻的时候，到了我这个年龄就彻底完了……"

　　"无论如何，女人若能和初恋的情人终生厮守，也不失为人生的快事……有人也会这样认为。"

　　"人嘛，什么想法没有？"说罢，音子话锋一转，"市子，你还在搞工艺美术吗？"

　　"早就扔了。本来，那也算不上是什么艺术。"

　　市子年轻时，一进工作间就几乎是废寝忘食。然而，近年来她连和服都没心思去设计了。

　　从阿荣来的半年前开始，市子突然变得像二十岁的姑娘似的，心里常常会冒出一些朦胧的幻想。如今回想起来，她感到万分惆怅，到了这个年龄的人，难道只有自己才这样吗？当她百无聊赖时，常常会感到头昏眼花。

　　"佐山先生简直是太好了。"音子自以为是地说。

　　"不过，也许带有某些缺点的丈夫会更好一些。请借我梳子用一下。"

　　市子拉开了梳妆台的抽屉。

"阿荣这孩子一向任性，想必给你添了不少麻烦。这两三年来我真是拿她毫无办法，她的个性太强了！"

"也不全是那样。"

"她倒是什么事都做得出来，可就是不来帮我做点儿什么。她从来不考虑自己的前途，也不愿吃苦！"

"也许是因为她还年轻。最近，她去佐山的事务所帮忙，干得还蛮不错。"

"那因为是你安排的。她尊敬你、爱戴你，对你佩服得五体投地。她给我的信也是这样写的。"

市子没敢告诉音子，阿荣也喜欢佐山。另外，见到了阿荣的母亲之后，市子的疑心竟也梦一般地烟消云散了。

两个人坐在那里没完没了地聊着。

音子又提起打算跟阿荣在东京生活的事。

"三浦先生呢？"

"我提出离婚不是正中他的下怀吗？"

"可是，我不主动提出来，他也不会说的。我们之间既没有爱，也没有恨了。"

"……"

"不过，作为一个女人，我害怕失去丈夫和家，这样阿荣也会瞧不起我的。你能理解我吗？"

"能理解。"市子机械地答道。

"实际上，房子已经卖了，家也不复存在了，只有户口上有丈夫和女儿，给人一种家的感觉罢了。"

"……"

"阿荣离家出走时，我认为她是去了她父亲那里，于是，第一次去了他在京都的那个家。"说到这里，音子降低了声音，"他的儿子，来年该上小学了。"

"哦？后来呢？"

"我又能怎么样？这已经成为事实了，我总不能把那孩子杀了吧？"

"……"

"女人总会生孩子的。京都的那个女人也……"音子无奈地说。

"我就没生。"

"还有以后呢！"

"以后？过了四十……"

"嗜，那有什么？"

不知何时，阿荣来到了走廊上。

"妈妈，阿姨，该吃饭了。聊得差不多就行了。"

音子从大旅行包里取出一只小红盒子，默默地交给了阿荣。盒子里装的是一块铁达时表。纤细的橙色麂皮表带配上金色的小表，看上去宛如一只手镯。

"是给我的？"

阿荣眼睛一亮。

音子说，她在八重洲口下车后，已经在大丸的辻留随便吃了一点儿。不过，她还是陪市子吃了晚饭。阿荣也坐在旁边一起吃了。

妙子生性不喜欢见人，她总是跟用人在一起吃饭。可是阿荣却喜欢跟佐山夫妇在一起吃饭。为了不致使人产生误解，妙子有时也随阿荣跟佐山夫妇一起用餐。

在欢迎阿荣母亲的餐桌上，妙子没有出来作陪。

阿荣坐在一旁一声不响地吃着饭，母亲和市子谈话时她几乎没说一句话。望着乖觉听话的阿荣，市子觉得她似乎变成了小孩子。

当市子与阿荣商量让她母亲睡哪儿好时，她爽快地说：

"就睡在我旁边吧。"

"那……"

"再添一套被褥就可以了。"

"一块儿睡行吗？"市子向音子问道。

不久，佐山和村松陆续回来了。

在大阪，村松与音子久未谋面，这次居然能够一起住在佐山家，令他感到十分新鲜，于是，他又滔滔不绝地讲起了山井邦子的事。

但是，毕竟男女之间的话题不同，他们男女分开各谈各的，一直聊到深夜。

"我已经买了车票，是明晚十一点的特快。三浦太太，您……"村松问道。

"我也不知……"音子正支吾着，阿荣却插上一句说："我妈妈待两三天就走。"

市子和音子对看了一眼。

"音子，洗个澡吧。"说罢，市子陪音子去了洗澡间。

"你听她都说了些什么！"音子不悦地说道。

"她对妈妈都吃醋，埋怨我一直跟你说话，没理她。"

“把她阿姨据为己有……”音子轻轻地笑道。

“这家里的一切还是从前的老样子，不由得让人想起了往事。”

“大阪的你那个铺子还不是一样？”

“房子还是老样子，可是，住在里面的人却是今非昔比了。那里看不到多摩河这样的景色……”

“多摩河也变了，成了年轻人幽会的地方。”

“来到这里以后，我仿佛觉得这么多年来哪儿都没去似的。我到底干了些什么？活着只是一天比一天老。”

市子为音子擦着雪白而丰腴的后背。

“我跟你不一样，身体像是到了更年期。”

“我没生过孩子，所以……”

“很经老？”

“已经开始老了。”

“哦，我想起来了！方才快到你家时，我抬头看了看，见三楼靠外面楼梯的那间你原先的屋子亮着灯呢！”

“由于佐山的工作关系，我们收留了一个姑娘。刚才她不是露了一面吗？她现在住那间屋子。”

“就是那个工作间？”

“不，是里面的小套间。”

“我记得当时你带着被褥有时睡在工作间里，有时又睡小套间。”

“你记得可真清楚！”

“当然记得！有一次可把我弄惨了！就在那个下雪的晚上……”

“……”

“我在那个小套间里抱着你的布娃娃就睡着了。”

音子笑着说道。可是，市子却痛苦地皱起了眉头。

"我本来是来向你告别的……当时，我决定三四天后与三浦结婚，然后就跟他回大阪。"

"你当时拼命挽留我住下，不让我回去。我也太傻，只以为你是舍不得我走，谁料想却成了你谈恋爱的工具，你可太不像话了！"音子不停地说着。

那时，市子的父母严禁她与清野交往。

市子曾多次躲过父母的监视，去与清野见上"最后一面"。

那天清野又要出海了，这一次也许真的是"最后一面"了。市子请求音子帮忙。

"当时，你一个劲儿地求我'只见一个小时，一个小时'，我实在不忍心不帮这个忙。"

"……"

"然后，你就从外面的楼梯悄悄地溜了出去，当时正下着小雪。"

"已经二十多年了……"

"我是相亲结婚的，同对方认识不到三四天就要举行婚礼，然后去大阪。当时，望着你远去的背影，我百感交集，眼泪止不住地往下流。现如今，女儿出走也好，见了三浦跟别的女人生的孩子也好，都不能使我掉一滴眼泪。"

"算了，从前的事就……"

"现在你若是不幸福的话，我绝不会提从前的事……说说没关系吧？那时，房间里只剩我一个人，害怕极了！我就一直紧紧地抱着那个布娃娃。那个布娃娃现在还在吗？"

“没了。”

“那个布娃娃可真大呀！给它穿上睡衣就像个熟睡的小姑娘。那个风雪交加的夜晚，可把我折腾苦了！”

市子的父母做梦也想不到她会撇下前来告别的好朋友而偷偷出去与情人幽会。市子就是这样利用了音子。

“你回来时，手脚冻得冰凉冰凉的。”

音子意欲用市子昔日恋爱的话题来冲淡心头的痛楚。

“请不要把这些无聊的事告诉阿荣。”

“嗯。不过，了解了这些，她只会更喜欢你的。对了，三楼这条通道要是被她知道了的话，那可就太危险了！她要是学你的样子该如何是好？”

音子说到这里方才发现市子有些闷闷不乐。

“难道你直到现在还忘不了那个人？”

她脱口说道。随即，她又为自己的鲁莽而后悔不已。

她们一起上三楼阿荣的房间看音子的被褥铺好了没有，这时，只见阿荣仅穿了一件系着细带的睡衣迎面而来。

“你还没睡？”音子问道。

“明天是星期日嘛！村松先生说要跟大家一起坐鸽子号观光巴士游览东京，叔叔也说去。我只是告诉他怎样坐车。”

每到星期日，凌晨往往下小阵雨。

今天的早饭很迟，当村松、音子、妙子和阿荣等坐到饭桌前时，天已放晴了。不过，风还比较大。

院子里的树木被风吹得沙沙作响，在屋内听起来令人心烦。

村松直接给鸽子号观光巴士打电话，准备预订"夜游江户^①"的车票，但对方不予受理。

"我去站前饭店试试看。"他扔下这句话，就急匆匆地出去了。

过了一个多小时，村松打来电话说，观光巴士的座位已经订好了。

女人们为准备出门，着实折腾了一阵。

阿荣款款地走下了楼梯。她身穿一件窄领宽袖的淡粉色衬衫，下面是一条藏青色筒裙。

她身材匀称，腰肢纤细，穿上了高跟鞋后，比市子还要高。

为了配上音子送的那条腰带，市子特意选了一件白地飞白纹花和服穿上，看上去竟比音子年轻十来岁。

佐山是一身青灰色夏装，没有戴帽子。

下午四时许，五人准备出去时，妙子来大门口为大家送行。

"妙子，家就交给你了。"市子回头看了妙子一眼，心头不由得一紧。

"没事儿吗？你把门窗统统关上吧。"

妙子的眼中流露出畏惧的神色，像是要诉说什么，手指也在微微地颤抖着。

市子很想留下来陪她，但又怕怠慢了村松和音子。

妙子将大门锁上了。

每月二十号左右的星期六，志麻要回山崎的家里，到星期天的晚上才能回来。

---

① 东京旧称为江户。

家里只剩她一个人了。

她轻手轻脚地迅速将屋里收拾了一下，然后把所有的门窗都紧紧地关起来。

她又上了三楼，匆匆查看了一下鸟笼，然后也顾不上照一下镜子就从外面把房门锁上了。她披着夕阳跑下了三楼外面的楼梯。

有田从三点就一直在河滩上等她了。

可是，急归急，妙子的心里却丝毫高兴不起来。她有些惶惶不安，担心自己不在的时候家里会出事。

"干脆算了吧，只要不再见他……"

妙子气喘吁吁地停住了脚步。

"要不……今天就见上最后一面，然后就一刀两断。"

为了有田，同时也为了自己，她下定了决心。想到这里，她又挺起胸膛加快脚步小跑起来。

有田慢吞吞地登上了山坡。妙子站在坡上，脸上的表情十分复杂。然而，有田好像还没有发现妙子。

妙子并没有看清对方的面孔，只是从对方的姿态判断出是有田。她眼睛近视得很厉害，然而这次居然能够首先认出对方，而且恰恰又是有田！在那一瞬间，她产生了一种异样的感觉。

她本想转身逃走，可是双腿却不由自主地向前迈去。

有田的身边仿佛飘荡着既似冰水又似蓝焰的东西，将妙子吸引了过去。

"对不起。"

"哦？"有田惊讶地抬起了头。

"我一直出不来，大家都出去了，现在家里空无一人。"

"我以为见不到你了呢！草地很湿，看样子连坐的地方都没有。可把我累坏了！"

"对不起。"

"你忘了吧？今天……"

"我没忘。我不是说了吗？即使再也见不到也不会忘记的。不过，今天我只能口头祝你生日快乐了。我不能送给你什么，也不能为你做什么。"

"不，你送我的礼物就在这里。"说罢，有田将手搭在了妙子的肩上。这只手放的地方与上次不一样，给妙子的感觉与前次截然不同。

"我得回去了……"妙子极力强迫着自己，"站在这里，会被熟人撞见的。"

"去你的房间怎么样？"

"我的房间？"

"家里不是只有你一个人吗？"

"不行！我可不敢……再说，那也不是我的房间。"妙子吓得脸都白了。

"上次，你不是去过我的房间了吗？我只是想看看你住的地方。"

"那可不是我的家，而且别人不在的时候……"

"别人不在岂不更好？"

妙子害怕极了，她一声不响地转身就往回走。

有田与她拉开一段距离，远远地跟在后面。

妙子从外面的石阶上了三楼，并在楼梯口等有田上来。

“好香啊！”有田赞叹道。

“是栀子花的香味儿。”

妙子的房间里只有一张桌子和三只鸟笼，除此之外，几乎没有其他的家具。

她把仅有的一只坐垫让给了有田。

“不，谢谢。”

有田无意用那坐垫，他像是被这房子的格局震住了。

门窗紧闭的房子里，金丝雀的鸣啭声格外高亢洪亮，妙子甚至觉得自己仿佛偷偷地溜进了别人的家里似的。尽管房里十分闷热，但妙子宁愿关着门窗。

“不错嘛！不知何时我也能住上这样的房子。”

“如果是我自己的家，我就可以招待你了。可是，现在连一杯茶也不能招待你。”

“能给一杯凉水吗？”

“凉水？”

妙子拿起自己的水杯向隔壁的水房走去。她接水时几乎没有弄出一丝声响。

“我喜欢小房子。”妙子回来后说道，“外出夜归时，看到从自己辛辛苦苦盖起的小房子里透出的灯光，那将是多么的温暖啊！”

“因为连一间属于自己的小房子都没有，所以你才这么想的吧？”

“我也不知道。”

“你大概是不愿寄人篱下，想过自由自在的生活吧？”

“我可没想那么多！只不过一时心血来潮罢了。”说着，妙子似乎有意躲避有田的目光，弯腰蹲在了小文鸟的鸟笼前。

"千代，千代，千代。"她对小鸟叫着。

"这是从千代子那儿拿来的吗？"

"对，是她送给我的。"

"那么，另一只一定是叫'阿妙'了？"

"不，它叫'阿雪'，因为我是在雪夜出生的……有田你为它取个名字吧，作为纪念……"

"……"

"你过生日，我没有什么礼物送你。属于我的东西就只有小鸟了。"

"你又提这个！目前，我的家倒是值得你羡慕的，拥挤得让人喘不过气来，我一天也待不下去！去年暑假我犹豫了再三，结果还是没有回去，而在这儿打了一夏天的零工。"

"你不想见你的父母兄弟？不愿跟他们住在一起？"

妙子的脑海中浮现出隔在铁网后面的父亲的那张脸。他被关在拘留所里，父女间短暂的会面也有人在一旁监视。

今日与有田一会，也许就成了永远的诀别。这"最后一次"是她自己下定的决心。

这样一来，妙子仿佛觉得有田以前曾来过自己的房间似的。这种奇怪的念头把她给弄糊涂了。

有田握住妙子的手，将她拉到了自己的身边。

妙子的另一只手无力地垂在鸟笼的旁边，笼中的知更鸟欢快地扑打着翅膀。

有田急切地抱住了她。妙子那隐藏在木棉衬衫下的胸脯猛然挺了起来，准备迎接那热烈的一吻。她已无所顾忌了。

"我怕！"突然，妙子又推开了有田的肩膀，将脸藏了起来。

"我害怕！"

"你家里的人要回来了吗？"

"不。只是……在这儿……"

这是妙子父母的恩人的家。这是她所唯一爱过的"两个人"——佐山夫妇的家。

"太可怕了！"

妙子睁开迷蒙的双眼，眸子里闪现着暗淡的泪光。

"我想忘掉那件事和我自己，我想把一切统统忘掉！你把手松开……我要拿那东西。"

"那东西？"

有田陡然变了脸色。

"不能吃那东西，会上瘾的！绝对不行！"

"就这一次……"

忘掉痛苦的身世，忘掉姑娘的羞耻，把一切统统忘掉，这突如其来的强烈欲望连妙子自己也弄不清究竟是为什么。她只求超脱自己。

在"我们人类是一家"摄影展上，妙子突然昏倒，如同堕入地狱般倒在了有田的怀里。当时的那种无助的失落感导致她极度地亢奋，被带到有田的住处后，她生平第一次体尝到了接吻的滋味儿。接着，她又从手提包里拿出什么东西放进嘴里，然后向有田献出了自己所有的一切。

这是不同寻常的第一次。

那东西与妙子父亲犯罪有着直接的关系。她的父亲为了勾引别人的妻子用了那种东西，结果导致了杀害那对夫妇的惨剧。妙子是了解这一切的。她把父亲遗下的那东西收起来，咳嗽厉害时曾吃过一次。可是，她第二次吃时，却为此而付出了贞操。

现在，妙子在有田的怀里挣扎着叫道："我要，我要……"

"不行！家里人回来时，你要是起不来的话……你怎么这么凶！"

"我心里清楚，就像上次那样，只吃一点点……"

妙子用指尖蘸起一点儿放进嘴里，然后就着有田杯子里剩下的水喝了下去。

"好苦！你别像盯着犯人似的！反正我是个坏女孩儿，是罪犯的女儿。"

"别说了……"

"家里人十二点要送客人上火车，志麻很晚才能回来。"

大阪当然也有观光巴士，可是，村松和音子却从来没坐过。据说夜间观光还可以欣赏到木偶戏。

佐山和市子也是一样，他们总是说："有机会坐一次。"可是，正因为随时都可以坐，反而延宕至今。

阿荣离家来东京后，先在站前饭店住下，然后坐上观光巴士游览了一圈。佐山夫妇被如此胆大敢为的阿荣惊得目瞪口呆。

以前，阿荣曾坐过夜间观光巴士，但游览项目与这次不同，那次她在歌舞伎座看了一出戏，又参观了佛罗里达舞厅和日活音乐厅，最后游览了浅草一带的繁华区。

当时，除了阿荣以外，车上的其他游客都是结伴而行。阿荣对什么都感到十分新奇，因此，并没有觉得孤单。阿荣想了解这里的一切，她非常羡慕无所不知的大人们。

这次"夜游江户"强烈地吸引着阿荣。在他们这几个人当中，只有阿荣坐过观光巴士，她为此十分得意。

"妈妈就坐在阿姨的旁边吧。"阿荣顺势坐在了佐山的身旁。市子和音子感到非常惊讶，她们猜测阿荣是有意避免与光一坐在一起。

身着深绿制服的导游小姐一上车就告诉大家，今天晚上将在驹形的泥鳅店和兔肉店用餐。

"您想吃泥鳅还是兔肉？"她向客人一一询问。村松要了泥鳅。这趟车里除了供应晚餐外，每人还给一瓶酒。

村松也为光一买了一张票，可是，到了发车时间还不见他的人影。五时半发车的观光巴士排成一列鱼贯驶出了停车场，场里只留下一辆巴士等着光一。等了三四分钟后，导游小姐俯在村松的耳边轻声问道：

"您的同伴知道发车的时间吗？因为我们还要照顾到其他的乘客。"

"他肯定知道，请再等一下吧。"

身穿制服头戴白帽的司机坐上驾驶台，发动了汽车。

"大星期天的，光一到底在搞什么呀？他不来就算了，让人等得心烦！"

阿荣故意噘起嘴操起大阪话说道。她的神态引得乘客们都笑了起来。

光一恍若不知自己迟到了，他不紧不慢地上了车。汽车开动了。

导游小姐将麦克风贴在嘴边说道：

"让大家久等了……"

“在东京，不仅四季变化十分明显，就连早晚都各有不同，昨日所见今天也许会荡然无存，而今日所见到了明天也不存在了……”导游小姐娓娓动听地讲解起来。

“透过这由近代文明编织出来的东京夜景，各位亦可领略到大江户灿烂的庶民文化的迷人风采。”

以东京站为中心的丸之内的办公街区的格局是以江户时代大名^①府邸的砖瓦围墙为基础划分的。随着导游小姐的讲解，观光巴士穿过了丸大厦和新丸大厦，来到了皇宫前面。

巴士穿过了电车道和护城河。路两旁的柳树枝叶繁茂，绿意浓浓，两边的长椅上及草坪中的松荫下可以见到一对对情侣。

导游小姐向游客们介绍了昔日的江户城——今日的皇宫。

巴士从大手门向右转弯时，导游小姐讲解道：

“……沿着布满青苔的石墙和松林向前，就可以看到白色的平河门了。这一带至今几乎仍保留着旧时的原貌。古时候，平河门是宫女们出入的大门，因此又名‘宫女门’。”

据说，从前有一个春日宫的宫女因未在关门前赶回来而曾在这道门外守了一夜，那是个大雪纷飞的寒夜。

“发生在元禄时代的绘岛与生岛^②的浪漫故事更为这座门增添了一层妖艳的色彩。不过这些都是年代久远的事了。如今，这里是宫内厅的官员出入的大门。”

导游小姐在众人面前落落大方地做着讲解，她的神态十分专注。

---

① 日本封建时代的诸侯，他们在江户都设有府邸。
② 江户中期，将军的妃子绘岛常通过这道门去与歌舞伎名优生岛幽会，事情败露后，他们被流放到了信州。

佐山一见到这样的姑娘内心就会产生某种躁动，他赶紧将视线移向了窗外。

护城河水碧波荡漾，圆圆的浮萍叶在夕阳中泛出点点白光。

与阿荣年龄相仿的导游小姐娓娓动听地背诵着"美文"。阿荣听得十分入神。

"现在通过的桥叫作'一桥'，因为这附近曾是德川三大家族之一的一桥家……"

当导游小姐讲到这里时，佐山自言自语道："哦，这就是一桥啊！"他向车窗下望去。一桥大学、一桥礼堂等冠以"一桥"的名字司空见惯，他也走过了许多桥，但没有注意到这里就是一桥。

过了一桥就到了神田。传说神田是神仙为了向伊势神宫提供大米而填海造的土地。佐山连这些都不记得了。

在从神保町驶往骏河台的路上，导游小姐向大家介绍昔日"神田之子"的威力时说："从前这里是武士营与工商业区交界处，传说'神田之子'是工商业者们对抗武士营中败类的象征。"

音子从后面用指头捅了捅阿荣的肩膀说："你看，那是尼古拉教堂，妈妈就是在那里出生的。"

音子深情地望着尼古拉教堂说："过节那天，市子还来过教堂呢！"

导游小姐恰巧正在介绍神田节。

一提起从前，市子的脑海中又浮现出清野的身影。当时，她从音子家给清野打电话，告诉他自己应邀来参加神田节了。他们约定在上野见面。

音子说的就是那天的事。此时，观光巴士正朝着上野方向驶去。

忆起这仅有的一次恋爱，反倒勾起了市子对逝去的青春的感伤。

她忍受不了佐山一直背对着自己，于是，探起身子俯在他的耳边轻声问道："妙子的父亲难道就一直待在里面吗？"

"嗯？"

市子这突兀的问话使佐山不由得一愣。他扭过头来惊讶地望着市子。

市子又觉得告诉他妙子已经有了男朋友的事似乎不妥，于是，她改口说道："把妙子一个人留在家里行吗？"

"……"

巴士从御成路拐上了去上野的广小路。到了上野后，车停在了铃木剧场的门前。游客们集体在剧场前拍了一张纪念照，据说，在驹形吃过饭后就可拿到照片，但每人必须再交七十日元。

剧场内的座位基本上已被坐满，从观光巴士上下来的游客们只好都站在后面。阿荣硬拉着佐山早早就钻了进来，他们在侧面窗下找到了两个座位坐下了。

平时，无论是在家里还是在外面，阿荣总是细心地将佐山旁边的位子留给市子，但这次她却没有这样做。市子感到十分不安，她甚至都不敢向他们两人那边望上一眼。

人一旦产生了疑虑往往是很难打消的。

舞台的一边摆着一幅描金屏风，上面画着牡丹和狮子。它对面的角落里立着一块书写着相声大师的牌子，他的名字偏巧叫"燕子"。市子觉得这并非出于偶然。由此，她联想到了昨日飞到院子里来的燕子。

光一默默地站在市子的身旁。

"光一,星期天你也那么忙吗?方才差点儿把你扔下。"

"夫人,我……"光一嗫嚅道,"我是在给您写信。"

"给我?写的是什么?"

"我在摄影画报上看见了贝壳,于是就想请您跟我一起从镰仓去江之岛。"

"哦?请我?"

光一未待市子说下去,就抢过话头接着说:"我想去那里的土特产商店看看。"

"信发了吗?"

"啊。"

"你要去的话,应该请阿荣才对呀!"

"您怎么又提她?您……"

"其实,根本没必要特意跑一趟江之岛,在东京就有许多卖贝壳的商店。"市子看也不看光一,转身向音子走去。

"一直站着,神经痛的老毛病……"

"我的右腿很疼。其实听不听也没什么关系,我想回车上去了。"

"你去跟阿荣换一下吧。"

"不行,对那孩子,我……她要是不主动提出来的话……"

"你一直那么宠着她?"

市子也搞不懂,阿荣这姑娘为什么会搅得周围的人都不得安生。她默默地站在那里,听到相声诙谐精彩之处竟也笑不起来。

过了大约四十分钟左右,导游小姐招呼大家说:

"鸽子号的乘客们，鸽子号的乘客们，我们该走了。"

观光巴士又从上野向浅草进发。经过田原町的仁丹广告塔时，导游小姐告诉大家，为了修复被大正地震毁坏的这座十二层高塔，总共花费了一千五百万日元。从右边的车窗可以看到浅草六区了。观光巴士经过了国际剧场。

"浅草是个典型的贫民区，这块贫民区是江户工商业的摇篮。我们现在就去这里的游乐区——久负盛名的吉原。"

导游小姐娓娓动听地讲述着昔日的吉原。

"现在我们来到了吉原。如今这里已见不到歌舞伎舞台上所展现的吉原妓院了。右边拐角处的'角海老'海鲜餐馆是一家百年老店……"

她对"红线地区"①和《禁止卖淫法》只字未提。

"这就是'角海老'？"阿荣不经意地用手扶着佐山的膝盖探身向窗外望去，嘴里还喃喃地说道，"听说神户来的小姐一到东京就坐上了出租车。我想看看她到底住在什么地方。"

佐山缩着胸，紧贴着椅背。他被阿荣的头发和腋下散发出的香味撩拨得直皱眉头。

"让各位久等了。仲町松叶屋到了。请大家随意欣赏这里传统的吉原艺术吧。"

在茶馆二楼的大厅摆着特色点心和茶水，游客们一边品尝着茶点，一边欣赏着男女艺人的表演。佐山趁这时来到了市子的身旁。

"你不放心妙子一个人在家吗？"

---

① 二战后，警方用红线在地图上划定的红灯区，1956年被日本制定的《禁止卖淫法》予以取缔。

称　呼

村松回大阪已经两个星期了。虽然已进六月，但天气忽凉忽热，仍然很不正常，而且，仿佛遇上了旱梅，有时接连几天不下雨。

禁止在多摩河钓鲶鱼的禁令已被解除，佐山一家人早起第一件事就是观看钓鱼的人们。到了晚上，还可以看见游船上的灯火。

音子在四五天前就去了住在片濑的哥哥家。她娘家在神田的那所房子已被战火夷为一片平地。她的哥哥被疏散到片濑后就再也没有搬回来。哥哥的子女现在都参加了工作，家里的生活还算勉强过得去。

音子若是一直留在东京不回大阪的话，应该听听哥哥的意见，至少也要告诉他一声。

音子原想带阿荣一起去的，可是，阿荣却摇头拒绝道："我不去！在大阪的时候，妈妈给舅舅写信，他三言两语就给打发回来了。"

确实如此，每当音子求哥哥帮忙或请他出主意时，他总是推三阻四地逃避，唯恐惹上麻烦。音子哥哥一家的生活现在仍很拮据。

阿荣对舅舅一家从没有什么感情，她也未在佐山和市子面前谈起过舅舅。她担心那样会使自己难以再在佐山家住下去。

可是，她却几乎每天都对音子唠叨：

"妈妈，快去片濑吧。我们两个都在这儿会给人家添更多的麻烦。"

音子拜托市子一定要叫阿荣去一趟片濑。

"你的话她会听的。"

"谁知道呢？最近这孩子有点儿怪。"

今天，佐山正巧在家工作。他要整理调查材料，写辩护草稿等，三四天之内不会去事务所。

市子终于说服了阿荣，今早打发她去片濑了。阿荣走之前，市子再三嘱咐她要乘小田急快车，这样，到江之岛以前就不用换车了。

"我不想住那儿，当天就回来行吗？"阿荣说道。

"行啊！"

阿荣到了片濑以后，音子来电话向市子道了谢。

音子不在，阿荣又出去了，家里又是从前的四个人了，而且佐山也在家，市子长长地舒了一口气。

市子望着院子，想看看上次的燕子飞回来没有。在草坪的尽头刚刚修剪过的地方又冒出了新的草叶，上面还落着一只小白蝴蝶。它合着翅膀，偶尔还会扑闪几下，但全然没有飞去的意思。

市子发觉自己有些神经过敏，不该为小蝴蝶和燕子的出现而心神不定。她打算上三楼去跟妙子单独谈谈。

可是，妙子不在。

从窗缝射进的日光，将树影投在榻榻米上，房内显得有些阴森可怖。

鸟笼里不见了小鸟。

"啊!"

桌子上收拾得干干净净,只见玻璃镇纸下压着一张纸条。

"请原谅,我是一个十恶不赦的女孩儿,我觉得自己实在是不可救药了。我本想结束自己的生命,但被宣判死刑的父亲在世期间……你们的大恩大德我永生难忘。我无法表达自己心中深深的歉意,实在对不起。小鸟我送到父亲那里去了,不知他会怎样责骂我呢!父亲的事还要麻烦先生多多费心,请千万不要抛下他不管。拜上。"

纸条上既无抬头,亦无署名。

妙子离家出走了。

她的字写得歪歪扭扭,像是喝醉了酒似的。

市子慌忙跑到了佐山的书房。

"喂,大事不好了!"

她用颤抖的手将妙子留下的信放在了佐山的稿件上。

"妙子不见了!"

"这字写得太乱,我看不清楚。"

"她写的时候大概十分匆忙……"

"究竟发生了什么事?"

"有些事她大概一时想不开。对了,最近客人很多,我也没顾得上她……"

"这孩子一向老实听话。她一旦离开这里,今后可怎么生活?是不是患了被害臆想症?"

"一定是因为阿荣……"

"这个'十恶不赦'是什么意思？"

"是指偷偷离开了有恩于自己的家。难道她是去那小伙子的……"

"小伙子？也许是这么回事。那人怎么样？"

"不知道。我只是偶然看过一眼，像是个年轻学生……"

"真是怪事！她整天闷在家里，怎么会认识这个人？她也许跟她父亲一样，喜欢感情用事。不过，那人若是知道了妙子父亲的事还跟她交往的话，事情恐怕就不那么简单了。"

"你难道就这样看着不管？"

"你先别急。"佐山点燃了一支香烟。

"对了！她说要把小鸟送到父亲那里去，我们请小菅拘留所方面帮帮忙如何？"

"不行，也许她对父亲隐瞒了离家出走的事。"

"……"

"有的人是母亲在监狱里生下的，长大以后犯了罪，又进了监狱。这种情况叫作'回老家'……"

"你太残忍了！"

"残忍？……我只是说有这种事而已，并没有说是妙子呀！她的母亲没有犯罪，而是父亲犯了罪。那时，她已经懂事了。虽然她那不叫'回老家'，但有这样的父亲，孩子长到一定的年龄的话，总是担心被人叫这叫那的吧？或许，她是受到了外面世界的诱惑而出走的。"

"可是你瞧这字，事情没那么简单！"市子又看了看桌上妙子留下的信，"你根据这笔迹猜猜看。"

"你冷静一下！"

"我要是对她多关心一些就好了。这孩子所能依靠的只有我们，可是又不肯对我们说心里话，只是一个人受着罪恶感的折磨，实在是太可怜了！我曾问过她，是不是想见那小伙子……"

"……"

"你要是能多注意一下就好了。"

"注意什么？"

"这不是明摆着的吗？妙子和她父亲把你奉若神明，可你却……"

"我却怎么样？"

佐山有些火了。他为人十分谦和，但最忌讳人家的批评，哪怕是为一些微不足道的小事，他也受不了。何况市子从未用这种口吻责备过他。市子声音微微颤抖地说：

"自从阿荣来了以后，也许是年龄相仿的关系，处处斤斤计较，妙子她怎么受得了？"

"留下阿荣的不是你吗？"话虽这么说，可是，佐山的眼前又浮现出了阿荣那粉红色娇嫩的乳头。他心里紧张得怦怦直跳。有一天，天气十分闷热，从事务所回来的阿荣正在卫生间里擦身子时，偶然被佐山撞见了。住在同一屋檐下，这本是在所难免的，可为什么偏偏在这个时候冒出来呢？

"由于阿荣的缘故，妙子越来越孤单了。你也是，不光在事务所，就是在家里你也总是使唤阿荣而不叫妙子。"

"我要是总把这些小事放在心上岂不成了怪人？不过是因为阿荣

总抢着干罢了。"

"那也用不着干别人负责的事啊！"

"什么？负责？我既用不着妙子负责，也用不着阿荣负责！"

"就这么轻易失去了跟我们一直生活在一起的妙子，我不甘心！"

"你到底想怎么样？你是不是中了邪，就喜欢人家的姑娘整天围着你，叫你'阿姨'？"佐山揶揄道。

"我要把阿荣也交还给音子！"

"你喜欢怎样，就怎样吧。"

"反正我们生来就没有为人父母的资格。"

"你是在埋怨我吗？"

"我并不是埋怨你。"

两人都为自己说出的话感到震惊，他们对视了一眼。

对生养孩子已不抱任何幻想的这对夫妇，仿佛像亏欠对方什么似的，多年来一直相濡以沫，互相安慰。岂料，今日埋藏在各自心底的不满却骤然爆发出来，令他们十分窘迫。

"为什么要钻牛角尖儿呢？这可不像市子呀！"佐山目不转睛地看着市子。市子别过脸去。这是一个苦于不能生育的女人。

"你看，阿荣是因为喜欢你才投奔到这里来的，而且，你收留她也没有征求我的意见。妙子离家出走，你却把责任都推到了阿荣头上。我真是弄不明白。"

"她们俩第一次见面就互相看不惯。"

"是你收留她们的。"

"我做梦也没想到阿荣竟会处心积虑地将妙子赶走。"

"处心积虑……那我问你，是阿荣让妙子找男人的吗？"

"什么'找男人'？说得那么难听……"

"男人和情人是一回事，权且就叫男情人吧。"

"请你不要取笑！"

"你是说，妙子谈恋爱是因为阿荣的缘故？"

"有可能。"

"咦？"

"这就是女人。"

"真令人头疼。"

"阿荣就是一个令人头疼的姑娘。起初，她的确是把你和我同等看待，也就是当成了一个人，可是，渐渐地就有所区别了。难道你没察觉吗？近来，她总是站在你的一边。"

"什么意思？"

"什么意思，就是说……"

"是从什么时候开始的？"

"最近有过几次。"

"……"

"那姑娘嫉妒心极强，我若是对谁表现得亲热一些，她就会给人家脸色看。她对妙子就是这样。她甚至还想在你我之间插上一脚。"

"难怪我总觉得她有些与众不同……"

佐山叹了一口气，心绪平静下来。

"不过，我们要是不管阿荣，她会怎么样呢？你想过没有？"

佐山的话似乎有些跑题。不过这样一来，连市子也搞不清楚自己究竟在与佐山争论着什么了。

"你若是要对妙子负责的话，那么也应该对阿荣负责。"佐山尽量平缓地说道。

"阿荣离家出走时，我们不是就责任的问题谈过了吗？当时我就说过，一个人所负的责任或许恰恰反映了他的人格。"

"阿荣的责任让给你好了。正好她也是求之不得的……"

佐山又来气了，"你认定阿荣已喜欢我了，是不是？你到底要我怎么样？男人若要欺骗一个痴心女人易如反掌，但我从未有过那种卑鄙的念头！"

市子被吓得噤若寒蝉。

佐山没想到，自己义正词严的一番话竟把市子给镇住了。然而，偏偏就在这时，阿荣的乳头又顽强地出现在他的眼前。

"我们这样激烈地争吵，阿荣也许正在片濑笑话我们呢！这正中她下怀。"

市子这番自我解嘲的话，原意是要与佐山和好，可是在佐山听来却十分恶毒。

"照你的说法，阿荣简直就是一个小妖精！你是否也被妙子传染上了被害臆想症？"佐山怒气冲冲地站起身，紧了紧腰间的和服带子。

"那么，妙子的事你就撒手不管了吗？"市子依然紧追不舍。

"难道你让我去找那个不三不四的男人，对他说'还我妙子'吗？"

"若是你的亲生女儿，你会怎么样？"

"……"

佐山无可奈何地默默走出了大门。

"志麻，你知道妙子是几点出去的吗？"佐山的身后传来了市子的声音，随后，大门便关上了。

市子并没有像佐山期待的那样从后面追上来。

佐山从未独自在自家附近散步过。

与每日凭窗眺望相比，多摩河给人的感觉也不一样。河滩上呈现出一派夏日的景象，有卖汽水和啤酒的简易商店，还有推着小车卖冰淇淋的，游船出租点也已开放。河的对岸有人在割麦子。

佐山沿着河堤，向丸子桥的方向走去。一列绿色的特快列车从他的眼前一掠而过。他顺着一排樱花树一路下去，前面出现了临河而建的巨人队棒球练习场及网球场，右侧则是一片风景区。不久，他又看见了成片的温室和马术学校。

河面上吹来的风清爽怡人，可是却不能拂去佐山心头的烦恼。市子说的那些酸溜溜的话一直萦绕在他的心头。

"若是你的亲生女儿……"

佐山猜想，妙子肯定是去找那个男的了。万一她连那人的姓名和住址都不知道的话，那可就更惨了。

现在回味起来，市子对女人在爱情方面的偏激看法，其实恰恰道出了人性真实的一面。与失魂落魄的市子相比，作为一个男人，佐山反而显得十分镇定。

他确实有些偏爱阿荣，因此，也难怪市子会把妙子离家出走后的一腔怨气撒到他的头上。他好像被人抓住小辫子似的，一下子变了脸。

其实，佐山自己觉得，他现在对妻子比以往任何时候都更为关心。不过，这也许是因为受了别的女人的诱惑，从而促使他重新认识到了妻子对自己的重要性，这种奇怪的心理是十分矛盾的。与此同时，当然也不排除掩饰自己移情别恋的狡猾动机。想到这里，佐山终于明白了市子近来情欲高涨的原因是出于嫉妒。

"阿荣也真可怜，她不过是为一对老气横秋的夫妇注入了青春的活力而已。"

佐山在为自己辩解。一般来说，品行端正的男人在性的方面总是处于有利的地位，他们甚至不惜以伪善来维护自己的地位

如果连阿荣也称得上可怜的话，那么妙子就不用说了。

其实换作市子也是一样，倘若妙子是她的"亲生女儿"的话，也许早就把谈恋爱的事告诉她了。妙子之所以没有讲出来，当然与她的性格和身世有着直接的关系，但是，市子也并非没有丝毫的责任。阿荣从站前饭店搬到佐山家的第一个晚上，妙子显得分外靓丽动人。

"那时，她就已经……"

既然猜到她可能恋爱了，就该早做准备。

佐山悔恨不已，不知不觉路已走到了尽头。

佐山赞成废除死刑论，并积极地参加了这项运动。杀人无数的战争失败后，日本制定了如今的宪法。东京法院审判战犯时，佐山也在场，当时，几个被处以绞刑的战犯的表情给他留下了深刻的印象。从那时起，他就决心为废除死刑而奋斗。

"一个人的生命重于整个地球。"这是昭和二十三年三月十二日最高法院大法庭终审判决词中的一句话（不过，该死刑犯的上诉被驳回）。尊重人的生命当然是指不能杀掉，而且还应该使他活

得更好。

妙子的父亲被地方法院宣判死刑后,佐山担任了他的辩护律师。刑事辩护的律师费通常没有民事辩护多,而且,辩护不但要引经据典,还要倾注一腔热情。他收留妙子亦可增强辩护的自信心。但是,他非但没有使妙子生活得更好,反而失去了她。这或许会使佐山在职业上的正义感蒙上一层阴影。

佐山尚不想回去。他在多摩游乐园前上了电车,打算去自由丘看看。

佐山在自由丘站下车后,绕过站前的转盘向右拐去。他的眼前出现了一条热闹的街道,路旁的小店鳞次栉比,宛如银座后街,其中也不乏高雅的化妆品商店和引人注目的时装店。

佐山无意识地停在了一个橱窗前,他仿佛初次发现女人的东西是那样的可爱而妖艳。

橱窗里,一对壶形的玻璃耳坠标价一百日元,贝壳做的绣球是二百日元。

"好便宜啊!漂亮而又……"其实,佐山也不清楚是便宜还是贵。他只是有一种意外的感觉。

佐山从未如此留意过女人小饰品的价格。当然也不仅限于小饰品,因为他根本就没产生过要给市子买点儿什么的念头。

市子是个富家小姐,她不缺任何东西,这一点佐山十分清楚。再说,市子对穿的、用的都非常讲究,他也不敢轻易给她买什么东西。因此,十几年就这么过来了。

"对了!"

佐山似乎突然觉察到了什么。

结婚以后，佐山身上穿的东西，从领带到袜子，他从未自己买过，一切都是市子为他张罗的。周围的人常赞他穿着得体、有品位。多年来，他已习惯了这种生活。比方说做西装时，裁缝只是来事务所给他量尺寸，具体的布料、式样等全由市子定夺，连鞋子也总是搭配得恰到好处。

"真怪，我这到底是怎么了？"

市子为他穿袜子时露出的一双纤柔白皙的手也是那样惊人的美丽。

佐山的内心十分矛盾，他既想为市子买点什么，又想气气她。犹豫再三，他还是离开了五光十色的橱窗。一来，他不想被看成是夫妻吵架后欲取悦对方，二来，他想买一件能给市子一个惊喜的东西。

"先生，您是一个人吗？"

光一忽然出现在他的面前。

"哦，是你呀！我想一个人在附近转转。"

光一提着一只旅行箱，像是刚刚出了一趟远门。

"你去哪儿了？"

"去了一趟江之岛……"

光一满脸通红，显得有些难为情。

"江之岛？"

"嗯，拍了一些贝壳的照片。"

"那是照相机吗？"

"是的。"

看着年轻的光一那怯生生的样子，佐山温和地笑了。

佐山猜想，这两个月来，光一与市子越来越亲密，难道他是爱上市子了？

但是，这毕竟只是他的一种猜测，即便光一真的爱上了市子，他也不至于嫉妒或不安，反而会勾起他对这个年轻人的兴趣。

"找个地方坐坐吧。"

佐山抬腿走进了一家咖啡店。

"这里到了晚上只点蜡烛。"光一说道。

"到处都是蜡烛。"佐山意味深长地附和了一句，就再也没有说什么。他想起那天晚上应张先生的邀请同阿荣去夜总会时的情景。

光一每当见到市子时，心里便会产生一种莫名的亲近感，在那温馨的气氛中，他感到无拘无束。同时，他还误认为市子亦是同感。这次去江之岛摄影，若是同市子一道去那该多好！在远离东京的地方与市子相伴那是多么惬意啊！因此，他给市子发出了那封痴情的信。

然而，市子却一直杳无音信。失望之余，光一更感到困惑和屈辱。他终于下了决心，昨天独自一个人去了江之岛。

光一坐在佐山的对面，心里一直担心市子是否把自己的那封信给佐山看过。他有意将胸脯挺得高高的，但仍有些喘不过气来。

两人聊起了大相扑的夏季比赛和赛马，不过气氛却比较沉闷。

"阿荣也去了片濑。"

少顷，佐山换了一个话题。

"对了，今天早上，我见到阿荣了。"光一有意无意地看了佐山一眼。

"开始，我还以为看错了呢！"

"……"

"阿荣还说，在这儿见面真是意想不到。其实我觉得更令人意想不到的是，与在先生和夫人面前的阿荣相比，她简直判若两人！"

"真的吗？"

"她对我甭提有多亲热了，弄得我有些不知所措……"

"……"

这话仿佛像一阵冷风吹到了佐山的脸上。

不久之前，佐山还曾问过阿荣：

"阿荣，你的头发是不是太长了？"

"我想留长了以后在叔叔的脖子上绕两圈。"

"……"

"我想留到这儿。"阿荣用手在肚脐一带比量着。佐山不得不重新反省自己方才的自负，阿荣真是那么容易哄骗的吗？

长发的妙子已经不在了，阿荣还会留长发吗？

昨天，光一从片濑跨过长长的栈桥，踏上了江之岛。当他沿着岛上狭窄的石阶登上山顶时，见到了许多陈列着贝壳的商店。商店里的贝壳是可以出租的，但是，当时正逢星期天，在海边很难拍出理想的彩色照片。

住了一宿，今天光一又投入了工作。当他返回片濑时，在一条人行道上不期迎面遇上了骑车而来的阿荣。

起初，光一以为是自己眼花看错了人，可是阿荣却从自行车上轻盈地跳下来，站在了他的身旁。

这时的阿荣与在佐山家截然不同，她如同男孩子一般开朗单纯。

通过三言两语的交谈，他们仿佛又回到了两小无猜的孩提时代。

"一见叔叔喜爱我，阿姨就变成这样。"阿荣将两手的食指举在头上，做成犄角状①。

"我也许在那里待不下去了。"

就是由于这句话，光一便想要刺激一下佐山。于是，他就把见到阿荣的事说了出来。

"当时正赶上天下小雨，我说准备回去，阿荣让我在站前的茶馆等她。她回去收拾了一下东西便跟我一道回来了。"

"哦，太好了。"佐山放心似的没再说什么。

咖啡店里的人渐渐多了起来。

佐山叫来一个男招待，要了一块非常大的蛋糕，并装进一个白纸盒里。

"有空儿来家里玩儿。"

"好，我把贝壳的照片也带去。我还用剩下的胶卷给阿荣照了几张……"

"我家里没有幻灯机，彩色的也看不出来。"

"幻灯机也不算太重，我一并带去好了。"

"算了吧。"

佐山觉得，跟市子一起看阿荣那经过幻灯机放大的彩色照片有

----

① 日本人用这种手势表示生气。

234

些不妥。

"这个，送给你。"佐山把点心盒交给了光一。他原本想带回家去的。

光一在街上与佐山告别后，就回去了。一进门町子就对他说：

"哎呀，佐山的夫人刚刚来找过你！"

"什么？夫人她……走了吗？"

"走了。谁叫你不在家来着！"

光一穿上脱了一半的鞋子，慌忙跑出了大门。街道沿着浓绿的树墙一直伸向远方，在温暖的夏风中，飘来阵阵草香。

光一心里忐忑不安，他万万没想到市子会来这里。她会有什么事呢？

这里恰巧地处自由丘和绿丘中间，不知市子会去哪个车站上车。光一无奈只好又回去了。

可是，细想起来确实有些蹊跷，佐山为什么偏偏也在自由丘附近转来转去呢？

"奇怪，一定是出了什么事。"

阿荣那句"叔叔喜爱我"里面似乎大有文章。光一知道这里面不乏炫耀的成分，因此听起来半信半疑。他甚至还猜测佐山夫妇是否吵架了。但是，这些都不能成为市子来找他的理由。

光一原本与町子约好，星期天带她去后乐园看《冰上假日》这部电影，但是，他爽约了。町子也许是骗他，她就是这样一个姑娘。

"你说的都是真的吗？"光一又轻声地问了一次。

"当然是真的！怎么了？"

"没什么，这样就好。"

"你不相信人，我讨厌你！"

"别那么大声！她没留下什么话吗？"

"我不知道。你问我妈妈去吧。"町子噘着嘴走开了。

根据光一父亲的建议，破旧的桑原照相馆改成了出租公寓。带橱窗的前厅被隔成了一个小房间，现在光一就住在这里。

由于山井邦子自杀及其他的一些原因，光一准备搬出去另找一间房子，但被父亲制止了。另外，他已用惯了这里的暗室和干燥室，从摄影的角度来看这里还是很方便的。

女主人藤子也已从邦子死亡的阴影走出来，恢复了往日的生气。她能忘掉邦子的死，这对光一来说也减轻了不少负担。

破如仓库的摄影厅已被改成了两间屋子，二楼的房间自然也在出租之列。现在，每天工人进进出出，家里乱糟糟的。

光一回到自己新换的房间后，脱掉袜子，换上了一件破衬衫，然后一头倒在了床上。这张床还是他让父亲给买的。此时，光一仍在脑海中苦苦地追寻着市子的踪迹。

不知藤子在厨房里忙些什么，流水声一直响个不停。光一也不好意思去问。

过了不久，藤子来到了光一的房间。

"佐山夫人来这里有什么事吗？"光一不经意似的问道。

"她说恰好路过这里，所以顺便过来看看……我想让她进来坐坐，可是她马上又走了。"

"是吗？"

"她长得很漂亮，所以看上去很年轻。她与自杀的邦子多少有些关系，所以我看得格外仔细。"

就在光一与阿荣在江之岛等车时，就在他与佐山喝咖啡时，幸福之神却与他擦肩而过，令他懊悔不已。

次日，光一从公司给市子打了个电话，但市子的态度却很冷淡。

"昨天我在街上闲逛，发现你的住处就在附近，于是顺便进去瞧了一眼。"她的声音听起来有气无力。

"我去江之岛拍了一些贝壳的照片，您能帮我看看吗？我已和佐山先生约好，改日带幻灯机去拜访您。"

"哦。"

"我在自由丘遇见了佐山先生……"

"他说了。"接着，电话就被挂断了。

光一讨了个没趣儿。他觉得市子动不动就变得很冷淡。

快下班时，阿荣来电话了。

"昨天谢谢你。我在家待得很无聊，想见见你。"

"……"

"去哪儿呢？咱们在皇宫广场见吧。"

"嗯？"

"对了，你就从警视厅前面的樱田门过护城河。"

"……"

"我就站在河堤上。过桥的人不多，你一过来我就会发现你的。"

从昨天开始，阿荣对光一忽然亲热起来，仿佛换了一个人似的。光一如坠入五里雾中。他感到有些危险，担心自己轻易答应会被阿荣缠住脱不开身。

可是他转念一想，阿荣叫自己出去，也许与佐山和市子的事有关，因此，说不定能从她的嘴里套出有关市子的情况呢！

"怎么能叫女孩子在河堤上等自己呢？"光一自言自语地嘀咕着，乘上一辆出租车直奔樱田门去了。

他刚一上桥，就见到对面石堤上阿荣的身影。她站在白色箭楼右边的松荫下正向自己拼命地招手。

阴沉的暮色带有一丝凉意，阿荣在无袖衬衫外套上了一件柔软的薄毛衣。她走上前来，轻轻地挽住了光一的手臂，周围的一对对的情侣亦是如此。

"今晚，我实在懒得跟阿姨一家一起吃饭。"

"出什么事了？"光一问道。

"你知道妙子这个人吧？她是一个杀人犯的女儿……听说她跑到她的情人那儿去了。阿姨为此闹得很厉害。"

"是你搞的鬼吧？"

"是啊！趁大家不在的时候把男人带到了家里。这不是往阿姨的脸上抹黑吗？"

"你不也是更喜欢你叔叔吗？是不是不再崇拜你阿姨了？"

"是。原来阿姨不过也是个女人而已。我的幻想彻底破灭了。"

"阿姨和我妈妈其实没什么两样。"阿荣松开光一的手臂，转而握住了他的拇指。

"连阿姨都是那样，我真不想做女人了！"

"对，那就别做了。"光一调侃道，"你在佐山夫妇之间陷得太深，所以才会掀起风波。"

对于这个胆大妄为、有些男孩子气的姑娘，光一说得很不客气。

没想到，阿荣却仰起头老老实实地承认道：

"是的。"

光一暗想，跟这个天真烂漫的姑娘吃醋、怄气，市子也太没气量了。

"昨天我到家的时候，家里一个人也没有。后来，叔叔回来了。我跟叔叔聊了一会儿，阿姨也回来了。她满脸的不高兴，还拿人撒气，真让人受不了！"

"你也不会俯首帖耳吧？"

"那当然！阿姨的意思是由于我嫉妒，所以逼走了妙子。其实，那是大错特错了！妙子这个人阴险可怕，她总是幻想着要把我杀掉，而且肯定还做过这样的梦！"

"咦？这些你都对阿姨说了吗？"

"说了。以前，我对妙子也说过。当时，妙子连话都说不出来，吓得脸都白了！"

"胡闹！妙子的这种反应并不能证明她想杀你呀！"

"人的心思从外表是看不出来的，不过，我能猜到。妙子的父亲不是杀过人吗？"

"……"

"阿姨为妙子出走的事折腾得大家都不得安宁，我被叔叔爱上了她也生气。只要一坐到饭桌上，我就感到压抑。"

"爱或被爱可不是那么轻易说得出口的呀！"

"咦？为什么？女人都愿意爱或被爱嘛！"

"你不是不想做女人了吗？"

"要是不做女人的话，就会又变成小孩子，可以与人自由交往了。"

在阿荣那天真无邪的脸上，光一敏锐地捕捉到了她那执著的目光。

"我呀，要是有一个属于自己的人，才能安定下来，但目前我还不知道他是谁。"

"不是佐山吗？"

"谁知道呢！"

"真可怕。"

"是阿姨，还是我？"阿荣歪着头用目光问道，"今后，每天过这种日子可真难熬。"

"你可以离开佐山家，去跟你母亲一起生活嘛！"

"那样的话，我就得辞去现在这份工作。"

"你可以从你母亲那儿去上班呀！不行，那样就更危险了。"

"什么更危险了？"阿荣憨态可掬地问。

"你不在佐山家住，而只是去他的事务所的话……"

"你是指叔叔？其实正好相反，我们之间不会有什么问题的。"

"哼，对你来说也许是的。因为跟你针锋相对的阿姨不在跟前……"

"我跟阿姨作对肯定会输的，要是赢就出事了！"

"你已经大胜了。就凭你把妙子赶走这一点就不简单。现在是不是想歇一歇？"

"我才不离开阿姨家呢！我讨厌跟我妈在一起。"

"你刚才都说了些什么，恐怕连你自己都搞不明白。"

"那你就让我明白明白吧。"

"……"

"光一，你不去山上拍照吗？去有雪的地方？我跟你去。我对江之岛的贝壳没有兴趣。"

光一本打算去吃茶泡饭，可是一进西银座却走错了路。

"我们两个毕竟是大阪人呀！"光一尴尬地笑了笑。

"走在银座大街上，反而会觉得这里离自己很远。"

他们在附近的一家寿司店吃了晚饭。

阿荣对自己十分注意，同时也留意那些回头看自己的男男女女。

"光这么走太没意思了。这里是干什么的？门口的牌子上写着'正在演奏通俗歌曲'。我们进去看看吧。"说着，阿荣在门口向里面探了探头。

"哎呀，好害怕……里面真暗，他们到底是些什么人？"

阿荣缩回脚，紧紧地依偎在光一的身旁。往地下室去的楼梯是用五颜六色的彩灯组成的，底下宛如一个黑暗的洞穴。

"想去个宽敞明亮的地方玩玩都不能。前几天，叔叔带我去了一家夜总会，那次玩得真痛快！那种地方两个人去不行……"

"去那儿也可以呀！"

"很贵的哟！"

"那我们就去一个小酒吧怎么样？"

"酒吧？我不愿看那些搂着不三不四女人的醉鬼。"

"那我们就装作不知道，不看他们。"

阿荣点了点头，然后缩起肩膀，紧贴着光一向前走去。

街上烟雨蒙蒙，宛如夜雾。裸露在雨雾中的肌肤感到阵阵寒意。

他们穿过了几条车水马龙的大道，找到一家小酒吧。光一侧身用肩膀推开了酒吧的木门。

落座后，光一自己要了一杯冰威士忌，然后为阿荣要了一杯杜松子酒。

"把毛衣脱掉吧，不然，一会儿出去该冷了。"

"我想过一会儿再脱。"

酒吧像个山间小屋，上面没有吊顶，屋内面积大约有四坪^①左右，木雕桌椅显得古色古香。

雪白的墙壁上也点缀着古老的西洋织物及剑和盾牌等。桌子上摆着栀子花，那甘甜的花香飘荡在四周。

喇叭里播放着节奏缓慢的舞曲。

打扮得花枝招展的年轻女招待暗中打量着似乎懵懂无知的阿荣。

"跳舞吗？"光一轻声问道。

"就在这么小的地方？"

光一的威士忌尚未怎么动，阿荣却早早就把那杯杜松子酒喝光了。在喝第二杯时，她脱下了身上的毛衣。

阿荣的肩膀浑圆而富有光泽。进入这个季节，姑娘裸露的臂膊宛如新出的莲藕，美不胜收，把光一看得心旌摇荡。

"这个时候，佐山夫妇大概以为你也离家出走了呢！"

"……"

"是了，他们正好乐得心静。"

阿荣扭过脸去。光一又要了一杯冰威士忌。

---

① 每坪约合 3.3 平方米。

"我如果有钱的话，就开一个带有花园的咖啡馆。"阿荣忽然说道，"人们散步累了可以进来休息，想跳舞的尽管来跳，跳舞的人和看跳舞的人可以尽兴，没有时间限制……"

"想跳的时候，在哪儿都可以呀！"光一忘情地捉住了阿荣的手臂。他对自己的大胆行为感到十分惊讶。

阿荣站起身，抚平了裙子上的皱褶。光一绕到挡住酒吧招待视线的柱子后面，一下子抱住了阿荣。温馨的香水味和着淡淡的发香令光一几乎都陶醉了。

"好可爱的小脑袋啊！"

早在很久以前，光一就梦想着将这个可爱的小脑袋抱在怀里。

"我已跟佐山先生约好，带贝壳和你的照片去他家。不过，你能去我那儿一趟吗？"

"还是你来吧，我不在乎……不过，你不能对阿姨想入非非。"

有客人来了。两人回到了座位。阿荣把手按在心怦怦直跳的胸口上。光一却劝她喝点儿威士忌，于是，她拿起酒杯小口儿呷起来。

"我认为自己一直做得很好，从没感到自己是被佐山阿姨当作小猫来养的。"

光一强忍着没有笑出来。

临出来时，阿荣拿起一朵栀子花，将它插在胸前的毛衣上。

"我家三楼就有这种花的味儿，讨厌死了！"

一坐上出租车，阿荣就软作了一团。

"好累呀！眼皮好沉，嘴唇发麻……"说着，阿荣一头栽进光一的怀里。

别　做　声

长长的玻璃柜台中摆着各式手帕。绘有皮诺曹形象的儿童手帕四十日元一条，而一条女人用的抽纱手帕定价竟高达七百日元。

自从换到手帕柜台后，近松千代子仅新鲜了两三天，便又怀念起顶层的鸟市了。

玻璃柜台里的照明灯烤得人热乎乎的，大厅内的香水味与人体散发的体臭混在一起，熏得人喘不过气来。千代子动不动就发牢骚说："这儿的空气太差了！"

与这里相比，顶层的鸟市和花市就轻松多了，还可以看到蓝天白云。那里的顾客大都是孩子，与他们在一起心情畅快极了。

但是在一楼就不同了。这里的顾客和店员耳目众多，整天神经都绷得紧紧的。梅雨季节时，一到了下午，大家都显得无精打采的。

一个肥胖的中年妇女唠唠叨叨地挑了半天，总算买下了一块雪白的抽纱手帕，这时，千代子也几近歇斯底里了。她疲惫得仿佛是做了一场噩梦。

"好久没见妙子了。不知她现在是否还常去顶层买鸟食……"

额头沁满汗珠的千代子正默默地寻思着，忽然听到有人叫她。

"近松，来顾客了。"

在一堆手帕样品的旁边露出了有田的面孔。

"咦？"

"对不起，我有事要找你商量。"

"……"

有田满脸焦急的神情，说话时连语调都变了。

千代子暗想，一定又是妙子的事。可是，上班时间她是不能离开柜台的。

"你先去地下的休息室等一下，十五分钟以后我就过去。"

"请你务必要来呀！"

有田不放心似的看了千代子一眼，然后转身离去了。

千代子等别人接班等了很长时间。

当她赶到地下休息室时，只见有田跟另外一家人挤在一张大桌子旁，无精打采地坐在那里。

"你要说的事，是不是有关妙子的？"千代子开门见山地问道。

"嗯，不错。"

"是不是你没有遵守保证？"

"保证？"

"怎么，你忘了？我让你好好照顾妙子，不要令不幸的人更加不幸……"

"跟那些冠冕堂皇的大道理没关系。"

"难道你做了什么坏事不成？"

"我也说不清到底算好事还是坏事。妙子她从佐山家逃出来，跑到我那儿去了！"

"哦？是什么时候？"

“七八天前，突然……”

千代子惊讶之余，感到几分羞涩。这是有田与妙子的蜜月呀！奇怪的是，有田为什么愁眉不展呢？

“妙子生病了吗？”千代子不由得关切地问道。

“这事同你商量也许不管用……”

有田吞吞吐吐地说道。

“妙子她也没有别的朋友……”

“到底是怎么了？”

“我想请你对她说。”

“说什么？”

“今天，我想从这儿直接回老家去。”

“回老家？”

“是的。我必须得回去一趟……”

“接着说。”

“妙子也知道这件事。”

“嗯。”

“她知道我六月底要回去一趟。所以，她好像要跟我一起去。”

“……”

“可是，那是不行的。”

“你是想让我告诉妙子，你不能带她去？”

“不，我曾告诉她，可以跟我一起去旅行。我担心是由于这个引发了她离开佐山家的念头。”

“你那样说，是为了把妙子拐走吧？”

248

"不是的。"

"我真不敢相信，妙子竟然会离开那里。你的力量实在太可怕了！"

千代子以女人的目光盯着有田，仿佛是在审视这个"可怕的人"。

"你回乡下老家是要告诉他们你打算同妙子结婚吗？"

"是的。"

"哦……"千代子仿佛在惧怕什么似的。

"我以前早就警告过你，不能和妙子结婚。可你却……"

"……"

"不过，她还是个好姑娘，按理是可以的。"

"……"

"妙子她很爽快地就答应同你结婚了？她愿意随你一起回乡下老家？要是真那样的话，妙子也一定感到很幸福……不过，你问过她的真实想法吗？"

"其实，即便是问了，也……"

"怎么样？"千代子不满地嘟哝道，"你只不过是一时感情冲动而已。你把妙子看得也太简单了！她的心里究竟在想些什么，你根本就不了解！"

"她在想我。她每时每刻都不愿与我分开。我正为这个烦恼呢！"

"难道你害怕了？"

"无论如何，你对妙子了解得比较深，我想请你跟她说说。"

"啊，你想背着妙子自己一个人回老家，是吗？"

"我一见她，就没有勇气说了。"

"你很快就回来吗？"千代子感到有些不安。

"看情况再说。我打算当天就回来。"

有田挽着袖子，手腕上没有手表。千代子想，看起来他也不容易。

"我想偷偷地上火车，妙子那边你能帮忙吗？"

"你的房东对妙子还好吗？"

"这个……"有田紧锁着眉头说，"妙子来了以后，房东太太突然就变了脸。她说：'你要是带个女人进来，就给我滚出去！'开始的时候，她不是这样的。也许是出于好奇，她还带妙子出去洗过澡呢！妙子她好像连街上有浴池都不知道。"

"不会吧？"

"我想是的。她虽然养鸟，可是，她自己就像生活在鸟笼里一样。房东太太跟她聊电影，她却一声不吭。人家来查户口时，她简直就像受了欺负似的，过后竟大哭了一场。她总是把自己关在房间里不出来。"

"你是她唯一的依靠呀！"

千代子抬起头，向远处望去。

"但是，说不定我们两个人会一起完蛋。我想寻求家里的支持，就算是难为并不宽裕的父母，就算是他们不同意，我也要奋力冲开一条路。"

"是吗？"千代子只是点了点头。

"在你回来之前，我可以去陪妙子住。碰上坏心眼的人，一个人毕竟害怕。"

千代子让有田先上一楼门口等着，然后回到自己的柜台买了两条男人用的手绢。

"拿上这个，留着在火车上擦汗吧。"她把手绢交给了有田。

下班以后，千代子在回去的路上顺便为妙子买了一束观赏樱桃和豌豆花。

千代子没有去过有田的住处。

她在高田马场下了电车，然后按有田给她画的地图，找到了户冢一丁目。那是一座破旧的二层楼，立在那里显得孤零零的。她推门进去后，也不见有人出来。

"谁呀？"黑暗处有人问了一声。

千代子一时不知如何回答才好。

"我找有田的女朋友妙子……"

一个胖胖的主妇突然出现在千代子的面前，她用居高临下的目光睥视千代子说：

"有田不在！"

尽管她已清清楚楚地听到了妙子的名字，但是却摆出一副恶狠狠的架势，存心不放妙子的朋友进去。

"这个泼妇……"千代子在心里恨恨地骂道。

"是有田叫我来找妙子……"

"她在二楼！"

二楼的一间六铺席的屋子，发黄的木格门大敞着，薄施着淡妆的妙子从里面迎了出来。

她一定是在等待着有田。

"哎哟，这不是千代子吗？"妙子简直不敢相信自己的眼睛。

"妙子，恭喜你！"

千代子觉得这样说比较好。羞红了脸的妙子美若天仙，令千代子惊叹不已。

两只文鸟在房间里飞来飞去，其中一只立刻落在了千代子的头上。

"千代，千代。"妙子叫着小鸟的名字。

"它喜欢人的头发，小心它啄你的头发。"

"这只叫千代？"

"是啊，它是你送给我的那只。"

"给，送你的。"

妙子接过千代子手上的花，木然地立在那里。她在揣摩着千代子突然来此的目的。

"这是观赏樱桃，小家伙们肯定喜欢玩儿……"

曾在鸟市工作的千代子知道文鸟性喜玩弄发卡、火柴棍儿一类的东西。

"有田到你那儿把事情都告诉你了？"妙子战战兢兢地问道。

"是啊，刚才他去商店……"千代子不得已告诉了她。

"有田说，回老家商量商量……因为，他见到你就无法一个人回去了。"

"他悄悄地走了？"

"他让我来跟你好好谈谈，并托我在这期间陪陪你。"千代子轻松地笑了笑。不料，妙子陡然花容失色，甚至连秀发仿佛也随之褪色了。

"他嫌我碍手碍脚，会成为他的包袱。"

"那样的话，他就不会回去商量了呀。"

"明知不行为什么还要去呢？"

"有田基本上是靠打工上学的，并没有花家里的钱。因此，他父母也许会帮助他。"

"既然那样，就应该两个人一起商量，制订计划……我干什么活儿都行……"

"即使弄不来钱，他也得把妙子的事讲清楚呀！"

"我的事……"

妙子又是一惊。

"你爱有田，对吧？"

"……"

"你若是爱他的话，就该相信他，支持他按自己的想法去做。再说，他说去去就回。他回去不过是想把事情说清楚，并不是对你要怎么样。"

"我刚到这里的时候，有田曾显出很为难的样子。"

"那是免不了的。你们两人今后怎么生活，他几乎一点儿准备都没有。你突然就闯进来，放在谁身上都会不知所措的。"

千代子又继续说道：

"你若能在佐山家再多待一段时间就好了……至少，等有田毕业或找到工作的时候。"

"我怎么能……"妙子拼命地摇着头，"我怎么能利用人家呢？"

"你只是住在那里，何况还帮他们做家务呢！"

"我已经背叛了他们。如果再让我厚着脸皮住在那里的话，简直比死都难受！"

"爱上了一个人怎么能说是背叛了他们呢？"

"根本就不是那种高尚的爱，我也没有那种爱。"

"这么说吧，"千代子把手中的樱桃枝抛向了落在榻榻米上的文鸟，"无论是哪种爱，到了这一步都是一样！你跟佐山先生的太太谈过吗？"

"那个家里要是只有我一个人的话，也许我就说了。"

妙子不愿说出阿荣的名字。

"有田来家里的事，我也没敢告诉阿姨。我实在是没脸再住下去了。"

"他去了你家？我曾再三叮嘱他要好好照顾你，结果怎么会成了这个样子呢？"

"我也不知道。他从一开始就知道我父亲的事，但是却没有嫌弃我。"

"根本不是一开始就知道！"

可是，这件事是千代子向有田透露的，她感到自己也负有责任。于是她说："今晚我就住在这里。"

"他肯定会绝望而归的。当他艰难地把我和父亲的事讲出来之后，他家里的人会被吓坏的。"

"你想得太多了，只要两个人能快乐地生活在一起就足够了！"

"为了生活，我无论干什么都……"妙子坚定的决心令千代子感到十分惊讶。

"不过……"妙子欲言又止。

"最近你还咳嗽吗？"

"不咳嗽了。"

"你变得坚强了，人也更漂亮了，仿佛换了一个人似的。你自己也这样认为吧。你已经从阴影中走出来了。"

"……"

妙子亦有一种自我解放的感觉，只不过心理上的感觉迟于生理上的感觉罢了。

"你要树立信心呀！"千代子鼓励道。

千代子一大早起来以后就去百货商店上班了。妙子梳理头发弄得胳膊都酸了，可是发髻怎么也挽不好。她停下手，拭去流到面腮的眼泪。外面又下起了小雨。

妙子十分想念市子，想再做一次她为自己弄的发型。

这里供应一日三餐，但由于昨天聊得太晚，千代子早上起来得很迟。

"她这人心眼儿很坏。"千代子学着肥胖的房东太太的样子说，"我才不吃她做的饭呢！"

昨天的晚饭就是千代子从附近的西餐店叫来的两份咖喱饭。今天早上，千代子把饭钱留下就走了。

"千代子，这只知更鸟能卖出去吗？……卖给鸟店也行呀！如果卖得很贵的话，买鸟的人就会加倍珍惜的。"

"这只鸟卖不了几个钱。再说，它的腿还肿着呢！"千代子同情地望着妙子。

"千代是你送我的，希望你也能喜欢阿雪。它们今后就拜托你了。"

"你放弃小鸟，到底有什么打算？"千代子有些迷惑不解。

"什么打算也没有。"

"除了小鸟以外，你就一无所有了。"

昨晚聊到这里，她们就睡下了。今天早晨，妙子一睁眼，就发现千代子蜷缩在榻榻米上。

"千代子，千代子！"妙子拼命地摇着千代子，并企图把她抱回到褥子上。

"我不要，怪热的！"

妙子赧红了脸。

她几乎所有的东西都是佐山家的，或是市子买给她的。这次她一样也没带出来。因不能光着身子，所以她仅穿着一身衣服出来了。

千代子怕有田担心，所以才陪妙子住了一夜。

"其实，我本打算把小鸟送到父亲那里去。"

"那样比较好。放在我那儿的话，白天也没人照顾它们。"千代子说道。

妙子刚把千代子送出大门，房东太太就在里面喊了起来。

"赶快来吃饭，完了我好收拾！"

妙子先上了二楼，把头发胡乱整理了一下，然后才下去吃饭。

阿荣或房东太太这类人的冷言冷语，有时反而会激起妙子强烈的反抗心理，她是决不会服输的。她觉得，千代子所说的那种"自信"，自己并非没有。人能够顽强地生存下去，本身就是一种自信。

"一个人很寂寞吧？"

房东太太倚窗而坐，两眼盯着吃饭的妙子。

妙子回到二楼，用一条发带笨手笨脚地将头发扎起来。她准备去看父亲。

她的小包里装着一把樱桃。

妙子上身穿着一件小领白衬衫，下面是一条印花裙子。她来到大门旁的房间，恭恭敬敬地说："大婶，我出去一趟。"然而，里面无人回答。她从鞋箱中取出一双塑料凉鞋换上了。她只有这一双鞋。临出佐山家时，她根本没想到该穿什么鞋，只是随便蹬上一双就跑出来了。

从多摩河边的沼部去小菅那么远的地方，既可以坐电车，也可以坐公共汽车。妙子通常都是从目黑坐电车到涩谷，然后换地铁去浅草，最后坐东武电车到小菅。

成平桥、金之渊、堀切等这些沿用古称的站名妙子早已熟悉了。过了这些地方之后，电车将跨越一条河流。

但是，今天妙子打算去上野改乘常磐线，然后在北千住换车。自从搬到有田那儿以后，这是她第一次去见父亲。住处变了，乘车路线自然也会随之改变。

有田回乡下老家没有告诉妙子，而妙子今天去探望父亲的事，事先也没有对有田讲，当然，她也无法告诉一个不在的人。不过，也许正因为有田不在，她才起了去探望父亲的念头。

家境贫寒、家里人口众多的有田与杀人犯的女儿妙子住在了一起。两三天以后，妙子曾对有田说，父亲大概不会被判死刑。有田当时不置可否，妙子顿时心里凉了半截儿。

"一定不会的！"她又大声地肯定道。

"嗯。"

妙子觉得那时的有田很可怕。她怀疑有田心里认为自己没有这样的父亲更好。

以前，妙子虽然很想同有田厮守在一起，但是，她一直压抑着心中爱与惧怕的火焰，不敢跨出这一步。

今天见到父亲后，若是说出自己已离开了佐山家，真不知父亲会如何责骂自己。因为父亲常常告诫她不要辜负了佐山家的一片好意。

妙子想，如果自己说想要自食其力的话，父亲也许就会理解的吧。

有田的事，她打算暂时先不告诉父亲，就像对市子那样，对父亲现在也不能明言。

"这样做，对有田也好。"妙子不知自己为什么会这样想，她为自己感到悲哀。

但是，父亲也许一眼就能看出妙子已经变了。被禁锢在拘留所的父亲在唯一的女儿面前，目光变得愈加敏锐了。

小菅车站地势较高，从车站走下来的一路上，可以见到铁道路基两侧开满了白色的小花。妙子每来一次，这里的花草就长高了许多。

妙子下车之前，小雨就已经停了。夏日上午的阳光披洒在她的肩头和胳膊上。

她要沿着拘留所的红砖墙走上一段才能到达位于南门的探视等候楼。

一路上见不到一个人，只有树影在脚下婆娑摇曳。

走在这条寂寞、清冷的路上，往往会使人产生置身世外的感觉。

这时的妙子，心灵出奇地安宁。

她进入了一个只有他们父女二人的幻境。两人之间没有任何秘密，即使有秘密被对方看破，心中也十分坦然。妙子觉得，今天自己仿佛忽然间长高了许多。

"是谁呢？"

不知何时，妙子的身后有人走来。她本能地产生了一种亲密感，不由得回头向来人望去。

那个打着阳伞急步赶来的人竟然是市子。妙子愕然停住了脚步，紧张得几乎都要窒息了。

"太好了，幸亏我来了！"

妙子被市子拉进阳伞里，她又闻到了市子身上那熟悉、清爽的香气。

妙子不敢抬头，她真想大叫一声扑进市子的怀里。

"我们找个说话的地方。"

路尽头的探视等候楼里，隐约可见几个晃来晃去的人影。

前方路旁有一个挂着小红旗的饮食店，破旧的小旗上写着"浪尖之冰"。

市子走过去伸头向内张望了一下，然后回来说："那里不行。"于是，市子推着妙子向探视等候楼侧面的林阴小道走去。

"我并没有生你的气。你也别把这件事告诉你父亲。"

"……"

"我来得正是时候，实在太好了！"

拘留所灰色水泥墙下一度干涸的水沟里又流出了混浊的黑水。

二人踏着没踝的青草向前走去。

妙子羞愧难当。她觉得自己不需要再对市子说什么了。市子对自己一切的一切似乎早已了如指掌。

"我估摸在这里准会见到你。不过，我来此的目的不光如此，你父亲的案子近日就要重新开庭审理了。因为前一段时间法院也放了暑假。我想，最好在开庭之前来看看你父亲。"

"对不起，父亲的事……"妙子声音颤抖地说。

"那是佐山的工作。我不过是来这里探望一下。"

"……"

"即使你不在我们身边，佐山也会尽最大努力的。"

妙子点了点头。

"真的，你不知我对你有多担心呢！为你的事，我还跟佐山和阿荣吵了一架。"

"同先生？"

市子没有回答，反而单刀直入地问道：

"他是个学生吗？你们怎么生活？看来，这些你都没有考虑过。"

看到妙子穿的还是离家时的那身衣裳，市子不用问心里就明白了。

"你走的时候什么都没带，怎么能不让人挂念呢？我准备了一点儿钱，想见面时交给你……"

"这我可不能要！"

"他是一位有钱人吗？"市子亲切地开着玩笑。

"不是。"

"你这孩子涉世不深，还不知道生活的艰辛呀！"

说罢，市子把装着钱的信封放进了妙子的手提包里。

"你现在住哪儿？"

"户冢一丁目。不过，我得换个地方住了。"

"又想躲开我？"

"不是的。"

妙子本想告诉市子有田回乡下老家的事，可是，她错过了这个机会。

"你为什么要干这种蠢事呢？我以前真是看错了你。"市子试探着问道。市子的话自然而然地与她的过去联系在了一起。

即使是在自己的家里，妙子也会与别的男人私奔吗？市子最终毕竟没有跑到清野那里去。

"是他要求你去的吗？"

妙子痛苦地摇了摇头。

"哦。"

市子木然地点了点头。

"是阿荣她欺负你了吗？"

妙子没有回答。

"阿荣的母亲在阿佐谷买了一栋小房子，昨天她一个人回大阪了。这次，她可能要和阿荣两个人一起生活了。"

"阿荣的工作怎么办？"

"这个……咦？你怎么问起这个来了？"

"……"

"一定是阿荣对你说了什么，使你无法再待下去了吧？"

"她说了很多。"

"都说了些什么？"

"她说我的眼睛里充满了憎恨，想要杀了她……我吓得……"

"那丫头就是不会说话。"市子笑起来，并准备说出另一件事。可是，她转念一想，又打消了这个念头。

那件事是市子从佐山那里听到的。阿荣曾对佐山说："男人娶一个恶心的妻子是出于对情人的礼貌。"阿荣是想说，市子作为一个妻子实在是过于美貌了。

妻子漂亮，情人自然会退避三舍，这在男人看来太不划算。对于情人来说，对方的妻子不如自己的话，心理上往往会产生一种优越感。

市子猜不透阿荣说这种傻话的目的是称赞自己还是为了试探佐山的心意。莫非她是把自己作为佐山的情人来同市子进行比较？

阿荣俏丽妩媚，美目含情，她所考虑的似乎就是如何搅乱人心。市子听了这件事是无论如何也笑不出来的。

尽管如此，市子仍无意在妙子面前说阿荣的坏话。

二人又顺原路折回，向拘留所方向走去。

市子在后面揪住妙子的发带说："你的那位好像很粗心呀！"

妙子的面颊蓦地腾起两片红云。

"他现在不在。"

"不在？"

"为了我的事，他回乡下老家了。"

"是吗？"

"我知道他家的人将会怎样看我……我想找个工作。"

"……"

"像我这种人，哪儿都不会要的吧？"

"很困难。"

"那么，照顾重病人及孩子，或帮助犯人家属这类工作也不行吗？"

"你若真想干的话，我去跟佐山说说看。"

"我是真心的。我时常想，在这里也许有我能干的工作。"妙子仰头看着拘留所高高的混凝土围墙，喃喃地说道。

方才走过的那段红砖墙连着拘留所工作人员的家属宿舍，墙边还晾着色彩鲜艳的裙子和婴儿的尿布。

"不过，若是要在这种地方工作，你可要跟他商量好才行。因为你父亲目前还不是他的岳父。这是我的想法。你是从目前父亲的处境来考虑工作的，但他肯定是想忘掉你父亲。"

"他了解我父亲的处境。"

妙子嗫嚅着说道。

市子感到有些不可思议，这姑娘变得这么快，她现在已把那个男人当做自己的亲人了。

市子做梦也没想到妙子会偷偷地离家出走。市子心里明白，妙子并不是出于变心或对自己不信任才这样做的，妙子是绝对不会背叛自己的。但是，对于无儿无女的市子来说，妙子的出走对她不啻是一个沉重的打击，为了挽回这一切，她甚至都不惜与佐山反目。

市子并没有把妙子当做自己的女儿，可是，当她一旦投入到另一个男人的怀抱时，自己的心情与做母亲的难道就有那么大的差别吗？

按市子的性格来说，她绝不会破口大骂。但是，见到妙子以后，做母亲的必定会首先责备一番的吧？一个陌生男人仅与妙子相处数日，就照亮了她的心田，使她变得明艳照人。市子震惊之余一句话也说不出来了。

　　在代笔处办理送物品手续和填写探视申请，妙子早已是轻车熟路，市子也就任由她去办了。

男人的外表

这五六天来，佐山跑地方法院的时间比在事务所的时间还多。

佐山另外还承担着其他客户的一些事情，阿荣除了收收发发以外，几乎无事可做。她整日面对着办公桌无聊至极。

"你有工夫看看这些东西吧。"佐山把手边的一些书交给阿荣。那都是有关"法官"、"死刑"、"卖淫"等的新版书。

"这些书干巴巴的，一点儿意思也没有。我看妙子就已经看够了。"

阿荣索性找了一些报纸、杂志上的小说，笨拙地打起字来。

她拿起杂志一看，见上面有一条报道，说是日本的女人比其他国家的女人都时髦。报道中认为，那是由于日本女人没有机会打扮自己，因此，只好在散步和上街时将自己刻意打扮一番。阿荣看了颇有同感。

那本杂志上还登着一幅年轻人通宵跳舞的照片，阿荣想不出那是哪家舞厅。

光一这人竟也那么死板，他再也没有邀请阿荣出去玩。

阿荣想："难道到了佐山那种年纪，大家都会变得那么没有情趣吗？"

阿荣只接触过佐山和光一这两个男人表面的部分，即使伏在他们的怀里也无法了解男人究竟为何物。无论是对方还是自己，都未遭到任何破坏。

阿荣十分了解的，只是同为女人的市子的嫉妒之心。

"还是阿姨好！"阿荣这样对自己说道。男人是否都不愿认真对待自己呢？

母亲卖掉大阪的祖屋是另有一番打算的。

"在东京教人写字也许可以糊口。"她规划着母女二人将来的生活。

阿荣觉得自己就像是在黑暗中化妆似的，心里很不踏实。

"大老远地跑到这里来究竟是为了什么？"

正当她在为自己的将来而忧心忡忡的时候，佐山打来了电话，他叫阿荣把一份文件送到地方法院来。

那份文件就在阿荣的手边，她马上就找到了。她拿起文件去找来这里打工的夜间高中班的学生，他这时刚刚打开饭盒准备吃饭。

"我的自行车很脏。"

"不妨碍骑吧？"

"如果我不去送，先生会说我的。"

"我想去。"

"行吗？很危险呀！"

那个高中生从自行车棚里推出了一辆咔啦咔啦作响的破自行车。

阿荣轻盈地跳上去，转眼间就消失在自行车车流里了。

佐山正在律师会里忙着，他见来的是阿荣，便吃惊地问道：

"你是骑车来的？太危险了！这里车这么多，万一被撞上的话，就什么都完了！"

"我想骑车试试。"

"傻瓜！"阿荣见佐山的眼里流露出关切的神情，便感到一股暖流流遍了全身。

"你不能有任何'试一试'的念头。"

"人家本来就没有什么可试着干的事嘛！"阿荣撒娇地说。她心里确实感到有些后怕，涨红的脸蛋愈发显得娇艳欲滴。

"自行车就放在这儿。等我完事以后，咱们一块儿回去吧。"

阿荣乖乖地点了点头。

"您不在事务所，把我都闷死了！"

"去听听审判怎么样？"

"是您辩护吗？"

"不是。我辩护的时候，你不能旁听。"佐山摆了摆手，"那一片楼里全是审判庭，你从旁听入口进去，坐在后面的位子上静静地听着吧。"

"有意思吗？"

"什么叫有意思？你不是也在律师事务所工作吗？这是审判！"阿荣又被数落了一通。

从佐山的身上，阿荣感受到了从父亲那里所得到的温暖。

"你在听我说吗？为什么发呆？"佐山催促道。

"右边的木结构建筑和左边的新楼里各有三四个审判庭，你就去那座新楼吧。外面的告示板上写着审理的案子，你拣有意思的去听吧。"

说到这里，佐山也恍然大悟地笑了起来。

"我所说的有意思跟你的可不一样呀！"

佐山走后，阿荣暗想，就在这些大楼里妙子的父亲将要被判死刑了。

今天早上，阿荣见佐山阻止市子去小菅，便插口说道：

"阿姨，您就别去了。"

"你别插嘴！"市子厉声说。

一见市子这态度，佐山也不吭声了。阿荣不明白佐山为何要阻止市子，但市子看上去态度十分坚决。

"一谈到别人的事情你总是受不了！"市子对阿荣冷冷地说道。

东京地方法院的院子很大，里面有好几栋大楼。其中有一座雄伟的古式红砖建筑，那是高等法院。

院内设有理发店和各类商店，人来人往十分热闹。食堂里有许多人在排队买饭。

阿荣按佐山的指示，穿过游廊来到了后院。她走进一栋新建的钢筋混凝土大楼，这里像是一个大医院。

正当阿荣看告示板时，一群戴着手铐、被一根绳子串成一列的年轻人在众人的簇拥下向二楼走去。

阿荣赶紧从后面跟了过去。

这群双手被缚的被告，不时有人往后撩撩头发，或擦擦汗。望着他们的背影，阿荣也跟着上了楼梯。

"他们到底干了什么？"阿荣感到心里很不是滋味儿。

她单纯地认为，对于罪犯等不值得同情的人，就没必要同情他们。但是，当她生平第一次看到被缚住双手押往法庭的人时，内心受到了极大的震动。

黑衣法官在前面高高的审判席上就座，法警除去了被告们手上的手铐。

阿荣感到异样地不安和紧张。

窗户被风吹得呜呜作响，坐在最后一排的阿荣几乎听不见法官那低沉的声音。

第一被告和第二被告相继被判。第一被告被判处三年徒刑，缓期两年执行。其家人一听立刻欢呼起来，拥着已获得自由之身的亲人，欢天喜地地出去了。

第二个人被判一年徒刑，三万日元罚款，他又被戴上手铐押走了。

"咦？判三年的人可以回去，而判一年的人却……"阿荣感到迷惑不解。

第三个人因辩护律师缺席而宣判延期审理。

其后，一个年轻的被告被叫到了前面。

据说，他是一家糕点公司的职员。他谎称一客户来电话要货，将公司的二十五箱饼干拿出去私自卖了。为此，他被送上了法庭。

一个与被告年龄相仿的证人被带到证人席宣誓。他显得惊慌失措，对于法官的问话答非所问，支支吾吾，使证词问讯进展得很不顺利。

这时，辩护律师请求让被告进行答辩，法官允许了。

被告站起来说，一开始，证人也参与策划了盗窃饼干，而且二人共同在街头将饼干卖掉了。

"所得的钱也是我们两人平分的。"

证人语无伦次地否认道：

"胡说，胡说，全是胡说！哪、哪有这事？你这个混蛋！"

法庭上，被告和证人激烈地争论起来。不知证人是不善言词，还是参与了盗窃，他结结巴巴，前言不搭后语，狼狈不堪地与对方争辩着，结果，连法官都忍俊不禁笑了起来。那位上了年纪的记录员竟打起了瞌睡。

"一对大傻瓜！"见二人争得面红耳赤，阿荣觉得很恶心，于是便悄悄地溜了出来。

下楼以后，她又看起告示板来。

"怎么啦？"

佐山站到了她的身后。

"你没去旁听吗？"

"没劲！"

佐山揉着酸痛的脖颈说："咱们走吧。"然后抬腿向外走去。

"忙完了吗？"

"嗯。"

"回事务所吗？"

"嗯。"

阿荣摇着佐山的胳膊说："我最讨厌男人'嗯、嗯'地回答人家啦！"

"哦，是吗？"

"我爸爸总是'嗯、嗯'的，我都听烦了……"

"……"

"要是事务所里没有事的话，我可以早点儿回去吗？"

“可以。那儿没什么事，今天我也早点儿回去。”

“我不回家。”

“你要去哪儿？”

“我想一个人溜达溜达。”

“一个人……那才没意思呢！”

“我想重温过去。”

“过去？”

“我非常怀念在东京站的饭店里度过的时光。那时，我非常崇拜阿姨，盼着早日见到她……”

“现在，你感到失望了吗？”

“是阿姨对我失望了。这些日子，她把我看成了一个厚脸皮的女孩子。我好难过啊！”

“我只要同市子好好谈谈，她就会理解的。”

“不行！”

“什么不行？”

“你们是夫妻嘛！”

“……”

阿荣的脸上现出狡黠的微笑。佐山恨不得把这个小姑娘撕成两半。

“先回事务所再说吧。”他叫阿荣在门口等着，然后自己去律师会休息室取文件夹去了。

待他出来的时候，已没了阿荣的人影，自行车也不见了。

“这个死丫头！”

阿荣竟然独自先回去了。佐山直恨得牙根痒痒，同时又感到她这种小孩子的把戏十分天真可爱。

骑自行车很危险，佐山很为她担心。

在日比谷公园的后街，几辆出租车停在树阴下等待客人。

坐上出租车以后，佐山沿途一直注视着窗外，寻找阿荣骑车的身影。

车到事务所时，佐山见门前放着一辆破自行车，看来，阿荣比他先到了。

佐山不觉松了一口气，心情愉快地上了二楼。

"多危险呀！"他一见阿荣禁不住又说道，"你这孩子太冒失了！"

可是，阿荣却若无其事地收拾着准备带回去的东西。

她走到佐山的办公桌旁，恭恭敬敬地说道："我回去了。"然后，头也不回地离开了事务所。

尽管佐山在后面叫她，但仍没能留住。阿荣人影一闪，门被关上了。佐山怅惘地颓然坐在椅子上。

当初，阿荣是投奔市子来的，因此，佐山也是通过市子才接触到她的。他那时并没有用一个男人的目光来看待美貌的阿荣。

市子喜欢少女，并愿意做人家的阿姨。她的身边经常是美女如云，佐山自然会接触到她们。妙子亦是其中之一。

妙子虽然是佐山带来的，但把她留下的是市子。这大概是因为妙子也自有她美丽动人之处的缘故吧。

佐山觉得，妙子比阿荣更具娇媚冶艳的魅力。每当市子身边的姑娘一个个结婚离去时，作为一个男人，佐山免不了会产生一种怅然若失的感觉，但这次妙子离家投奔情人的事却使他感到了前所未有的震惊。

"连这姑娘也……"

市子是万万不会想到佐山的这些想法的。佐山为妙子的父亲做辩护虽说是职业道义，但不可否认其中亦存在心仪妙子的成分。

不过，佐山根本无暇在外追逐快乐。他这种每天处于高度紧张的职业无缘结识吧女、舞女等。他没有性道德方面的弱点，伦理家佐山时刻在保护着法学家佐山。

再者，美丽贤惠的市子所造就的安逸的生活环境令佐山感到十分欣慰和满足。温暖安稳的家庭为他释去了工作上的疲劳，他在内心为自己平静的中年生活而感到自豪。

然而，市子嫉妒阿荣的反常行为，反倒促使佐山感觉到了阿荣的诱惑力。每当市子指责阿荣时，他便不自觉地想为她辩护。

一旦阿荣辞去事务所的工作，搬去与音子同住，佐山会感到寂寞难耐的。他不知自己从何时起迷恋上了阿荣。

"忆昔少年时，人老不堪回首……"

佐山故意夸张地称自己"人老"，实则是恐惧一天天老下去。

佐山神色疲惫地回到家时，已是晚上八点多了。

门旁整齐地摆放着一双铮亮的黑皮鞋，佐山凭直觉知道是光一来了。

"阿荣一定是约光一一起来的……"

佐山的眼前仿佛出现了阿荣在街上踽踽独行的身影。若是自己能陪陪她就好了，她走路时的姿态是那样的轻盈。

这时，市子迫不及待地迎了出来，兴奋地对佐山说："幸亏今天去了。我在那里见到了妙子！"

"是吗？"

"妙子果真去看她父亲了。见到她以后，我总算是放心了。光看她信上那潦草的字就让人担心死了。见面以后，没想到她变得那么开朗大方，还说要找工作呢！"

"对方是个什么样的人？"

佐山不问妙子如何，反倒先打听起了她的男朋友，市子仿佛被泼了一瓢冷水。

"管他是什么人？就算是坏人，女人只要自己喜欢就行！"

"可是……"

"我没见到那个人。妙子是自己一个人去的。"

"他难道不愿陪妙子一起去？"

"那是不可能的。"

"为什么？若是结婚的话，也是他的岳父呀！即便是现在，至少也是自己情人的父亲吧？"

"没那么简单！听说他回乡下同家人谈妙子的事去了。"

"看来，这个人还挺诚实。"

"两个人目前还不能自立……妙子也开始考虑自己今后的生活了。"

"在这里生活像是接受施舍，妙子心里大概也不好受。不过，就算是喜欢，这才仅仅是她接触到的第一个男人呀！"

"第一个男人只要能给她幸福……"市子的话刚说了一半，佐山插嘴问道："光一来了吗？"

市子点了点头，然后又反问道："阿荣呢？"

"今天，她早早就离开了事务所。"

"去哪儿了？"

"不知道。"

市子明白了，佐山原来在为此不高兴。

今天的晚饭吃得很晚，二人坐在各自的位子上默默地吃着饭，仿佛两人之间存有什么芥蒂似的。光一已吃过饭了，他无聊地坐在一旁。

市子说："光一说要请我们看幻灯片，听说阿荣照得很漂亮，但愿她能早点回来……"

光一瞟了佐山一眼，说道："没什么大不了的，都是去年在焰火大会上和十和湖照的，另外还有前几天坐观光巴士时照的两三张，再有就是在片濑……"说着，他把饭桌对面的墙壁作为银幕，开始安装幻灯机。

"电源座在哪儿？"

他拉出一根线，接上了电源。

志麻送来了鸭梨。她出去后，光一便关上了房间里的灯。

墙上映出了焰火大会时的情景。

"啊，真壮观！"市子不由得兴奋地叫起来。

"挂历已印出来了吗？这张焰火大会的照片能用上就好了。"

"嗯。我打算把这张照片也拿给清野先生看看。"

光一一提到那人的名字，市子便立刻噤口不言了。她低下头，削了一个鸭梨，然后递给佐山。

黑暗中，隐隐可见佐山那不耐烦的脸色。

尽管佐山不清楚市子与清野之间的关系，但市子不愿再提到清野的名字，于是，赶紧岔开话题说："听说前几天光一跟阿荣一起去了酒吧。"

"是吗。"佐山漫不经心地应道。

"后来……"

光一像女孩子似的羞红了脸，他慌忙阻止道："求求您别再往下说了！"

"好，我不说，我不说。你安心放幻灯吧。咦？怎么倒过来了？"市子开心地笑起来。

阿荣的照片被倒映在墙上，而且还摇摆不定。

阿荣倒过来的面孔令佐山心中一惊。

"难道我这是嫉妒吗？"

佐山觉得这事太荒唐。当然，由于阿荣的事而被弄得窘迫不堪的光一也可能是在慌乱中搞错了，但是，佐山却怀疑他是在有意捣鬼，借此来嘲弄自己。

市子那欲言又止的举动似乎也别有深意。佐山心里很不高兴。

放完幻灯以后，佐山一言不发地出去洗澡了。洗完澡后，他也没心思工作，把自己一个人关在卧室里。

市子已猜透了佐山的心思，可光一却还在眼巴巴地等着他出来。他向市子谈起了印刷挂历的计划。

"这套挂历是对外国宣传用的，因此，一月份可以用漂亮的松枝、梅花或带雪的竹雪等各种照片。我打算用青竹，您看如何？二月用雪景，三月用古老的人偶，四月当然要用樱花，而五月则用鲤鱼的拓片。"

"用鲤鱼的拓片这个主意不错。"

"六月用水莲或祭典大轿等，但不知清野先生要选哪一种……"

"七月用刚才您看过的菊花焰火在夜空中绽放的照片，八月用贝壳……"

光一停顿了一下，然后又接着说：

"九月是秋草，十月是菊花，十一月是落叶，这一段时间以植物为主，但具体尚未最后确定。十二月准备采用古老教堂的照片，用羽子板市的或……"

"这些全是由你一个人想出来的？"

"不，其中不少是参考了清野先生的意见。"

"……"

"清野先生说，封面要用白纸，然后只印上红字的年号和公司名称。"

市子通过光一间接地听到了昔日情人的消息，心里有一种说不出来的滋味儿。

丈夫不在场使她减轻了自己的负疚感。不知光一是否知道清野就是她从前的情人，那次在法国餐馆光一虽有怀疑，但似乎并未向别的方面想。清野的名字从年轻的光一的口里说出来，令市子感到了一丝温馨。

"你的设想不错，不过，这些几乎都与日本的渔业公司不沾边儿呀！只有五月的鲤鱼拓片……"

"是的。夫人，您有好的想法吗？"

"这个……"

市子犹豫着在清野的挂历中加进自己的想法是否妥当。她没有马上回答。

"我该走了。"

光一似乎觉察到佐山有意躲起来了。于是，他开始收拾幻灯机。

"再坐一会儿吧。"市子拿出一种名叫多摩河的点心请他吃。这种香鱼形的点心装在一只用竹皮做的船形盒子里。市子又为他端来了茶水。

"过一会儿，阿荣就该回来了，要是你走了的话，她不知会怎样恨你呢！"

"瞧您，又拿我开心。"光一渐渐地不再拘束了。

"有什么事我都想对您讲。可是，当着先生的面，我也许说得太多了，惹他不高兴了。"

"嘻，哪儿的话！佐山是不会跟你一个年轻人一般见识的。"

"可是，我在一旁发现佐山先生十分偏爱阿荣，他好像被阿荣的某些方面强烈地吸引着。"

"你太高估自己的眼光了，佐山怎么会……"市子一笑置之。

光一的脸唰地一下红了。

"你是不是嫉妒……"

"瞧您说的！"

"不过，阿荣见我跟佐山的感情很好，确实有些不高兴。"

"是吗?"

光一唯恐惹恼市子，只是淡淡地又附和了一句："我明白了。"

送走光一以后，市子便去洗澡了。她身体浸在浴缸里，心情也逐渐地平静下来。

光一脱口说出佐山被阿荣"强烈地吸引"这句话，使市子受到了极大的震动。

她来到廊下，招呼女佣："志麻，我洗完澡了。你把门锁上睡觉吧。"

"是。阿荣小姐还没回来吗？"

"她回来时会按门铃的，到时候你再起来吧。"

"是。"

"也不知她什么时候回来，总不能一直等下去吧。"

"……"

女佣对市子这异乎寻常的口吻似乎很吃惊。

从妙子那里听到阿荣的事使市子觉得她很可憎，而从光一那里听到的阿荣又令她起了戒心。

其实，这也不能怪光一多嘴，主要是市子善于引人说出心里话。她听光一说，阿荣苦于市子的嫉妒心，不愿再在这里住下去了。

后来，光一还说出了阿荣趁酒醉，在出租车里请求光一吻她的事。

"吻过之后，阿荣全然不像个女孩子。她恼怒地说，无论发生了什么事，我还是我的，不属于任何人！"

"真讨厌！"

"她就是这样没有情调。"

"我是说你！难道你一点儿都不感到惭愧吗？我最讨厌男人到处对人说自己跟谁接吻了。"

诱人说话，随后便勃然变色。市子忽然觉察到自己无意中露出了女人的本性。

市子怀疑地想，阿荣既然能与光一接吻，那么，她整日缠着佐山，势必也会跟他……

市子望着镜中沐浴新出的自己。

应该把阿荣的任性和强横的行为原原本本地告诉佐山。男人不但不会了解这一点，反而往往会被迷住的。

市子静下心来，留意着阿荣的脚步声。若是阿荣整晚都不回来，那就证明，市子已变成了她心目中的"坏阿姨"，市子今后的生活从此就会发生天翻地覆的变化。

她收留了两个姑娘，而最终又被她们抛弃了。难道自己就是这样一个女人吗？

然而，女人的善良天性又使市子更加怜惜和惦记这两个纯洁的姑娘，她再也坐不住了。于是，她擦了些雪花膏，起身去打开了方才让女佣锁上的大门。

佐山在卧室里摇响了叫铃。

楼梯漆黑，伸手不见五指。

就着枕边微弱的灯光，佐山抬眼看了看市子。

"怎么样啦？"

"他早就回去了。"

佐山蒙眬的目光中满含着柔情，他温言道：

"我是说阿荣……"

不错，佐山问的人既可以理解为光一，又可以理解为阿荣。

"她还没回来。"

看来，佐山一直在注意着楼下的动静。大门锁响了两次，他一定是误以为阿荣回来了。

"不知她会什么时候回来。这孩子太任性，真拿她没办法！"

"她可不任性。她本来一直崇拜你，一旦遭到白眼，她就绝望了。"

市子把薄被拉到身上，轻轻地合上了双眼。

"你是这样看的？"

"是她自己说的。"

"那可靠不住。"

"为什么？"

"……"

"她绝不会说谎的。"

市子睁开眼睛，盯住了丈夫的脸。

以前，市子如一般的妻子一样，从未留心注意过自己的丈夫。一来，没必要窥视他的内心，二来，若想知道的话，只要摸摸自己的心就会明白的。

可是这些日子，她却常常胡思乱想，阿荣插在两人之间的影子总是挥之不去。

方才，光一说到与阿荣接吻时，市子忍不住偷偷看了一眼他的嘴唇，旋即又避开了那张充满青春活力的面孔。现在，丈夫的嘴唇上仿佛又叠现出阿荣那柔嫩的小嘴唇，市子恨不得把身旁的枕头抽掉。

丈夫对一个美貌少女怀有浪漫的幻想，并正为此而犹豫不定。无论如何，他是不愿放弃阿荣的。

为此，佐山有意将阿荣与市子紧紧地绑在一起，他是想通过市子来保持自己对阿荣的爱和期待。这一切并非是他早有预谋的，品行端正的丈夫只是有些无法自持。

　　市子按自己的想法对佐山的内心进行着剖析。她越想越怕，不由得蜷起身子说道：

　　"算了，别再说她的事了。"

　　可是，一旦沉默下来，市子就会感觉到佐山等待阿荣回来的焦虑心情。房内悄然无声，二人似乎在屏息静气地等待阿荣回来的脚步声。市子实在忍受不了了。

　　"她一到东京就在饭店里一连住了好几天。她跟妙子不一样，晚点儿回来也用不着担心。"

　　"她如果跟妙子一样就糟了。"

　　"随随便便地就跟人家接吻……"

　　"跟谁？"

　　"……"

　　市子心里清楚，佐山现在对自己的感情纠葛也理不出个头绪。

　　佐山看了一下夜光表，见表针已指向了十一时四十分。于是，他拉了一下台灯，同时，一只手向市子的身上摸去。

　　市子准备着接受丈夫的爱抚。

　　正在这时，门铃响了，接着，便是开门声。市子干脆不理会，反而用力抱住了佐山。

　　楼下走廊上响起了跟跟跄跄的脚步声，随着咕咚一声好像有人摔倒了。接下来是死一般的寂静。

"怎么啦?"佐山猛然推开市子,冲出了房间。

就在这一刹那,仿佛袭来一阵寒风,市子全身汗毛竖立。丈夫竟然毫不留情地推开自己,奔向了阿荣!

"我绝不下去,随他们便吧!"

市子为自己仰卧的样子而感到难堪,赶忙侧身蜷起了身子。

"喂!喂!快下来帮帮忙!"佐山在下面大声地叫着市子。

阿荣宛如一束污秽的鲜花翻倒在楼梯旁。

市子刚一凑到跟前,迎面扑来了一股刺鼻的酒气。

"她喝醉了。"

"该怎么办?"

佐山愣愣地站在那里,低头看着阿荣。

"阿姨,真对不起……我好累呀!"

市子一把抓住了阿荣那冰冷、滑腻的手臂。

阿荣伤心地说:"阿姨不要我了,我好难受!"说罢,嘤嘤地啜泣起来。

她紧闭着双眼,泪水顺着眼角扑簌簌地流了下来,浸湿了市子的肩膀。

"你到底去哪儿了?"

"我跟他们说,别看我年龄小,可是我都结婚了。不过,这样说,也难保自己……"

阿荣断断续续地说着。市子与佐山交换了一下目光。

"一个年轻轻的姑娘,竟跑去喝酒……"佐山气得全身发抖。

"年轻是件伤心事,叔叔您不明白……"

"……"

284

"阿姨还误会我……"

"先安顿她躺下吧。"佐山说道。

市子也不愿让佐山看着阿荣这衣冠不整的样子。

"来,回房间吧。"

"阿姨,您生我的气了吧?"

"我才没生气呢!"

市子扶阿荣站了起来。阿荣像一个巨大的软体动物,把全身的重量都压在了市子的身上。

酒味儿、香水味儿和汗味儿混成一股难闻的气味,令人作呕。

"您肯定生气了。"

"你扶住我!"

"早知会变成这样,我真不该来东京。"

"变成了什么样?"

"阿姨,我好难过啊!"

"先好好休息,有话明天再说。"

市子扶着烂醉如泥的阿荣坐在床上,然后,为她解开了衬衫和裙子的扣子。

阿荣任凭市子为自己脱着衣服,没露出丝毫羞涩的表情。

市子凭直觉感到,阿荣没有出事。

"你能回来,实在太好了!"市子欣慰地说道。

为阿荣换睡衣时,那光滑白腻的肌肤霍然映入市子的眼帘,她的呼吸几乎停滞了。当她的手触到阿荣那挺实的小乳房时,内心不由得一阵狂跳。

阿荣既非市子的孩子，亦非她的妹妹，但阿荣的喜怒哀乐尽系市子一身，因此，她不得不对这个姑娘尽自己的责任。

白日涌入室内的潮气仍弥漫在空气中，屋内湿热，市子耳旁传来了蚊子的嗡嗡声。阿荣无力垂下的胳膊上落着一只小苍蝇，它贪婪地吸吮着汗水。

市子放开阿荣，准备取蚊香。

"阿姨，您别走，请再陪我待一会儿。"阿荣哀求道。

"我去取蚊香，马上就回来。"

阿荣点了点头，用期待的目光注视着市子的背影。

卧室的门缝中泄出一丝微弱的灯光，佐山似乎还没睡。

市子取来蚊香时，见阿荣把脸埋在坐垫里，像是在哭泣。

市子穿着薄薄的睡衣走到阿荣的跟前，阿荣突然拉住她的手说："我恨透我自己了！"

"因为喝醉了酒？"

阿荣眼里噙着泪花，用孩子似的鼻音说道：

"我恨自己所做的一切……我赶走了妙子，跟光一胡闹，还有……"

"还有什么？"

"还有被叔叔瞧见的这副丢人的样子……我已经没救了，到处惹人讨厌。"阿荣抖动着肩膀，伤心地抽泣着，令人看了十分不忍。

"那些事不必耿耿于怀，我年轻时也曾不知珍惜自己，干过荒唐事。"

"您无论做过什么，跟我这次都不一样。"

"怎么不一样？我也曾想像男人那样喝个酩酊大醉，痛痛快快地

286

闹它个通宵！"

"您这样说的意思是原谅我了吗？"

"你为什么会这样想？"

"因为您和叔叔都很稳重……我觉得，稳重的人一般不会责备不安分的人，但也不会轻易原谅这样的人。"

"……"

市子犹豫了片刻之后说道：

"我倒没有什么，可是你叔叔若是不稳重的话，怎么能为不安分的人辩护呢？"

阿荣更加用力地握住市子的手说：

"我也该向阿姨告别了。"

"为什么要告别？"

"我妈妈离开大阪来到这里是要跟我一起生活，这样一来，我就得辞去事务所的工作了。"

"瞧你想到哪儿去了？只要你愿意干，尽可以一直干下去嘛！"

市子话一出口，就觉得自己仿佛又落入了阿荣的圈套，尽管她一直在提防着。

"你先放开我的……"

"不，我就不！"

"我要给你擦擦身子呀！"

市子走进妙子曾住过的那间小屋旁的水房，将毛巾洗了洗，然后拧干。回到房里，市子开始为阿荣擦拭脸和脖子。

"好舒服啊！"

"这么久，你都去了什么地方？"

"我跟叔叔赌气离开了事务所，然后去看了一场电影，名叫《白蛇传》。里面有一条白蛇和一条青蛇，白蛇是白夫人……"

"看完了电影以后呢？"

"出了电影院，我感到十分孤单，就像电影里的小青蛇……我想起了前几天去过的那家酒吧，于是就进去看看光一在不在。那里的女招待还记得我，她劝我给光一打个电话，然后在那里等他。我这个人很要强，不愿意去求别人，于是，就跟旁边的两个男人一起喝起酒来。"

"真是胡闹，竟然跟两个素不相识的人……"

"我只是想，绝不能输给他们。看他们穿戴得挺整齐，可是喝醉了以后就死缠着我，我差点儿被他们吃了……"

"吃了？"

"嗯。我说别看我年纪轻，可是已经结婚了。可他们还是不放过我。"

"后来呢？"

"后来，我好不容易才骗过他们。坐上了目蒲线电车后，我感到十分孤独和悔恨，只想扑到您的怀里大哭一场。"

"……"

"好容易挨到家门口，酒劲儿就上来了。好像平白无故生了一场大病似的，手脚不听使唤……"

市子把毛巾放在阿荣的手上说：

"好了，下面你自己擦吧。"

"今晚的事，您能向叔叔转达我的歉意吗？"

"我会跟他说的。"说罢,市子忽然想起自己的身上会留有丈夫的体味儿,她害怕被阿荣闻到,打算同她拉开一定距离。可是,阿荣好像是怕她逃走似的,欠起上半身,将头紧紧地贴在她的胸前。

阿荣的目光如热恋中的女人,嘴唇娇嫩欲滴。她在渴求什么呢? 市子的心中猛地一热。

"我是属于阿姨的。"

阿荣的一张小脸如绽开的花朵。

两人的嘴唇贴在了一起。

"我讨厌所有的男人!"阿荣信口说道,"真不知道男人的外表下面藏的是什么东西。"

市子万没想到,第三个与自己接吻的人竟然是一个年轻的同性。

可是,阿荣却若无其事地松开市子的手说:

"阿姨,我上高中的时候,有一个低年级的女生特别喜欢我。她见我同别人说话就生气。我开怀大笑她也生气,嫌我太疯。那时,捉弄她是我最开心的事。"

"捉弄?"

"女人之间,若不能激怒对方或令对方为自己而哭泣,就不知道对方是否喜欢自己。"

"……"

"今晚我太高兴了! 我终于知道阿姨在心里还是疼我的……您一直是我心中崇拜的偶像。"

说着,阿荣眨了眨眼睛,打了一个哈欠。

"你休息吧。"说完，市子便仓惶逃离了房间。她仿佛仍能感受到阿荣那噩梦般的吻。

市子的心里沉甸甸的，胃里宛如塞满了病态的爱情。然而，她的脑子里却是一片空白。

"怎么样啦？"

佐山放下手中的杂志，抬头望着走进来的市子。市子避开佐山的目光说：

"没什么事，她只不过是喝醉了。"

"这我知道。可是，她为什么要喝酒？"

"正像你说的那样，她认为我已经开始讨厌她了，所以感到很绝望。"

"怎么样，我说的没错吧？你要是不管她，她只会走上邪路。"

"这姑娘太可怕了！"

市子躺下以后，下意识地摸了摸自己的嘴唇。阿荣的嘴唇不但吻了光一，也许还吻过佐山吧。

市子在阿荣房里的那段时间，佐山显然一直在为阿荣担着心。

果然不出市子所料，佐山又开口问道："阿荣到底去哪儿啦？都干了些什么？"然后，他拉住了市子的手。市子却拼命地甩开了。

"已经太晚了。那丫头把我累坏了。"

"你都干什么了？"

"没干什么。"

市子的声音有些嘶哑。

"连觉也没睡成。"佐山抱怨道。

"……"

"让人等的时间太长了。"

市子翻过身去，给了佐山一个脊背。

她虽然合上了眼睛，但阿荣的面影却没有随之消失。

差一个小时

远方出现了两架飞机，看上去就像迎面飞来的两只小蜻蜓。飞机直向房子冲了过来，而且，两架飞机的间距越来越小，银光闪闪的机翼几乎快要擦到屋檐了。若是撞上的话，整栋房子将会化为灰烬。

　　"得赶紧叫醒佐山。对了，还得把阿荣叫出来……"

　　市子拼命地向三楼跑去。

　　可是，市子怎么也摇不醒阿荣，只好伸手去抱她。岂料，市子仿佛掉入水中一般，手脚怎么也用不上力。

　　家里忽然响声大作。

　　"唉，到底还是被她害了。"

　　市子大叫一声惊醒了。原来是南柯一梦。

　　她感到嗓子很干。

　　佐山仰着下颏，仍在沉睡着。市子悄悄地下了楼。

　　志麻已做好了早饭，现在正踩在小凳子上擦着玻璃。

　　外面下着雾一般的小雨。

　　每当志麻用力擦时，玻璃便发出刺耳的响声。

　　刚从噩梦中醒来的市子一听到这声音，立刻联想起了那场可怕的梦。于是，她对志麻说道：

"玻璃以后再擦吧。"

忽然，她又想起妙子也一直害怕银光闪闪的飞机从多摩河上空飞过。

"难道是因为我同欺负过妙子的阿荣昨晚干下了那事？"

市子回到楼上换衣服时，佐山也起来了。

"睡过头了，你动作快点儿。"佐山催促市子道。

自从得知患有高血压以后，佐山遵照医嘱，不再喝咖啡了。他每天早饭只吃清淡的蔬菜。

今天早上的豆腐酱汤做得很好，但市子还是习惯吃腊肉煎蛋配浓咖啡的早餐。

"这几天，你没有说肩酸、心悸，是不是好一点儿了？"

"嗯，不过，肩膀还很酸。"

"今后，不知你还能不能喝咖啡。"说着，市子喝了一口热酱汤。热酱汤喝得她牙很疼，而且，连带着下颌都疼起来了。她皱着眉头，放下了碗。

"怎么啦？"

"我时常被弄成这样。有时连一阵凉风都受不了。"

"不能硬挺下去了。我早就说让你去田中先生那儿看看。"

田中先生是一名牙医，他在新桥的一栋大厦里开了一家诊所。佐山常常去他那里看牙。

市子的牙齿很好，既无龋齿亦无缺损。可是，近来她的小臼齿的根部有些发炎，一遇冷热就疼，尽管如此，她也懒得去看牙医。

"在新桥看完牙以后，你往事务所打个电话吧。"佐山说道。

"今天你有空儿吗？"

"倒不是有空儿，只不过四点以后我可以出来。"

市子觉得，佐山是在讨自己的欢心。

两人心照不宣，都极力回避有关阿荣的话题。夫妇之间仍存有微妙的芥蒂。

昨天胡闹了半宿的阿荣把市子整得不得安生，如做噩梦一般，当然，这噩梦不仅仅指被阿荣亲吻的那件事。阿荣既然回到了自己的身边，市子便又重新把她当成了自己的亲人。

但是，市子仍不能容忍阿荣纠缠佐山。她不清楚丈夫对阿荣是怎么想的，但是，她觉得只要丈夫一提到阿荣，阿荣就如同一个被注入了魔力的泥娃娃，骗过自己向佐山进攻。在市子的心目中，阿荣目前还只是个泥娃娃。

牙痛过后，市子又恢复了往日的平静，她自言自语地说：

"还是去彻底治一下比较好。"接着，她转而又问佐山，"你请我吃什么？"

"我会好好考虑的。"

夫妻二人已经好久没有单独去外面吃饭了。

志麻端来了普洱茶，她问：

"要不要叫醒阿荣小姐？"

"不用管她。"佐山说道。

他喝了几口茶，便起身准备出门。

"就要举行多摩河焰火大会了，可是，天还不放晴。"

"今年是从五月才开始下雨的嘛！对了，这次焰火大会，我们都请谁来呀？"

"是啊，请谁呢？"

"妙子他们两口子要能来就好了。"

"我才不承认他们是两口子呢！"

送走丈夫以后，市子感到有些困倦。除了睡眠不足以外，潮湿阴沉的天气也是原因之一。

她上楼来到卧室躺下了。

可是，她刚睡着，便被音子叫起来了。

听说，音子昨天从大阪回来以后就去了片濑的哥哥家，她借了哥哥家的女佣去阿佐谷的新居住几天。她一脸倦容。

她的新家土地面积有四十坪，房屋面积二十坪。听说她买得特别便宜。

"你真行，竟买到了这么合适的房子。"市子说道。

"我把大阪的房子连里面的家具都一起卖了，但是，还是托运了一部分杂七杂八的东西。哥哥家的女佣也不能在我那儿长待，阿荣回来以后，你能放她去我那儿住吗？"

说罢，音子从尼龙网兜儿里取出了一个纸包，那是送给市子的礼物。

"阿荣昨天很晚才回来，现在还睡着呢！"

"真不像话！就算是回来得晚，也不能睡到这个时候呀！你也是，不该那么惯着她。这孩子就好耍赖皮。"

"我去把她叫起来。"音子嘴上这么说着，可是身子却没有动。她仿佛突然想起什么似的说：

"离开大阪时，村松先生特意来送我，他希望能将光一和阿荣撮合在一起。你对光一怎么看？"

"这个……恐怕还得看阿荣的意见。"市子谨慎地说，"阿荣这孩子不定性，谁都很难了解她。"

"我这个做母亲的，更不了解她……"

"要把光一和阿荣……"

市子的目光变得十分茫然。

"光一每个月挣多少钱？"音子问道。

"他今年春天刚刚参加工作，包括奖金，平均每月能拿一万五千日元左右吧。"

"我想请你暗中试探一下阿荣的意思。"

"不过，"市子似乎不太热心，"如果我去说的话，她肯定会很反感的。"

"房子卖了以后，我觉得自己好像一无所有了，只想尽快为阿荣找一个好的归宿，然后自己再干点儿什么。"

"……"

"三浦的手头也很紧。他在大阪好像没什么生意可做，现在一直待在京都。事到如今，他还在说我的坏话，真不像个男人！他自己却随心所欲干尽了坏事。我一定要争口气，凭自己的力量操办好阿荣的婚事。"

音子刚说到这里，只见打扮得干净漂亮的阿荣羞答答地走了进来。

但是，她见到音子以后，脸上丝毫没有现出惊讶的神色。

音子一见阿荣，也忘了责备她，便迫不及待地告诉她大阪的房子已处理了，并讲了自己今后的打算。

市子趁机出去将音子送的大阪寿司拿出来。当她准备端回房里时，见阿荣正在走廊里等着她。

"我妈妈急着带我走。"

"那你就跟她去吧。"

"辞去事务所的工作？"

"可是，也不能把你妈妈一个人扔在一边不管呀！"市子严厉的话语令阿荣低下了头。

"房子还没有收拾，您先别动，后天是星期天，到时我再回来收拾。"

"嗯，我知道了。"

"谁也不准碰我房里的东西！"阿荣的声音里带有哭腔，"我越来越不懂自己来东京到底是为了什么！"

看到阿荣那如泣如诉的目光，市子感到十分为难。

"你来东京后，你妈妈也想来了。你为妈妈开辟了一条新生活的道路呀！"

阿荣全然不听市子的话。

"离开这里，我会更想念您的。"

"同住在东京，我们随时都可以见面的嘛！"

"同住在东京也不是同住在一个家里……"

阿荣那张可爱的小脸上充满了尊敬与仰慕的神情，令市子为之心动。

她甚至怀疑，自己这些日子疏远阿荣的举动是否有些过分？阿荣投奔市子的初衷直至今日似乎也没有任何改变。

然而，就在市子去厨房的工夫，阿荣竟痛快地答应了陪母亲一道回去。离家出走的女儿将要乖乖地跟母亲回去了。

　　她们母女离开这里时，已是下午一点了。

　　阿荣一走，家里立刻显得空荡荡的。市子也赶紧准备出去。

　　为了变换一下心情，市子索性穿了一套鲨皮布西服套裙。

　　颈根的头发太长了，显得有些凌乱，但市子觉得佐山是不会注意到这些的。佐山自己的穿着都是市子安排料理的，因此他并不在意市子的衣着打扮及化妆是否得体。他认定市子的审美观是最好的。

　　这也是夫妻和睦的标志之一。

　　"只是在阿荣的问题上……"

　　为什么双方会受到伤害？为什么会产生那么大的敌意？市子想在阿荣离开这里以后，冷静地整理一下自己的心绪。她拉开小抽屉，准备挑选一双颜色合适的尼龙袜。这时，门铃响了。

　　"糟糕，是谁偏偏这时候来？"

　　志麻手持一张名片跑了上来。

　　"哟，是三浦先生？"

　　没想到阿荣的父亲会来这里，市子连忙向门口走去。

　　身材高大、衣冠楚楚的三浦领着一个七八岁的男孩子站在门口。

　　那孩子的眉眼酷似阿荣，市子几乎都不愿多看上一眼。

　　他穿着一件漂亮的衬衫和一条短裤。

　　阿荣一直住在这里，而且一小时前音子又刚刚来过，因此，市子仿佛有愧于三浦似的，半晌没有说出话来。

　　"给您添了许多麻烦，所以，这次想来道个歉……"

　　三浦也显得有些局促不安。

“请进……”

“阿荣在吗?”

“这……”

阿荣父亲的目光已明白无误地表明,这次是专程来看女儿的。

若是早来一个小时的话,他还能见到阿荣,不过,音子也在场。

市子也拿不准他们是见面好,还是不见面为好。

当着市子的面,见到父亲带着同父异母的弟弟,阿荣会做何反应呢?

“阿荣刚走不久……”

市子犹豫着,不知该不该告诉他阿荣随母亲音子去了新家。

“哦,她出去了?”三浦茫然地重复道。

“您是何时到的?”

“您是说来东京吗?我已经在这里待了三天了。”

“您打算待多久?”

“再待两三天。”

“我会设法告诉阿荣的。请您把住址留下吧。”

“好吧。”

站在门口的三浦正要往名片的背面写住址,市子马上说道:

“我正要去看牙医,可以陪您走一段路。您先进来吧。”说着,把他引到了客厅。

不知三浦是住在友人家,还是不愿阿荣知道住处,他写的地址是清木挽町二光商会的内田转。难道他现在也是孑然一身了吗?

市子与音子从前在女校是同学,尽管她们天各一方,但遇事她总是站在音子一边批评三浦。如今，见到三浦这副郁郁寡欢的样子，市子觉得此人亦有他自己悲哀的故事。

市子与三浦父子坐上了电车。电车刚一启动，三浦便喃喃地说："这一带真不错。"他似乎若有所思。

小男孩正全神贯注地看着窗外的游乐园，三浦的目光随之也被引向了窗外。

"阿荣这孩子很怪，小时候总是让我抱，一放下她就哭个不停。她从小就不喜欢她母亲。"

"……"

"一听说她离家出走，我就感到是我把她惯坏了，心里很不是滋味儿。"

这时，对面驶来一辆电车，待电车过后，三浦又继续说道：

"后来，听说您在照顾她，我就放心了。我说这话也许不负责，不过，我觉得这样对她最好。"

三浦对妻子如此不信任，市子听了也无可奈何，她只好说："我们也没为阿荣做过什么。"

"哪里的话，听说音子来东京要与阿荣一块儿生活……"三浦的脸上浮现出不屑的笑容。

到了新桥以后，小男孩开始闹起来，三浦马上带着他消失在人流当中。

音子的新居有一间两坪的西式房间、一间四铺席的茶室及六铺席的和式房间，饭厅和厨房合二为一，显得十分宽敞，洗澡间的旁边还有一间三铺席的女佣房间。

新建的房子小巧紧凑，房内敞亮，弥漫着草席的清新气味。

音子欣喜地说："跟大阪那个发霉的老房子相比，这里真是清爽无比！"

"这草席太单薄了，走一步都担心会陷下去。"

阿荣还摸了摸细小的房柱，指头上沾了一些白粉。音子似乎忘了神经痛，忙忙碌碌地收拾着房间。

阿荣嘲讽道："您可真想得开。"

"那还不都是为了你……"

"别把什么事都往人家身上推！您总是这么说，真不像个做母亲的！"

"还不是因为你来了东京？我能逃出那个黑窝还得感谢你呢！"

"真傻！找到离家出走的女儿，还表示感谢，您是不是脑子有毛病？"

"这样一来，两个人就能在一起生活了，难道这不让人高兴吗？"

"有什么可高兴的！"

两个人拌着嘴，阿荣的心情渐渐好起来。她麻利地打开了行李。

"你别用刀割，那样一来，菜刀就不快了，绳子也不能再用了。"音子说道。

阿荣见屋子的一角放着熟悉的祖传佛龛、佛具，便笑着说："这些东西与新房子太不协调，就像是把佛像装进了塑料盒里。"不过，她心里却觉得佛龛仿佛又像是坐在那里的一位慈祥老人。很久以来，阿荣终于又在母亲的面前孩子般地撒起娇来。温暖的亲情使她变成了一个乖女孩儿，来东京以后的紧张情绪也悄然消失了。

片濑来的女佣回去以后，家里只剩下了母女二人，音子亲切地问："阿荣，庆祝乔迁之喜，你想吃点儿什么？"这亲切的话语如同一股暖流流入了阿荣的心田，她已经好久没有听到妈妈这样对自己说话了。

母女俩并排站在灶台前，兴致勃勃地做着饭，看她们高兴的样子简直就像是在玩过家家。

从邻家的厨房传来了女人的说话声，并不时地飘来阵阵烤鱼的香味儿。

六铺席的和式房间前面是狭小的庭院，站在游廊上可以望见树墙后面邻家的厨房及浴室里的灯光。

这里与大阪的高宅深院及市子家的三层楼不同，即使是关紧木格窗和防雨窗，阿荣也觉得仿佛睡在马路边似的，没有丝毫的安全感。

"妈妈，您睡得着吗？"

"睡不着。"说着，音子泫然泪下。

"我想起了许多往事。对了，阿荣，你一直住在市子阿姨家的三楼吗？"

"是啊，那是最差的一个房间！"

"你又信口胡说！"

"您不是问我住哪间房子吗？"

"我想起了自己从前曾住过的那间屋子。我跟市子睡在一起，但不是你住的那间……"

"妈妈，我真羡慕您，跟婚前的阿姨是同年好友。"

"现在我们也是同年呀！"

"现在不同，您已经是被抛弃的老糊涂了。"

"什么叫'被抛弃的老糊涂'？我连听都没听说过，你这孩子说话真是没大没小！"

"这种人多的是，哪儿没有？我见得多了，真是惨不忍睹！夫妻分手原本是无奈的事，但我可不希望您因此而变成老糊涂！"

"今后只有咱们娘俩相依为命了，将来不知会怎样呢！冲这一点，妈妈也不能糊涂啊！"

音子和女儿睡在空荡荡的新家里，内心感到无限的惆怅和寂寞。

音子害怕今后自己会感到孤独。身边只有阿荣一个人，而自己却摸不透这孩子的心思。

阿荣说了母亲一通之后，便酣然入睡了。音子望着熟睡中的女儿那张可爱的小脸，心中暗想：

"这孩子遇上什么伤心事都不会糊涂的，她还没到那种年龄，再说，她也不是那种人。"想到这里，音子忽然发觉女儿长得并不像自己，她不由得联想到了自己。人到中年，便被丈夫遗弃了，只能靠往日的回忆来安慰自己。她不愿阿荣遭遇同样的不幸，而且，阿荣也不会是这种命运。

音子是在阿荣这个年龄嫁到大阪去的。作为妻子，她从未有过自己的想法，更没有按照自己的意志做过什么。所有的事情都是由丈夫来考虑，她所想的只有如何服侍好丈夫。连女儿都说她糊涂，看来，她的确是个"被抛弃的老糊涂"。

丈夫离家出走后，留给她的只有不尽的怨恨。她甚至觉得自己仿佛变成了那座古老宅院里的亡灵，连自己都不认识自己了。

音子舍弃了大阪的房子，重新恢复了自我。这时，她才理解了阿荣离家出走的心情。同母亲共同生活的女儿未必都会感到亲人的温暖，有时反而会郁郁寡欢。

"今后，这孩子一定会孝顺的。"音子这样安慰着自己，可是，无意中她还是把自己的幸福寄托在了别人的身上。

音子想，自己与丈夫三浦共同生活了多年，最终还是分手了。也许自己与阿荣在一起生活将会更难。

"将来这孩子结婚以后……"

阿荣睡得很沉。

在新家迎来的第一个早晨是阴沉沉的。可是，过了不久，阴云便渐渐散去，天空豁然开朗起来。初升的太阳刚一露头，晨风便被烤热了。毕竟已进入七月了。

连日来，音子一直睡眠不足，但刚刚开始的新生活令她精神振奋，而且，当她看到女儿那张生气勃勃的笑脸时，浑身仿佛增添了无穷的力量。

大清早一起来，阿荣便在光秃秃的院子里种美人蕉和草杜鹃，音子做梦也没想到女儿会变得这么勤快。

她惊喜地望着女儿，仿佛不相信自己的眼睛似的。

"昨晚你睡得真香啊！妈妈在一旁看着都觉着高兴……"

"也许是因为回到自己的家里，所以才睡得这么踏实。"

其实，阿荣心里还在惦念自己在市子家里的那间小屋。她临来的时候，也没收拾一下，日记还扔在桌子上。当时她告诉市子自己星期日——即第三天就回去，可是，现在反而懒得动了，连她自己都觉得很奇怪。

难道这是对市子的一次小小的示威吗？若说是与母亲的重逢使

她不愿再见市子，则有悖于她的自尊心。阿荣对市子的恋慕中还深藏着一份自尊心，这就是那种对自己估计过高的自尊心。由此，她往往把市子理想化了。

"我只想做一个平凡而善良的人。"市子这样说过，可是，阿荣却不以为然。

不错，如今的市子确实是在努力为自己塑造"平凡"的形象，但她在做姑娘的时候绝不是这样的。结婚对于女人来说难道竟是一剂毒药吗？

"阿姨，您害怕再次恋爱，所以才把自己的犄角藏了起来。这样就等于杀了一整条牛。"

"阿荣可真不简单，还知道这样的格言。不过，我可不是需要犄角的斗牛。这个世界上有千千万万默默无闻的善男信女，尽管世事变化莫测，但他们都能够应付裕如。"

阿荣对市子嘴唇的感受，远比光一的要强烈得多。与市子接吻令她情感迷离，身心处于极度的亢奋之中。晚一点儿去见市子，反而使她兴奋不已。

阿荣在荒芜的院子里一边种着花草，一边唱着歌："姑娘，莫要留恋故乡，故乡只是临时的居所……"这是一首古老的东北民歌，是姑娘出嫁时唱的歌。音子暗想，阿荣或许正是把这陋屋当成了临时的居所。阿荣欢快的歌声仍掩盖不住那哀婉的曲调。

音子在一块小牌子上写上"教书法"，然后，把阿荣叫到了跟前。

"没想到，妈妈还挺要强呢！您教得了吗？会有人来吗？每个月收多少钱？"

"这个……我也不知道到底能挣多少？你去问问市子吧。"

"阿姨她怎么会知道？她绝不会想到妈妈的脸皮会这么厚。您真的能教吗？"

"你别看我样样都不行，但字还拿得出手。我觉得，字这玩艺儿非常奇妙。最近，不是很流行学书法吗？"

"妈妈，若是挂牌教书法的话，要不要说明师承或向政府申请？"

"我想不用。若是不行的话，人家会找上门来的。我只消买来书架，再摆上几本书法书就可以了。"

"然后用大阪话讲课。万一真有弟子跟您学的话，人家会笑话您的。"

"其实，妈妈正经是在神田出生长大的呢！我只是为了跟大阪出生的女儿做伴才说大阪话的。"音子乘兴接着说道，"首先，你就是我的第一个弟子……"

这个星期天是与市子约好回去的日子，阿荣约母亲去神田的旧书市选购书法方面的书籍。那天晚上，阿荣醉得不成样子，第二天，她就随母亲离开了市子家。她不愿紧接着又在星期天见到他们夫妇。

阿荣既喜欢市子，又喜欢佐山，二人合为一体她也喜欢。可是有的时候，阿荣却恼火他们两人在一起。

阿荣一直拖到星期二才动身。

"请市子帮我们物色一个女佣，另外，别忘了替我问佐山先生好……"

阿荣浑圆的肩膀在灿烂的阳光中显得很有光泽。

她在阿佐谷坐上的公共汽车并没有驶向多摩河方向，而是朝东京站驶去。佐山的事务所就在东京站的附近，阿荣打算先去见佐山。

她把自己这样做的原由都推给了公共汽车。

上班的高峰时间已过，公共汽车顶着盛夏炎炎烈日慢吞吞地行驶在静谧明亮的街道上。

偏偏就在大醉而归的那天夜晚，阿荣没有见到佐山。每当想起这事，她不由得双颊绯红。

佐山关注阿荣时，往往会不自主地从眼神和只言片语中流露出爱意。这份男欢女爱的愉悦心情，阿荣从市子或光一身上是体会不到的。她已被佐山深深地吸引住了。年轻的光一是她儿时的伙伴，她觉得光一对自己的爱慕总是一览无余，简直没意思透了。她不是酒肆女，可是对于年龄与自己相差很大的男人她非但毫不介意，反而心存好感。她甚至觉得委身于这样的男人有一种无法言喻的快感。这一切，连她自己都感到匪夷所思。

阿荣虽有些迷惘，但更多的则是气愤。因为，佐山似乎从不把她作为一个女人来看待。

对佐山的那种哄小孩子似的态度，阿荣早就不满了，恰如手里拿着一副好牌，却怎么也赢不了似的。

她有时甚至赌气地想："若是他嫌我是个黄毛丫头，那我就先跟光一结婚，然后再分手。这样他就会对我另眼相看了。"

她是一个姑娘家，对市子无论怎样亲近都可以，可是对于佐山就要有分寸了。

她从未想过要取代市子或离间他们夫妻之间的感情。自从亲吻过市子以后，她不但想诱惑佐山，更想把他紧紧地抓住。佐山若是关心自己，就应当毫无顾忌地占有自己。她明知自己的这种想法荒唐，但心中的女人意识还是在不断地怂恿着她。

她记得母亲曾说过，每个人的感觉都各有不同。音子的女友当中，有一个人曾结过三次婚。听说每一次结婚她都给音子写信，说自己很幸福，而且还说，再婚比初婚幸福。到了第三次结婚，她又说这次最幸福，第二次婚姻与这次简直没法儿比。

母亲说："也许有人觉得结婚一次比一次幸福。难道这也是命中注定的吗？"

"这样的人不是没有。"

"这就是每个人的人生啊！"母亲竟然感慨不已。

阿荣一个人住在东京站饭店的时候，邻屋的老人带来了一个年轻女人，她从早到晚哆声哆气地叫个不停，一会儿"啊"的一声，一会儿"呀"的一声，全然不顾忌周围的人。有时，她还疯疯癫癫地说个不停，时而还唱两句。由此，阿荣对女人又有了新的认识。对市子的崇敬及其自身的孤傲性格使她觉得那女人实在恶心。可是，那女人歇斯底里般的尖叫声却令她久久不能忘怀。女人竟会发出那种声音吗？现在，她忽然觉得，有时女人的这种尖叫也许是喜极而发的吧。不过，在正人君子佐山面前，任何女人恐怕都不会如此放肆的。

汽车在四谷见附的教堂前刚一停下，就见光一上来了。

"啊！"

两人同时惊叫起来。阿荣心里正转着不太光彩的念头，因此，不由得面红耳赤。

"没想到竟会在这儿遇见……"阿荣见车内乘客寥寥无几，便想模仿那女人的声调跟光一开个小小的玩笑，然而，她却无论如何也做不出来。她为自己脸红而气恼，怕别人把光一看成是自己的情人。

"到底发生了什么事？你搬走了以后也不来个信儿，佐山先生和夫人一直挂念着你呢！"光一质问道。

"咦？"阿荣也吃了一惊。

"难道我妈妈没说新地址？"

"她对阿佐谷的新家讲得很细，只是最重要的地址及怎么去却没有说。"

"我妈妈真是老糊涂了。"

"佐山夫人也忘问了。"

"她也是个老糊涂。"阿荣把市子也算了进去。

"你也是，怎么连个电话也不打？过了三四天也不来个信儿，你也太不像话了！"

"我本想第二天就回来的。"

"你心里怎么想，谁会知道？连我也是一样！"光一似乎是在借此发泄心中的不满。自从上次喝酒回来在车上亲吻过后，阿荣再也没找过他。

"阿姨生气了吗？"

"要是生气能解决问题就好了！"

"找我有什么事吗？"

"听说你父亲来过了。"

"爸爸？"

阿荣心里一热，不由得轻叫了一声。久违了的亲情又在她的心里复苏了。

她默默无语。光一觉得此时的阿荣简直美极了。

汽车过了半藏门之后，便沿着皇宫前的护城河驶去。碧波荡漾的河面上倒映出婆娑的树影。

"你能不能再站在樱田门的石墙上等我一次？"

"你知道吗？是你父亲送我妈妈去大阪车站的。"

"我爸爸写信告诉我了。"

"都说些……"

"……"

"光一，你要去哪儿？"

"当然是去上班。我倒要问问你，你这是要去哪儿？"

"我也是去上班……我本想去事务所，可是又怕挨骂。"

"听说那天你烂醉如泥，很晚才回去。"

"阿姨的嘴可真快，连这事都对你说了。看来，你们的关系非同寻常啊！"阿荣不由心头火起，她酸溜溜地说，"那天我本想让你陪我的，可是打电话一问，你们公司的人说你已经回去了。我一个人感到十分孤单，于是便去了我们去过的那家酒吧。我以为你会在里面，可是进去一看没有你。那里的女招待让我等等你，于是，我就坐下了。"

"我都听说了，在酒吧里……"

"一个人去那家我们一起去过的酒吧，我讨厌这种感觉……"

"……"

光一愕然地望着阿荣。此刻的阿荣像个刁蛮的小女孩，可爱极了。

两人沉默了良久，各人想着自己的心事。

"你陪我去事务所好吗？"阿荣开口央求道。

"为什么？这样对佐山先生不太好吧。"

"是吗？我见了你以后，就不愿去事务所了。"

"……"

"东京有没有类似靶场的地方？"

光——时间给弄糊涂了。

"我爸爸喜欢打猎，他还买过兰开斯特和柯尔枪呢！小时候，爸爸曾带我去过射击练习场。那里的靶子是吊在树枝上的盘子。记得那时我也闹着要打枪，结果被爸爸骂了一顿。现在如果什么地方有这样的射击场，我真想去试试。"

拐　　角

汽车一到东京站，阿荣竟意外干脆地说：

"再见。"

"嗯。"

"我还是得去一趟事务所。"

"这就对了。"

"代问你父亲好。"

"嗯？"光一感到有些诧异。

"转达我的谢意。"

"谢什么？"

光一无意中说起了大阪话。

"讨厌，你别装糊涂了！就是你父亲在大阪车站对我妈妈说的那事……"

"是吗？"光一有些莫名其妙，他用探询的目光看着阿荣。

"你已经给你父亲回信了吧？"

"嗯。"

"那事，再容我考虑考虑。"

阿荣转身朝后挥了挥手。

那里离事务所似乎不太远，谁知走起来却要花很长时间。

阿荣在路的背阴的一侧走着。三四天不见，街对面沐浴在阳光下的红砖墙和绿树令她感到十分新鲜。

古老的红砖大楼由于没有安装空调，每扇窗户都是敞开的。她踏上台阶，就看到了后院事务所的那栋楼。

窗边出现了佐山的身影，阿荣不由一阵心跳，面颊泛起了一片红晕。她停下了脚步。

"三浦，你怎么了？"

从身后走来的一个同事问道。

"我搬家了。"

阿荣机械地回答着，跟在那人身后走进了事务所。

她走到佐山的办公桌前站住了。

佐山抬起头心不在焉地看了她一眼，然后，又埋头工作起来。阿荣站在那里十分尴尬。

淡蓝色的电风扇不停地摇着头。

"几天来一直没跟您联系，实在对不起。"

"嗯。"

佐山只是点了点头，目光仍盯在文件上。

阿荣慢吞吞地走到自己的桌旁坐下了。

这几天，一个女秘书代她处理着日常事务。她心不在焉地听着女秘书交代工作。女秘书本来是另一位律师的秘书，但是，阿荣对人家连声"谢谢"也没说。

不久，佐山站起身来。

在那一瞬间，佐山似乎向阿荣这边瞟了一眼。

阿荣一直期待着佐山注意自己。可是，佐山头也没回地出去了。

"叔叔。"阿荣在心里叫着，嘴上却没有说出来。她从未如此紧张过。

阿荣知道，佐山是去法院了。她觉得佐山是因为讨厌她才离去的。她用打字机打了"心情不好"几个字，然后又把那张纸揉作一团，顺手抛进了纸篓里。她连着打了三四张。

"心情不好？"女秘书仿佛看透了阿荣的心事，"你在生谁的气？"

"我觉得太无聊了。"

"你总爱说这句话。"

"不是我爱说，因为这是我的真实感觉。我最讨厌人身上的习惯了，无论是说话还是动作。"

"自己所喜欢的人身上有特点不是挺好吗？"

"是吗？"阿荣被抢白了一句之后，操着大阪话说道，"我是在说我自己呢！"

"任何人都会有自己的特点的。你的特点也就是你的魅力所在，这个你自己很清楚吧。"

"我可没想那么多！"

"不过，你怎么会有无聊的感觉呢？在我们看来，羡慕还来不及呢！"女秘书用手扶了扶眼镜，瞪大眼睛打量着阿荣。她在事务所已经工作七年了。

阿荣年轻好动，口没遮拦，与事务所里的气氛格格不入。但是，大家一起在事务所吃午饭时，都觉得有阿荣在场气氛很活跃。

今天午休时首先议论的话题是英国上议院讨论废除死刑法案的新闻报道。从七月十日开始，英国上议院经过两天的辩论，以二百三十八票反对、九十五票赞成驳回了下议院先期通过的废除死刑法案（希尔巴曼法案）。这个话题倒是符合事务所的气氛。

佐山参加了废除死刑的运动，而妙子的父亲又在接受审判，所以，阿荣对这件事也并非全无兴趣。

在英国，上议院的权限仅能使立法推迟一年，若是下议院再次通过的话，就要交由女王裁决，并可成文。尽管投赞成票的仅九十五人，还不及反对票的一半，但与一九四八年时相比已经是不可同日而语了。那一年上议院葬送下议院的法案时，赞成废除死刑的仅有二十五人。

然而没过多久话题就变了，大家谈起了今年春天结婚的佐山的前任秘书，听说她来年就要当妈妈了。接着，又说起了格蕾丝·凯利和费雯丽也快要做母亲的事……

"叔叔的秘书怎么能跟摩纳哥王后和劳伦斯·奥立佛的妻子相比呢？真无聊！"阿荣认真地说道。大家立刻都愣住了。

"光凭能称佐山先生为'叔叔'这一点，就够我们羡慕的了。"那个戴眼镜的女秘书郑重地说道。

但是，就在那一瞬间，阿荣觉得佐山离自己仿佛十分遥远。

下午刚一上班，外面就有人叫阿荣："有客人要见佐山先生。"阿荣出去一看，原来是张先生的儿子和夫来了。

"那天承蒙您……"阿荣躬身致谢道。自从那天在夜总会跳了舞之后，他们没有再见面。

"那天晚上，我玩得也很高兴。"

和夫是来送舞会招待券的。装在塑料口袋里的招待券印制得非常精美，从那鲜艳的色彩就令人遐想到舞会那盛大的场面。

"这是由世界各国的学生组织的舞会，在那里可以欣赏到各国的舞蹈。我父亲不去，若先生也不去的话，请您跟夫人一起来吧，一共两张。"

"好的。"

和夫吸了一支烟，然后就回去了。对方的邀请显得十分郑重其事，阿荣也没有多说什么。其实，她正闷得慌，本想留和夫多坐一会儿。

虽然佐山未见得能去，但阿荣还是把票放在了佐山的办公桌上，然后用镇纸压住。

大家都在安静地工作着，阿荣信步走到那个戴眼镜的女秘书桌前：

"与其谈论格蕾丝·凯利和费雯丽生孩子的事，倒不如说说战争遗孤。听说西德有八万五千人，英国有三万五千人，你说，这难道不是问题吗？"

"什么？"

"就是美国兵的私生子……"

"那么，在日本有多少？"

"听说在亚洲，估计有一万多人呢！"

"真的吗？"

正在写东西的女秘书停下了手中的笔。

"当妈妈还不容易吗？"阿荣说道。

"噢，你是指我们午休时议论的事？"

女秘书这才弄明白阿荣的意思，她无奈地看了阿荣一眼。

过了四点佐山仍未回来。

事务所的人三三两两陆续离去了。阿荣望着佐山那张办公桌，盼着他快些回来。

不知不觉院子已被楼影完全盖住了。

阿荣暗想，莫非佐山从法院直接回去了？抑或是有人请他去吃饭了？

"太过分了！"

她感到仿佛被遗弃了。佐山连个电话也不来。

她生平第一次等人白等了半天。

平时若是没有特别的事情，掌管钥匙的那个年轻人总是六点锁门回去。他坐在远处不时偷偷地向阿荣这边张望着。

阿荣终于冷静下来，无精打采地开始收拾东西准备回去。

"是不是暗示我不要去阿姨家，也不要来事务所……"

阿荣真想一赌气回母亲家去。

"我把屋子弄得乱七八糟，阿姨肯定是生我的气了。"

然而，遭到冷遇后，阿荣想回去的还是母亲家，她既有些不情愿，又感到寂寞孤单。

不过，她只到了事务所而不去市子家，真不知市子会怎么想。

听光一说，父亲也曾去了市子那儿。

"爸爸他……"

阿荣不知父亲有什么事，她在心中呼唤着父亲，同时又在呼唤着阿姨。

　　她十分沮丧，又重新抹了抹口红。这时，佐山突然从屏风后走了出来。

　　"辛苦你了。没承想弄到这么晚，忙得我连打电话的工夫都没有。"

　　佐山向那个值班的年轻人表示了歉意。

　　当他的目光移到自己的桌上时，发现了舞会的招待券。他这才向阿荣问道：

　　"这是怎么回事？"

　　阿荣走到佐山的桌旁说：

　　"是张先生的公子送来的。"

　　"哦。"

　　佐山把票随手塞进衣袋里。

　　阿荣立刻心中一紧。

　　"其中的一张是送给我的。他说，若是先生不方便的话，另一张就给阿姨……听说张先生不能去。"

　　"那你该先说一声，我以为既然放在我的桌子上……"佐山温和地说着，从衣袋里掏出票，放在了阿荣的面前。

　　阿荣没有理会，默默地垂下了头。

　　"怎么了？"

　　佐山以为阿荣在伤心落泪，便欲低头瞧她的脸。但是，他发觉值班的人站在不远处，于是便又对阿荣说：

　　"回家吧。你也跟我一块儿回去吧。市子天天盼着你呢！"

　　"阿姨她……"

阿荣的眼泪几乎夺眶而出。

佐山若无其事地起身出去了。

同往常一样，他们去有乐町站坐车。阿荣迈着碎步紧跟在佐山的身后。

佐山的背影给人一种安然的美感，但是今天却宛如一堵墙横亘在阿荣面前，令她不敢随便张口。

此时正值下班回家时间，电车大都拥挤不堪，汗臭难闻，目蒲线亦是如此。这拥挤的电车中，佐山和阿荣被分作两处。

过了洗足以后，电车内空多了，佐山和阿荣终于坐到了一起。然而，两人一句话也没说，佐山只是默默地看着报纸。

仅仅过了四五天，佐山对阿荣的态度就来了个一百八十度的大转弯，竟然变得很生分。这种态度对年轻的阿荣来说是十分残酷的。她感到自己仿佛站到了悬崖边上，面前就是黑洞洞的崖底，她害怕极了。

阿荣任性刁蛮，说话刻薄，常常使人不愉快。可是，人家一旦真的生起气来的时候，她又觉得自己很委屈，怨天尤人。她在心理上尚未脱尽稚气。

她以这种孩子般的心态当然无法理解佐山今日的态度。

她以为佐山还在为自己那晚喝醉酒而生气呢，市子恐怕也不会高兴。自己说很快就回来，可是一去就杳无音信。她担心市子会把母亲忘记留下地址的事也归罪于自己。

除了这些以外，最令她惴惴不安的是，佐山夫妇趁自己不在的这几天谈论自己时的那种"夫妇"的感觉。

阿荣崇拜市子，尊敬佐山。可是，当二人合为"夫妇"时，她有时会产生一种高深莫测的感觉。

情深意笃、长相厮守的中年夫妇对于身边的年轻姑娘往往怀有戒心。

阿荣是根本体会不到夫妻之间的那种心有灵犀一点通的感觉的。

她亲吻市子、纠缠佐山均是出于对二人的极度爱恋，同时亦不可否认她有插足二人之间窥视他们内心世界的动机。即是说，这也许是一个女孩子对夫妻这种形式的一种扭曲的反抗和厌恶心理在暗中作祟吧。

由一对关系破裂的夫妻抚育成人的阿荣，内心深处对作为"夫妻"的佐山和市子怀有某种憎恨心理，什么"感情好的夫妻"，想起来就令她作呕。

刚一下电车，阵阵的晚风便由多摩河上吹了过来。这风亦使人感到盛夏已至。

佐山仍是一声不吭。

阿荣的心情渐渐烦躁起来，她不愿带着这种不痛快的心情出现在市子面前。她感到胸腔憋闷得几乎快要爆炸了。

刚一踏上无人的坡道，她便歇斯底里地对佐山吼道：

"太过分了！叔叔您实在是太过分了！您生气不理人家，难道要把一个女孩子活活憋死吗？"

佐山惊愕地站住了。

"我根本就没生你的气呀！"

"骗人！骗人！您跟阿姨合伙……"

"合伙……'合伙'是什么意思？"

"就是同谋犯！"

"同谋犯？"

"不错！您跟阿姨合伙像对待不良少女一样……"

"不良少女？"

"是的。你们两人把我看成了不良少女！"

"荒唐！"佐山笑道。

"您和阿姨表面上显得很亲切、很了不起，可是实际上却一点儿也不理解我。你们跟其他人没什么两样儿！"

"也许是吧。"

"我就讨厌您这样！满脸慈祥，慢声细语……"

"你连我的脸都讨厌了吗？"

"我所说的'讨厌'是指您和阿姨的做法。"继而，阿荣又气愤地说，"哼，你们怎么想的，我都知道！"

"哦？你的性情怎么变得怪起来？"

"对，就是这么怪！我的性格比妙子还要怪！"

"你不要拿妙子比！"佐山正色道。

"你的父母都来到了东京，可是妙子的却没有。"

"来不来随他们的便。妙子的家人死的死，抓的抓，当然来不了了！"

"这个'当然'是什么意思？"

佐山这么一发火，阿荣不由得血往上涌，她不甘示弱地说道：

"要是不愿让我父母来，就把他们都撵回去好了！"

"你听我把话说完！"

"不！您的意思我早就明白了，既然我父母来到了东京，那我这个碍眼的就该从这里消失，对不对？这正是打发我走的一个好机会，对不对？既然不愿我这个讨厌鬼插在您二人中间，您就明说好了，何必像今天这样，对我不理不睬的呢？您尽可以直截了当地拒绝我再去事务所……叔叔实在是太卑鄙了！"阿荣越说越激动，热血直冲头顶，她颤抖着将身子蜷作一团。

佐山宛如被突如其来地狠狠打了一巴掌，与其说是痛苦，倒不如说是感到触电一般地震惊。

阿荣捂住脸，呜呜地大哭起来。

"对不起。"

佐山惊慌失措地赶紧道歉，连声调都变了。

"骂吧，您再骂得狠一点。"

"我心里怎么想的你是知道的。刚才不过是你把我惹火了，所以才……"

"知道什么？我不知道！"

"你很可爱呀！"

佐山的声音变得有些嘶哑。

一阵喜悦涌上了阿荣的心头，她声音颤抖地说："被叔叔骂了一通，我心里非常高兴！我这是生平第一次挨人骂。爸爸、妈妈和学校的老师从没骂过我。"

"是我不好。"

"您用不着哄我，您若是不骂我，我就回去。我……"说话之间，阿荣突然被抱了起来，她的双脚几乎离开了地面。

她闭上眼睛仰起头，微微张开的嘴唇中间露出一排洁白的牙齿。

阿荣临走前留下话说，她房间里的东西谁都不准动。市子非常理解她的心情。

女人最忌讳旁人乱动自己身边的东西了。

这四五天来，阿荣一直杳无音信。可是，市子并不太生气，她觉得这正是阿荣的性格。

"她们刚刚换到一个新地方，一定是忙得不可开交。不过，音子会不会是累病了……"

哪怕来个电话也行啊！音子也真是太粗心了。

音子母女走后的第三天，阿荣的父亲打来了电话。

"其实，目前我还……"当他问起阿荣的情况时，市子感到十分尴尬，若说自己不知道阿荣的去处，听起来好像欺骗人家似的。

三浦来访时，市子曾顺口答应转告阿荣。这样一来，对方肯定会认为市子站在音子的一边，不愿把阿荣的去处告诉他。

无论如何，要说市子不知阿荣的去处，的确令人难以相信。阿荣本应住在市子家里，可是市子并没有明确地告诉三浦她已去了音子那儿。

三浦在市子面前有些心虚，同时，他宁愿将阿荣托付给市子，也不愿让她跟音子生活在一起。

"明天我就要回京都了，回去之前，如果可能的话，请……"三浦在电话里客气地说道。

"好的，今明两天，我若是见到阿荣的话……"

市子只得含糊其词地应承道。

那天，就因为三浦晚来了一个小时，竟与女儿失之交臂。明天，他就要走了。他在电话里的声音流露出失望的情绪。

市子虽无意为三浦抱不平，可是嘴里却嘟哝道："阿荣这孩子到底是怎么了？真让人操心！"她打算进阿荣的房间瞧瞧。

这两三天，天气异常闷热，阿荣那间潮湿的小房间也该透透风了。

"真是的。"

市子一进屋就皱起了眉头。

床上的被褥十分凌乱，梳妆台上扔着几个沾着口红的纱布团，在一堆头油和雪花膏的瓶子当中，有的连盖子也没盖上。

窗帘的金属挂钩上挂着衣架，上面胡乱地搭着浅褐色和粉色的花格衣服以及化纤衬裙。

那些衣物散发出一股淡淡的酒味儿。

"她竟会是那种姑娘？到底还是……"

然而，这"到底还是"的意思连市子自己也不甚明了。

窗边的桌子上堆着阿荣从市子的书架中拿来的小说、流行杂志等。书堆旁边赫然摆着一本厚厚的日记本。

"里面究竟写了些什么呢？"

市子极想偷看一眼，从中或许能够找到揭开阿荣心中秘密的钥匙。

市子踌躇了片刻，终于没能挡住那本日记的诱惑。她认为自己有必要了解阿荣内心的秘密。

她坐在床上，伸手拿起了日记本。就在这一刹那，阿荣那温润的嘴唇又浮现在她的眼前。她想了解阿荣的心情变得更加迫切了。她觉得，阿荣的嘴唇已同意自己这样做了。

但是，日记的开头几页只有寥寥数语，从中找不到任何线索。

阿荣的字很漂亮，这也许是得益于母亲的遗传吧。每篇日记只有只言片语，可是，有的地方却是整页的图画。

"某月某日。阿姨。雪山。极乐图。"

群山的上方画着一张酷似市子的面孔，这是日记的第一页。

"某月某日。这个家里要是有个小孩子就好了。那样我就可以疼爱他……"

市子心里一动，这是阿荣来后不久写的。

这也许是阿荣胡乱写的。不过，无儿无女的市子忽然觉得自己仿佛又看见了一个成熟的女人。

她羞得面红耳赤，再也没有勇气看下去了。她迅速地往下翻看着，目光停在了最后一页上。

"某月某日。我喜欢阿姨，喜欢叔叔。因为喜欢阿姨，所以就更喜欢叔叔。因为喜欢叔叔，所以就更喜欢阿姨。不能因为我喜欢阿姨，就不准我喜欢叔叔。不能因为我喜欢叔叔，就不准我喜欢阿姨。我喜欢迷恋阿姨一个人时的自己，喜欢迷恋叔叔一个人时的自己，讨厌同时喜欢他们两人时的自己……明白吗？不明白。阿姨是女人，叔叔是男人，我是女人……"

市子用颤抖的双手将日记放了回去，然后踉踉跄跄地走出了阿荣的房间。

将近晚上七点半时，市子换上了一件新做的单和服，也没跟女佣打个招呼就出了家门。

这四五天来，佐山每天下班都按时回来。可是，今天他迟迟未归，令市子坐立不安。

坡道的转弯处突然出现了丈夫和阿荣的身影，市子不由得"啊"

的一声站住了。

佐山显得十分慌乱，阿荣也有些张皇失措。

市子僵立在原地一动不动。

幸好朦胧的夜色为他们遮掩了脸上那不自然的神情。

市子忍不住张口问道："阿荣，出什么事了吗？"

"对不起，阿姨……"

佐山避开市子的目光，迈步朝前走去，把阿荣甩给了市子。

"到底发生了什么事？是因为太忙了？"市子见阿荣显得很紧张，便和颜悦色地问道。

"家里只有妈妈和我两个人，所以，妈妈说请您帮忙给物色一个女佣。"阿荣趁机岔开了话题。

"我以为你们到了阿佐谷之后，会给我来个电话呢！"市子说道，"那天你们刚走，你父亲就来了。"

"……"

"佐山告诉你了吗？"

"没有。详细的情况还没来得及……"

"哪有什么详细情况？你父亲像是特意来看你的，可我对你的去向连一个字也说不出来。你们也没留个地址，让我在你父亲面前都没法儿交代了。他还以为我把你藏起来了呢！"

"阿姨，我爸爸他怎么样？"

市子猜不透阿荣的心思，不知她是真想打听，还是借此转移自己的注意力。

"这个嘛……"

佐山家门口的灯下有许多小虫飞来飞去。

借着灯光，市子发现阿荣似乎刚刚哭过。

佐山二话没说就进屋去了。阿荣满脸不高兴的样子，对新家的事绝口不提。市子纳闷，到底发生了什么事？为什么他们互不理睬？

阿荣脱下鞋子说道："我先回房收拾一下。"然后便上楼去了。

佐山正在浴室擦汗的时候，市子拿来了浴衣。她一进来就委婉地对佐山说：

"请你去说说她吧。"

"嗯？"

佐山心情紧张地转过头来。

"阿荣她到底怎么了？好像是在生气。她是不是哭过？"

"嗯。自从搬走之后，她今天是第一次来上班。我去法院办事，回事务所晚了点儿，结果她就生气了……"

"她也太任性了。"

往常，市子总是从后面为佐山披上浴衣，可是，今天她却迟迟未动。

"她说的话太气人，最后我也忍不住对她发火了。"

"没想到你竟会发火，而且还是对一个女孩子。"

"……"

"被你训了一顿，阿荣她一定很高兴吧？"

"咦？"

"我就知道会是这样的。"

说着，一种不祥的预感袭上了市子的心头。她立刻转到了佐山的身后。

与往常不同的是，佐山斜着一侧肩膀披上浴衣后，接腰带的手显得有些笨拙。

"那孩子跟谁都接吻，就连我也……"

话一出口，市子顿时大惊失色，她不知自己为什么会突然间说出这事。

对 女 儿

妙子像变戏法儿似的从纸包里取出一件一件的东西摆在榻榻米上，有夫妻茶杯、塑料碗、带盖儿的碗、酱油瓶、蚊香等。

"咦，还有蚊香？"有田的注意力被这不起眼的东西吸引住了。

"这对茶杯是最贵的。"

蓝色的茶杯上绘有螺旋纹，拿在手上觉得很轻。

"不错吧？这个螺旋纹是手绘的，所以很贵。"

"真的很贵吗？"

"是啊！不过，这是用文鸟换的。如果换的东西很便宜的话，我觉得对不起千代子。"

"我们可以用这茶杯请千代子喝茶。"

"这可是我们两人用的茶杯呀！"妙子停顿了一下，然后又接着说道，"你再来看看这个。这是知更鸟换的。"

妙子打开另一个纸包，从里面捧出了一面朱漆梳妆镜。

"不错吧？当然，除了知更鸟还搭了点儿别的……"

有田的目光避开了镜子和妙子。

妙子将梳妆镜放到了有田的面前。

"照得很清楚吧？"

"那还用说？镜子要是不能照……"

"我是说……"

"我不照！一见这张脸，我就……"

"我从前也不愿看见自己的脸，可是，如今却不同了。"

"是吗？"

"当然啦！我觉得自己好像是换了一张脸。"

"哦？"

不知从何时起，妙子抛弃了从前的那种自我封闭的生活方式，从里到外完全变了一个样子。她变得生气勃勃，光彩照人。

与此相反，有田却惶惶不可终日，他感到自己那点儿可怜的青春活力正在被妙子一点一点地吸去。

有田从乡下回来的第二天，两人就搬进了新家。这个地方是他们从附近电线杆的广告上发现的。

这个房间面积为六铺席，月租金仅三千日元，而且还不要付保证金，只要预付三个月的房费作押金就可以了。这栋房子与原先的住处虽然同在一条街上，但这里离车站很近，周围小房林立，窗外的风景全被周围的楼房挡住了。住在这里的人如同被装进了箱子，夏天更是闷热难熬。

尽管窗户对着相邻的楼墙，但妙子仍做了一幅窗帘。

有田上次回家没有一件令他高兴的事。实际上，他在临走之前就知道此行是不会有任何收获的，结果不出所料。

当时，弟弟为做盲肠炎手术而住进了医院，母亲也卧病在床。

再有半年，有田就要大学毕业了。父母都指望为长子在教育上的投资能够得到回报。另外，弟弟、妹妹将来也要靠他。

家境如此，有田更无法启齿妙子的事了。

不过，他只向母亲透露了一点儿。母亲一听，脸上便现出不悦的神色。一个贫穷的姑娘主动追求一个家庭负担沉重的穷学生，并欲同他结婚，这种事在一个饱受艰辛的农家老妇的眼里，根本不值得高兴。

她从报纸、杂志及电影中看到，在东京有不少不良少女，她担心自己的宝贝儿子被拉下水。

听说妙子刚满十九岁，她就说他们命相不合，甚至还把弟弟生病的事归咎于妙子。

不过，母亲还是设法为有田弄了几个钱。

"这事我没有告诉你父亲。钱不多，请那个姑娘原谅。如果你不好张口的话，由我来写信对她说。"

母亲希望他与妙子悄悄分手，那笔钱大概是用做分手的补偿费吧。钱虽少，但是作为一个穷学生，对方会理解的吧。

"姑娘的父母那边，我可以去道歉。她家在哪儿？"

关于妙子的父母，有田没有说，因为她没有家。

就这样，有田回到了东京。妙子喜气洋洋地来到大门口迎接他。

"佐山夫人已经原谅我们了！只要这样我就已经很满足了，就像是来到了灿烂的阳光底下。阿姨还给了我一些钱呢！"

小别三日，有田惊讶地发现妙子连接吻都跟以前大不一样了。难道有田不在的这几天里，妙子欲火难熬，突然间变成了一个热情如火的女人了吗？

这间屋子的费用也是妙子先垫付的。

房东是个寡妇，在楼下开了一家裁缝店。二楼的三间房全部租了出去。

有田和妙子是以兄妹的名义租下这间房子的。

"你为什么说是兄妹？人家立刻就会知道你是撒谎。"妙子迷惑不解地问，"是因为难为情，还是因为不是兄妹就不能住？"

"我怕人家会担心我们生孩子。"

"哦？"

"当然，那是不可能的。"

女房东那干瘪的身子裹在一件与她年龄十分不相称的花衬衫里。她剪裁或踏缝纫机时，都要戴上老花镜。此时，她正从眼镜的上方监视着有田二人搬家，他们两人的家当少得可怜。

妙子不断地在这个简陋的房间里扩大着自己的地盘，她开始添置女人用的东西。

新买的饭锅亮可鉴人。

"这下可以做饭了，我真高兴！"妙子激动得热泪盈眶，"这个小饭锅实在是太可爱了！"

女人的这种情感，有田几乎无法理解。

为了自己所爱的人，姑娘学着开始做饭。有田当然明白妙子的心意，不过，在二楼狭窄的走廊里做着简单的饭菜，实在是没什么好看的。据说，女人做饭是她一生受苦受难的起点。

在乡下的家里，有田已经厌倦了家庭、家族及那里的生活。可是，妙子却正好相反，她从来就没有过家庭和家族，所以，也就不了解这样的生活。她觉得，佐山和市子的家庭及生活与其他人不一样。

无依无靠的妙子宛如落在大地上的一粒种子，开始生根发芽，她第一次有了属于自己的新生活，仿佛一只小鸟终于找到了自己的归巢。

黑暗的过去顷刻间消失了。对于未来的不安尚未产生。在人的一生中，这样的时期并非人人都有。

妙子和有田在一起时觉得无比幸福，只要能与有田长相厮守，她就心满意足了。

她想，只要自己拼命地干，生活就不会有问题。

"我绝不会成为有田的累赘的。"

仿佛是为了实践自己的诺言，搬来四五天后，妙子就自荐去楼下的裁缝店做帮工。

眼下这个季节，定做简单的夏季服装的顾客很多，像给袖口和领口镶边儿、缝扣这类活儿，不懂裁剪的妙子也能做，而且，这样的活儿多得几乎做不完。

妙子的那手漂亮的针线活儿是从市子那里学来的。

一见妙子的那手漂亮活儿，女房东仿佛是拣了个大金娃娃似的，高兴得不得了。可是，表面上她却装出一副很勉强的样子说：

"一天我只能给你一百日元。"

"正好用来付房租。"

"这个也很难说，假如赶上每天都有活还可以。不过，我可没雇你。不要忘了，你只是个帮工，连个徒弟都不算。"

由于顾客催得紧，所以常常要干到很晚。

有时，妙子还把一些衣裙拿到自己的房间里连夜赶活儿。

对于一个过早地开始男女同居生活的男学生来说，睡觉时不愿有人在身旁打搅。

"在下面的店里不能干吗？"

"房东允许我晚上拿到你身边来做。"

"我可不愿看你戴眼镜的样子！"

"可是……"

"开着灯我睡不着。你就歇一歇吧。"

到了早晨，妙子骄傲地对有田说："昨晚我一宿没睡。"她眼窝深陷，眼圈发黑，显得疲惫不堪。

"你一直都没睡？我一点儿都不知道。"有田心疼地说，"不要太勉强自己。"

"没关系。这一阵子我一直没咳嗽，还挺得住。"

"没打个盹儿吗？"

"没有。我在旁边看你睡得可香了！我见你热得出汗，就用凉毛巾给你擦了擦，没想到，你一下子就搂住了我的腰。"

"我全然不知。"

有田还在断断续续地打零工，有时去百货店帮着卖东西，有时还替人看家。

"替人修剪草坪的活儿最没劲，那是养老院的老头儿、老太太们干的活儿。天太热，我钻到树阴下想打个盹儿，偏偏又被那家的太太发现了，真倒霉！"

放暑假时，陪准备高考的高中生去山中湖别墅的工作不错，可是，有妙子在他就不能去了。

他最怕的是乡下的父母来东京。真到了那个时候，他就得跟妙子分手了。

他虽然暂时骗过父母，继续同妙子生活在一起，但是，心里总蒙着一层内疚的阴影。他并不想长久地这样生活下去，对家族的责任感从小就在他的心灵里打下了深深的烙印，这使得他的意志既有坚强的一面，也有软弱的一面。就算是他一意孤行摆脱了现在的家庭，但是，绑缚在他身上的家族的绳索也会死死地拉住他。

有田没有家庭的梦想，而妙子却是满脑子的家庭梦。这也许因为除了男女的区别之外，他们亦受到了各自身世的影响。目前，只有有田觉察到了两人之间的差距。

不过，妙子也给有田带来了欢乐。她不是有田的第一个女人，但却胜似第一个女人。假如迫于家里的压力不得不放弃妙子的话，那么，对于妙子的思念也会使他暂时忘却这沉重的压力。

每每想起这些，有田对妙子的爱就会变得更加疯狂，以弥补内心对她的歉疚。有田清楚妙子身上的每一寸皮肤，他对妙子几乎达到了难舍难分的地步。

妙子似乎也体会到了有田的这种心情，她总是死死地缠住有田不放，有时甚至弄得他无计可施。

妙子还时常买些小玩艺儿回来。

她存有许多铝币，有时拿出五枚去买一根黄瓜，有时拿出十五枚去洗澡，有时还会给有田几枚。

"以前我没告诉过你为什么要积攒硬币吧？其实，起初我只是用不着随便扔在抽屉里的，日子一长就积攒了许多。后来，我想把这些钱送给那些可怜的孩子，于是便认真地攒起来。"

"给孩子？"

"我从报纸上看到，有的孩子甚至一个苹果都得不到。我忘了是什么地方，那儿有一所孤儿院。因为当地出产苹果，所以有人给孤儿院送来了一些苹果，可是，当把苹果分到每个孩子手里的时候，他们都没有马上吃……这些可怜的孩子也许吃过苹果，可是他们从未得到过一个整个的苹果。我真想给他们每人买一个又大又圆的苹果。可是，孩子太多，而且又都是一日元的硬币，于是，我就下决心积攒起来。"

"你真是个慈善家。这样一来，我倒不好意思用了。"

妙子的脸唰地一下红了。她后悔自己净说些没用的。

"我只是想安慰一下与我有着同样遭遇的孩子们。"

"……"

"其实，给我父亲送去的苹果，他也舍不得吃，总是拿在手里看了又看。"妙子忽然发觉自己说走了嘴，于是慌忙改口道，"不过，既然我们能够用得上，我想，这些硬币也会高兴的。"

有田手里握着硬币，踏着夕阳向澡堂走去。远远望去，他的背影显得十分苍凉。

妙子心里对他有些放心不下，开始胡思乱想起来。过了一会儿，她想起该热热饭了，于是便打算去向楼下的房东借一个平锅来。这时的妙子又恢复了女人的生气。

妙子把一切都献给了有田，同时，自己也从中获得了极大的满足。她早已想通了，万一有田发生什么变故，那一定是自己不好。

"真不该提起父亲的事。"

想着想着，妙子切着洋葱的手突然一滑，把手指割破了一块儿。她把左手手指放在嘴里吸吮着。这时，她的身后传来了有田的脚步声。

"好热。"有田脱下汗衫，坐下准备吃晚饭。

吃过晚饭，有田提议道：

"出去散散步怎么样？"

"行。去哪儿？"

"去上野怎么样？"

"反正我什么地方都没去过，去哪儿都行。"

"听说不忍池正在举行纳凉大会，四周的灯笼映在水面上美极了。然后，我们再从那儿走着去浅草。"

"浅草？"妙子犹豫了片刻。去小菅拘留所时她常在浅草换车，现在回想起来，她也在上野换过车。

但是，妙子不愿再去多想，她擦了擦汗，把梳妆镜放到了桌子上。镜子很小，若是不放在桌子上，坐在那儿就照不到脸。

"有田，有客人找你。"

听到楼下的叫声，二人不禁吃了一惊。

他们互相对视了一眼。

有田没把这个新住址告诉过任何人。

"难道是家里来人了？"有田的心里不由咯噔一下。他穿上汗衫，下楼去了。

"哦，原来是你呀！"

来人是有田的好友阿原。

"不是我是谁？"阿原笑道。

"这是转给你的。"

原来是寄到前住处的一封信。阿原大概是通过先前的房东打听到这里的。

阿原向有田讲了朋友们从十和田湖去北海道旅行的种种趣事。有田听后，觉得自己仿佛也走进了宽广的大自然。

可是，由于妙子在家，有田没有把朋友让进屋里。他不是怕羞，而是怕人家看见屋里的"丑态"。听起来似乎有些奇怪，可是有田确实是这样想的。

尽管如此，有田仍想跟久未谋面的朋友多聊一会儿，于是他说："出去走走吧。你先等我一下。"

他回到楼上，顺手把信扔进了抽屉里，与妙子出去散步的计划自然也就随之取消了。在这种场合，他也摆起了大男人的架子，说了声："跟朋友出去一趟。"然后就又急匆匆地下楼去了。

妙子既来不及抱怨，也来不及嘱咐他早些回来。

当有田跟朋友并肩出去的时候，脑海里还残留着打扮得美艳照人的妙子那悲戚的目光。

"算了，今晚回去还能见到她，再说明天也会在一起的……"他很快便把妙子的事丢在一边了。

又大又圆的月亮爬上了树梢。

阿原对有田调侃道：

"你是不是不太愿意出来？"

"为什么？"

"别瞒我了。我说的是二楼的那个女孩子。好多人都在传这件事。"

"这个……"

"很难办，是不是？"

"嗯，有点儿……"

"难怪你不给我介绍，从你的脸上一点儿也看不出幸福的样子。莫不是被一个自己所不喜欢的女人缠上了？"

"不，不是那样的……"

"找个地方喝一杯，我也可以为你参谋参谋。你都说出来吧，我一直为你担着心呢！"

妙子被有田抛下后，只好又回到了楼下的工作间。

今天的活儿是给两条紫色的纱裙镶底边儿。看样子这是为一对双胞胎姐妹做的。每条裙子的底边儿约有四五米长。

晚上十点钟左右，妙子拿上没做完的部分上了二楼。

她蹑手蹑脚地走进房间，突然，不知何时回来的有田一把搂住了她的脖子。有田满脸通红，双手炽热。

"那家伙也不让生孩子。"

他没头没脑地冒出了这么一句。

"一喝醉就说这种话！"

妙子对男人的轻率十分气恼。她抓住有田摸到自己胸前的手，狠狠地咬了一口。

"啊！"

有田惊叫了一声，脸上现出复杂的表情，不知是感到扫兴，还是难为情。

"说不定已经有了！要是真的话，你打算怎么办？"

妙子美目流盼，一笑百媚。

"你别说笑了。"有田不自然地说道。

"谁跟你说笑了！我确实这样想过。"

一说到孩子，乃至咬了有田一口之后，妙子似乎立刻占据了有利的地位，她甚至还想捉弄他一回。

可是，妙子心里却紧张得咚咚直跳，因为这是考验有田对自己的爱的关键时刻。

"请你不要开这种玩笑！"

有田似乎清醒了许多。

"若是我自己的孩子……英国不是有处女受孕吗？"

"你……你的遗传不好。"

妙子的心顿时凉了半截儿，她颤抖着嘴唇说："你胡说！你胡说！"

"对不起，是我胡说八道。"

"那你为什么……"

有田的脸色又变得很难看。

"我是说着玩儿的。"

妙子忍不住眼泪扑簌簌直往下掉，心里针扎般地难受。

有田也为自己刺伤了妙子而后悔不迭，他手足无措不知如何是好，于是索性从壁柜里拿出被褥，背朝妙子躺下了。他感觉头疼得厉害。

身世坎坷、体弱胆小、温柔贤淑的姑娘妙子一旦同有田生活在一起，竟然变得坚强起来，有时甚至骑到优柔寡断的有田头上逼迫他。有田见到了一个真实的、有血有肉的妙子，与此同时，他在心理上又增加了一层负担。

正是出于这种逆反心理，使得有田脱口刺伤了妙子。

妙子用紫纱裙遮住上半身，悄悄地走下楼去。

不知过了多长时间。

一个是杀人犯愁容满面的女儿妙子，一个是有田充满激情的情人妙子，两个妙子都穿着紫纱裙，俨如一对双胞胎。其可怕的阴影反射到天井上，且在慢慢地向四周延伸、扩大。

有田发出了呻吟声。

在暗淡的灯光下，妙子试图摇醒被梦魇缠住的有田。

有田睁开惺忪的睡眼看了看，旋即翻过身去又进入了梦乡。

妙子感到十分寂寞。

有田要是能够清醒过来的话，妙子一定会为自己说谎惹有田生气而向他赔罪的。而且，她还想同有田好好谈谈"遗传"的问题。

其实，妙子也不晓得自己到底算不算说谎。孩子也许昨天或者前天就怀上了，作为一个女人，妙子觉得这并非空穴来风。

另外，所谓"遗传不好"无疑是指父亲的事，但是，倘若有田不愿跟杀人犯的女儿生孩子，那就只好同他分手了。

如果像市子夫妇那样能够互相体谅的话，一辈子没孩子也就罢了。可是，像有田那种想法，妙子一天也受不了。

有田明知妙子父亲犯的罪，可是还肯接近她。这使得妙子对有田深信不疑，甚至不惜从佐山家逃走。从这一点来看，也许是妙子太自作多情了。

"他所说的'遗传不好'，或许是指近视眼吧。"她自我安慰道。

夜越来越深了，妙子反而清醒起来。

父亲杀人时的自己、被佐山收留的自己、跟有田在一起时的自己，连妙子自己也搞不清楚这三个不同的自己之间有何联系。

妙子对于自己所做的一切至今不悔。通过爱有田，委身于一个男人，妙子获得了自由和解放，她的眼前展现出了一片新的天地。

从表面上看，妙子对有田有着极强的依赖性，可是实际上，她或许是在用力地拖着有田那沉重的身心艰难前行。

对于有田来说，他没有勇气不顾家人和世俗的偏见，义无反顾地去爱妙子。他的这种软弱性格反而促使妙子变得更加执著、更加坚强。

假如有田是个凶恶的男人，妙子或许会像个胆怯的小孩子一样变得更加温顺吧。

慑于妙子的认真态度，有田身上固有的某些劣根性才能有所收敛。

有田为人忠厚老实，然而在他的内心深处，也隐藏着自私和冷漠，这与他那贫寒的家境及亲人的影响不无关系。

有田睡得十分香甜，妙子不忍叫醒他。她把自己的手轻轻地放在有田伸在外面的手上。尽管只是握住了有田的手，但却使她的内心渐渐平静下来。

从小就失去了母亲的妙子，有时需要轻轻地握住父亲的手方能安然入睡。

"哪会有什么遗传的问题……"

妙子忽然想到，应该请佐山律师同有田好好谈谈，他认识许多犯人的妻子。

头发浓黑的有田连胳膊上都生满了黑毛，手背上也有几根。妙子见了，觉得又好奇又好玩儿。有田手上方被咬过的地方还留着红印，妙子不由得把嘴唇凑了上去。

次日早晨，妙子做好早饭回到屋里，见有田正坐在床上读着母亲的来信。

"昨天真是对不起。"妙子笑眯眯地向有田道歉。

"是我不好。今晚我们去散步吧。"

有田也和颜悦色地说道。

"今晚你还要缝那些蓬松的裙子吗？"

"昨晚我已经做完了。有什么事吗？"

"那颜色不好。我昨晚做了一个可怕的梦。"

他没敢说梦见的就是妙子。

"被梦魇缠住了吧，我还把你叫醒了呢！做的是什么梦？"

"我不记得被你叫醒过。我梦见了一对双胞胎，真是可怕！"

"是啊，穿着一样的衣服吧？"

"听说双胞胎有遗传性……"

"……"

有田又提到了"遗传"。他仿佛忘记了昨晚说妙子"遗传不好"的事，顺口就说出来了。

妙子极力装出平静的样子。

"不知谁还会来，你先把镜子放进壁柜里怎么样？"

"把我的东西收起来？"

"我觉得那样比较好……"有田嗫嚅道。

"你想否认我们两人在一起？"

天空仿佛被罩上了一层薄纱，没有一丝凉风，一大早就热得像是到了中午。

有田沿着白晃晃的大街走去，妙子在窗口目送着他。忽然，他回过头来冲着妙子咧嘴笑了笑。妙子挥了挥手，也报以微笑。

有田大概是出去找工作。

妙子胡乱地化了一下妆，然后照有田说的，将镜子放进了壁柜里。她望着壁柜心想：

"这里没有我的藏身之地，去楼下的工作间大概就不会有人知道了……"

藏起了镜子并不等于没有女人味儿了。妙子总是把房间收拾得干干净净，虽说她没什么东西，但多多少少总有些小零碎。她站在屋子中间往四下看了看。她想起了阿荣的房间，东西扔了一地，连窗户上都挂满了衣裳。外面仿佛传来了市子家的那只金丝雀的鸣啭声。

"多摩河该放焰火了。"

报纸肯定会登出来的。可是，有田没订报纸。妙子打算去楼下的裁缝店看看。

她一边想着市子，一边把自己的那点儿东西堆放在屋子的一角，以便可以随时收起来。忽然，眼前出现了一封信，她顺手把它捡起来。

发信人叫节子，不用说，是有田的母亲写来的信。

她真想打开看看。

妙子生平第一次萌发了偷看别人信件的念头。

她曾听说，宪法禁止私拆他人信件。

可是，在妙子的记忆中，佐山夫妇之间好像没有"书信秘密"。佐山的信凡是寄到家里的，市子都要一一拆开看一遍，然后把要点讲给佐山听，最后进行整理、分类。对于各类聚会、宴会的邀请，市子也都根据佐山的旨意代为答复。若是决定出席，市子就把预定的日期及地点记在佐山随身携带的笔记本上。

在妙子看来，这些似乎是理所当然的，她不知自己同有田何时会变成这样。

她感到，有田母亲的信毕竟还是"他人的秘密"，假如自己是有田的媳妇的话，则又另当别论了。

"他从老家回来以后，什么也没对我说。以前，他常常跟我讲乡下老家的事……"

妙子怀着一种犯罪的心理，用发抖的双手打开了信。首先映入她眼帘的是"也许对不起那姑娘……"等几个字。她从前面开始读起来。

"你肯定是被那姑娘骗了。要是她真为你着想，就不会为难你这个未毕业、不能自立的学生了。我看她不是自愿从那个收养她的家里出来的，也许是出了什么事，被人家撵出来的吧。你不仅仅是一个人，还有许多亲人需要你的帮助。等你大学毕业以后，回到乡下可以娶一个好人家的姑娘做媳妇。一个来历不明的女人会毁了你的前程的。也许对不起那姑娘……"

信写得很长，在这段话的前后还写了许多。

妙子踉踉跄跄地来到了楼下的水房，拼命地将水龙头拧到最大，然后用双手捧水喝起来。

有田的母亲一旦知晓妙子父亲的事，不知还会说些什么呢！

妙子只觉得眼前一阵发黑，几乎跌倒在地。

不过，有田的母亲信中所写的，不正是当初有田背着妙子回乡下时，妙子所最担心的吗？

千代子也曾告诫过妙子，凭着一时的感情冲动就投入到有田的怀抱是十分轻率的。妙子想，也许有田工作以前，两人应该分开生活？难道一个女人爱一个男人并委身于他，就是缺乏生活准则和义务吗？

到目前为止，妙子不但害怕进入社会，更是对社会一无所知。

"不过……"

妙子感到自己与有田不过同居数日，但身心却发生了巨大的变化。她洗了洗脸，心里平静了许多。

焰火与贝壳

光一不是作为一个摄影家，而是作为一个职员在美术印刷公司的营业部工作。可是，开始工作不久，他就获得了很高的评价。其中的原因之一，是借助了作为知名商业美术家的父亲的帮助，另一方面，他还独自完成了清野的公司委托印制的宣传挂历。因此，上半年公司表彰业绩时，发给了他一笔奖金。

　　由于挂历受到了普遍的好评，清野决定请光一吃饭以示谢意。

　　其实，光一能够承担这项工作，全凭清野的照应。这大概是因为上次在东京会馆，清野看见他和市子及阿荣在一起的缘故吧。这次清野请他吃饭，他亦感到其中不乏市子的因素。

　　一到位于筑地的饭店，他便被引到一个雅致的包间。

　　脱去外衣的清野已经端上了一只白酒杯。一个年近三十的艺伎亲昵地坐在他的身旁。

　　"抱歉，我迟到了……"光一谢罪道。

　　"快请坐。离约定的时间还有十分钟呢！本来是请你的，可是我却先喝起来了。"

　　"没关系。"

　　清野看上去像是比光一的父亲和佐山大六七岁的模样，长年在海上风吹日晒使他的皮肤变得黝黑发亮，他的瞳孔有些发蓝，给人一种异国的印象。

清野死了妻子，现在孤身一人。这事市子没有说，光一自然也不会知道。清野虽然有些难以接近，但光一对他颇有好感。

"你也来点儿？"说着，清野示意艺伎过去。

"不，我……"

"少来点儿吧。我也顶多能喝两杯。你喝啤酒还是洋酒？"

"我不能喝。"

光一拿开了杯子。

今晚绝不能喝酒，因为他还要去舞厅见阿荣。佐山请他去家里观赏多摩河焰火大会时，市子给了他一张舞会票。

"请你替我监视阿荣。她要是再被那个中国人的养子勾搭上就不好办了……说不定她还会主动勾引人家呢！"市子笑着说道。

不知为何，放焰火的那天晚上，市子没有叫阿荣来。

不久，又进来一个年轻的艺伎，她跟清野似乎十分稔熟，不过，她显得很稳重，坐在那里一声不响。

铺满小石子的庭院里有一个小水池，围墙上映着稀疏的竹影。

光一从心底里感激清野的好意，可是，这样一来反倒使他感到有些拘谨。

"听说，您跟佐山先生的夫人是旧相识……"光一忍不住张口问道。

对于光一这出其不意的提问，清野只是简短地"嗯"了一声，然后便又沉默了。

光一也无法继续说下去了。

光一猜测，清野借挂历的事单单请自己一个人，大概是为了向他了解市子的情况。所以，他以为清野是在期待自己主动提到市子。

光一从清野的言谈举止中感到，他对自己的好意与市子大有关系。

若是不说市子的事，光一觉得心里好像压着一块大石头似的。

"您见过佐山夫人收集的贝壳吗？"

"嗯。"

清野随口应道。他的面部表情没有任何变化，那蒙眬的目光似在回忆过去。不过，也许由于他曾长年漂流在一望无际的大海上，所以早已习惯用这种目光了吧。

清野没有同艺妓搭话，看来，他并不想岔开话题。

在东京会馆初次见到清野时，阿荣当即满有把握地说："刚才的那个人是阿姨的情人。"当时，光一半信半疑。他揣摩不出清野究竟是什么人，就如同一个小孩子看一个大人。

光一转向那个年轻的艺伎，说要请她给自己当一次摄影模特。就在这时，清野发话了。

"挂历上的那张照片用的是市子夫人的贝壳吗？"

"不，那是我去江之岛……"

"江之岛……"

"……"

"挂历中的青竹和焰火都不错，像我这样在海上漂泊了二十年的人，对八月份的贝壳照片印象最深。"

"是吗？"

356

其实，用贝壳的照片正遂了清野的心愿。

光一感到，在自己与清野之间，不时地闪出市子的身影。

"今年春天第一次见面的时候，我见你跟一个漂亮的小姐在一起。"

毫无思想准备的光一顿时显得十分狼狈。

"她是……"

"她是佐山夫人的朋友的女儿。"

"哎哟，我还以为她是你的什么人呢！"

"我还没……"

"是啊，这事不能操之过急，但也不能错过大好时机。像我这样无牵无挂轻松自在的倒也不错，可是内心却免不了空虚。"

一听这话，坐在旁边的两个艺伎马上嚷起来①。清野连忙解释说：

"我是说，我们俩都是独身，虽然标签一样，但里面的货色却不同。假如我是罐头，敲一敲就知道里面已经腐烂了。"

"让我敲敲看。"

"好吧，敲哪儿都没问题。"清野将身体转向年轻的艺伎。

清野转而对光一说："别说是你，就连我……人生的路还长着呢！"

"是啊，还很长。"

"有人曾对我说过这句话……"

光一凭直觉感到，那人一定是市子。

---

① 日本的艺伎均未婚。

"人毕竟不同于罐头，就算是孤单的一个人，也不会轻易烂掉的。不过，罐头如果坏了也挺可惜。"说到这里，清野爽朗地大笑起来。接着，他又说，"实际上，为罐头的事还想请你再帮个忙……你能帮我做一些罐头的宣传广告吗？当然，其中一定要有照片。这几天，公司的样品就会送来。"

光一只是个刚出道的年轻人，可是，清野在送给他工作机会的时候也毫不倨傲。面对和蔼可亲的清野，光一也不好意思中途离席去和阿荣约会了。

清野吃得很多，他喝的那点儿酒成了开胃酒了。

"您不再上船了吗？"

"由于战争，我已经厌烦了。我的船作为运输船被征用，能够在战争中幸存下来已经是万幸了。"

出了饭店，清野又邀请道：

"今天吃得太多了，散散步怎么样？"

"对不起，我还有约会。"

"那好吧，你就坐我的车去吧。我要一个人走走。"

一见清野要用公司的车送自己去舞厅，光一便不安起来。可是，清野已经吩咐司机了。

坐在车里的光一又在想，清野莫不是借散步的机会向自己打听市子的情况？

光一乘电梯上了产业会馆的五层，他在坐在走廊里的人群中间寻找着阿荣，可是没有找到。于是，他走进了舞厅。

舞厅里，正在介绍各国学生代表。

随着热烈的掌声，身着白缎旗袍的中国代表出现在灯光下。

过了不久，乐队奏起了华丽的舞曲，一对对青年男女步入圆形的舞会大厅，在光一的周围翩翩起舞。

小姐们都身着漂亮的衣裙，有的甚至袒胸露背，长裙曳地。年轻的男人们则西装笔挺，不过，其中也有几个穿学生服的。

"这些都是学生？"光一不由得瞪大了眼睛。难道他们都是富家子女？抑或是为了迎合外国学生？这些衣着华丽的人都是从哪儿来的？

光一对学生的印象与这里的光景大相径庭，他不由得看呆了。

从左侧的通道走出一个身材高大的青年，光一发现阿荣正跟他在一起。

她穿着一件宽袖衬衫，下面是一条百褶裙，虽然穿着与平时没什么两样，可是在这里却格外引人注目。

阿荣的脸几乎贴在了那人的胸前，跳舞时，他们还不时攀谈几句。每当说话时，阿荣只是仰起头看着那人，身体却依然紧贴着对方。她兴奋得脸都红了，那盈盈笑脸宛如盛开的花朵。

在光一看来，阿荣无论是任性撒娇也好，搞恶作剧也好，都是出于她那古怪的性格，他对阿荣并没有任何成见。

他极想知道阿荣究竟想要什么。

阿荣似乎向光一这边瞟了一眼，可是换舞曲时，她依然手搭在那青年的肩膀上继续跳下去。

"那个人大概就是那个中国人的养子吧。"

光一想起了市子所说的话。

尽管遭到了阿荣的冷遇，但是光一也没有理由上前责备她。

这时，他看见了一位大学时代的低年级女生，于是便也走进了舞场。

跳了两三曲之后，他觉得浑身发热，于是又回到边上坐下了。

过了一会儿，阿荣摇摇晃晃地走了过来，一屁股坐在光一身旁的椅子上。

"啊，累死我啦！"

她坐在那里像是一只泄了气的皮球。

"跳上瘾了吧？"

"是那个人跳得太好了……"

"陶醉了？"

"其实，我早就看见你了。"

"可你还装作没看见。"

"我是想让你好好学学。"

"那可太谢谢了。"

"净说一些汽车的事了。不过，那也不错。"

"那个和这个都不错。"光一调侃道。随后，他又问："那个中国人是干什么的？"

"他还是个学生。"

"他那个样子是学生？"

"我告诉你，他不是中国人，而是一个日本人！他只不过是中国人的养子而已。"

"那也算中国人。"

"我们回去吧。"

"咦？你不跳了吗？"

"你要是想跟我跳的话，我也可以陪陪你。那个姓张的，我已经跟他说再见了。"

阿荣就像是个玩腻了的孩子，软软地靠在椅子上。

"他一看见你就问我，'是不是情人来接你了？'我说，'是。'那人可真难缠。"

阿荣的声音周围的人几乎都能听见，光一羞得满面通红。

"我可不愿替你做挡箭牌。"

"那……"

"那个养子正往这边瞧呢！"

"管他呢！"

阿荣真像体力不支似的，她毫不避讳地扶着光一的肩膀站了起来。

临近九点半散场的时间了，从远处来的人们相继坐电梯下来了。

"你家是在阿佐谷吧？我送你回去。"光一说道。

阿荣摇了摇头说："我不回去。"

"不回去？"光一轻轻地笑了，"家里只有你妈妈一个人吧？"

"昨天请来了一个女佣。我跟妈妈已经说好了，今天如果玩得太晚，就住在阿姨家。"

"那我送你去多摩河。"

"不要！"阿荣大叫起来，"我不去！"

方才显得筋疲力尽的阿荣，突然像触了电似的，快步向前走去。

"你去哪儿？"光一在后面追着问道。

"去东京站。"

"现在就坐电车回去？"

"我才不回去呢！东京站是我的老地方，那儿的每一个角落我都熟悉。到东京的第一天，我从八重洲口坐出租车去了站前饭店……"

"……"

穿过黑暗的高楼峡谷，可以望见站前的灯光。

"真想在东京站坐上火车，离开东京。"

对阿荣这虚张声势的自言自语，光一佯作不闻。

"我想听流水声，闻花草香。"

"那我们去多摩河吧。你跳舞跳晕了头，现在又感伤起来了。"

阿荣回过头，瞪了光一一眼："你干吗跟着我？"

"夫人托我今晚监视你。"

"傻瓜！"阿荣把手提包交到左手拿着，然后三步并作两步走到光一跟前，伸出右手想要推开他。

可是，她稍一犹豫，反倒被光一抓住了手腕。她用力甩开了光一的手。

"阿姨，阿姨她为什么让你监视我？"

阿荣转身快步向前走去。

她发怒时，走路的姿态依然十分优美，光一跟在后面看着她那左右扭动的腰肢，不由得怦然心动。

光一用"监视"这个词，本来是想跟阿荣开个小小的玩笑，可是他不明白阿荣为什么会发那么大的火。市子请他"监视"阿荣，大概也是半开玩笑说的吧。

阿荣走到出站口前突然停住了，旋即又沿着车站大楼向进站口方向走去。

"你还想住站前饭店吗？"光一从后面追了上去。他明知阿荣是故意引自己追她，然而却无计可施。

不过，阿荣并未把光一放在心上。他跟来也好，回去也好，阿荣都不会在意。

今天、昨天乃至几天前，阿荣一直在为佐山的事而烦恼。

若是可能的话，她想远远地离开佐山和市子。

那天遭到佐山的责骂、被他抱起的时候，阿荣激动得无法自持，如今回想起来，她仍感到像被勒住了脖子似的喘不过气来。

这是阿荣有生以来初次体会到的一种奇妙感情。为一个人而想不开时，会发生什么呢？

阿荣满脑子想的都是"那个人"，排挤妙子、接近光一、与市子接吻等，用她的话来说，"都是因为喜欢叔叔的缘故……"

到东京几个月以来，不知多少次，只要她一接触到佐山的目光，心就扑腾扑腾直跳。如今，她明白了，自己一直都在压抑着这种感情。

为了隐匿这份情感，她焦躁不安、无理取闹。为了佐山，她变成了一个性格乖僻的女孩子，总是惹是生非。

那时，佐山曾对她说："你很可爱呀！"这句话令她激动，使她发狂。可是，佐山却依然与市子过着安稳的生活。她实在无法忍受，恨不得把身边所有的东西都砸得粉碎，打个稀巴烂。

多年来对市子的渴望之火已经熄灭了，而且，再也不可能重新燃起了。火焰已转移到了佐山身上。与对同为女人的市子所不同的是，她被这火焰烤得焦躁不安。

她曾那样崇拜过的市子，如今看来竟是那么卑鄙可恶。她从未想过究竟是市子卑鄙还是自己卑鄙。

在今晚的舞会上，她是怀着一种半自虐似的心态陪张先生的养子跳舞的。她幸灾乐祸地想："要是阿姨来的话，正好给她瞧瞧。"

其实，倘若在这里真的遇见了市子，她也不知道自己该怎么办。因此，光一能代替市子来这儿，反倒使她松了一口气。

张先生的养子和夫以为阿荣是一个人来的，所以一见面就涎着脸巴结她。

他一会儿说要买新车，请阿荣周末跟他出去兜风，一会儿又说要带阿荣去轻井泽的别墅玩儿，还夸阿荣比自己所有的女朋友都会打扮。

阿荣一面漫不经心地听着，一面跟和夫跳着舞，她想借此暂时忘掉佐山。可是，和夫那对招风耳和那双大手令阿荣感到十分恶心。

刚巧，就在她跳腻了的时候，光一出现了。她立刻甩掉了和夫。看着和夫那副失魂落魄的样子，她觉得开心极了。

但是，她对光一说的想去有流水声和花草香的地方，正是她内心孤独恋情的独白。

对于这一切都懵懂无知的光一，一会儿说要送她去多摩河，一会儿又说是受市子之托来"监视"她的。这样一来，她更赌气闹起了别扭。她现在不仅仅是心烦意乱，更感到了孤立无援的悲哀。

从后面追上来的光一见阿荣买了两张二等车厢的车票。

"去哪儿？"

阿荣没有回答。到了检票口，她递给光一一张车票。

"小田原？"光一大吃了一惊。

阿荣一声不响地疾步朝前走去。

这个时间，乘坐湘南电车的人非常多。

距离发车好像还有一段时间，阿荣在窗边坐下，对光一毫不理睬。光一弯下腰对她说：

"我说阿荣，咱们还是回去吧。都这个时候了，你还要去哪儿？再晚我们就回不去了。"

"不是让你自己回去吗？我想一个人待会儿。"

"可是，你不是给我也买了一张票吗？"

"我不知道。"

阿荣那修长的睫毛上闪烁着湿润的泪光。光一无奈，只好坐下了。

"今天晚上，我不想回家，也不想去阿姨那儿。"

"你到底怎么了？"

"不知道，我……"

阿荣用指尖不停地拨弄着睫毛，以偷偷拭去涌出的眼泪。

光一甚至误认为这是阿荣喜欢自己的表现。他觉得抑制不住情感的阿荣愈发显得娇媚可爱。从小时候起，阿荣就具有这种迷人的魅力。

"我不能丢下你一个人不管……"

"我不怕。"

"我陪你到你想去的地方。"

"随你的便。"说着，阿荣的脸上露出了笑靥。

电车开动了。

"现在出发，到小田原大概将近十二点了。"

"几点都一样。"

"什么都一样？"

"什么都一样。电车照样走，在品川的下一站横滨照样停车，你还是你，我还是我……阿姨和叔叔在多摩河边的家里正乐得清闲呢！哼，真没劲！"

"不过，他们要是知道我们两个人去那么远的地方，一定不会认为我跟你是一样的。"

"咦？你很为难吗？"

"……"

"对不起，我向你道歉。"这次，阿荣直爽地说，"瞧你那表情，就知道你不关心人家的死活。"

电车到了横滨站，光一不声不响地下车买来了盒饭、烧卖和茶水。

他不知阿荣想去哪儿，只好走一步瞧一步了。

阿荣渐渐地恢复了平静。她把光一递过来的烧卖放在膝上，侧着脸向窗外望去。

光一本想问阿荣为什么买两张车票，可是，话一出口却变了。

"你不吃吗？"

"别管我，你先吃吧。"

"光我自己一个人吃不好意思。"

"哎哟，你还挺讲礼貌。"阿荣温和地笑了。她那开朗的声音仿佛又回到了遥远的孩提时代。

阿荣知道，这些日子母亲和市子一直都盼着自己能与光一结婚，而且，光一本人也知道这件事。

阿荣早就发觉光一在极力回避自己，同时又在暗中关心着自己。她知道，自己无论什么时候投入到光一的怀抱都不会被拒绝的。事实上，上次去酒吧回来时，她在车里就那样做过了。

小时候，阿荣与光一非常亲密。也许是因为姐姐爱子喜欢光一的缘故，所以她也喜欢跟光一在一起。她甚至还清楚地记得，当时，姐姐拼命地追求光一，可是光一很讨厌她。正是出于这个原因，阿荣也渐渐地喜欢上了光一。

当初两人在东京会馆重逢时，阿荣本可以与光一再续前缘的。现在她心里明白了，自己之所以没主动地迈出那一步，原因就在于叔叔。

那时，佐山就已经深深地印在她的心底里了。

可是此时，她忽然又觉得嫁给光一也没什么不好。这样，一来遂大家的心愿，二来市子也可以安心地守在佐山的身边了。

想到这里，泪水又涌上了她的眼眶。

"你在想什么？"光一凑上前关切地问道。好像是袭来了一股寒风，阿荣打了一个冷战，避开了光一的身体。

"你到底在想什么？"

阿荣的身子蜷作一团，前额几乎顶到了窗玻璃上。

光一轻轻地搂住她的肩膀说：

"你的身子好凉啊！怎么啦？要关上车窗吗？"

阿荣就像一个极度虚弱的病人，她无力拒绝一个男人对自己的热诚关怀，同时，她也讨厌起自己来，后悔自己今晚的鲁莽行为。

光一不明白阿荣为什么闷闷不乐，他猜想，一个姑娘与一个男人初次去外面投宿大抵都会产生不安的心理吧。想到这里，他的心也不由得怦怦直跳。

可是，阿荣的神情既不像是害羞，也不像是害怕。

光一悄悄地握住了阿荣的手，那只冰凉柔软的小手几乎没有任何反应。

此刻的阿荣与那个在樱田门等待光一、与他同去喝酒并大醉而归的女孩子是何等的不同啊！

难道具有男孩子气质的阿荣，不知道生为女人的危险吗？光一为此而感到迷惑不解。他想起了他们小时候的种种趣事，心里涌起一股温馨的情感。

他放开了阿荣的手。

阿荣忽然回头盯住了光一的脸，然后又主动地拉住了他的手。

"我好寂寞。"

"……"

"已经到大矶了吧。你不吃盒饭吗？"

每过一站，车内便空了许多。

"我不吃了。去舞会之前，有人请我在筑地吃过了。"

"谁？"

"清野先生。就是那个……"

"清野先生？"

阿荣顿时来了精神。

"就是阿姨的那个情人？"

"嗯。他说还记得你呢！"

"光一，你觉得像叔叔和阿姨这样的夫妇怎么样？"阿荣郑重其事地问道。

"这个怎么说呢？我父亲曾羡慕地说，他们是一对理想的夫妇。"

"你也很崇拜阿姨吧。"

"那不是你吗？"

"我恨阿姨！"

"哎哟哟！"

阿荣冷冰冰的回答把光一吓了一跳。

"好可怕呀！"

"阿姨才可怕呢！你仔细想想，不论是你我还是叔叔，包括妙子，都在受她的摆布。"

"受她的摆布？"

"是呀！我现在已经觉醒了。"

"……"

"阿姨和她婚前的情人清野的事，我都从妈妈那儿听说了！"

"那又能怎么样？那天在法国餐馆，你不是说阿姨的丈夫和情人都很帅吗？"

"那都是过去的事了。无论阿姨是多么称职的太太，叔叔都是不幸的。"

"你不要把自己的想法强加于人。"

"因为叔叔也一直被蒙在鼓里嘛！"

"即使被蒙在鼓里，但只要幸福的话，你也不必……"

"这样，男人可以接受吗？"

"……"

"一个不贞洁、心里想着别的男人的太太，你能接受吗？你也许可以接受，可是对叔叔却不公平！"

"咦？"

光一诧异地望着阿荣。

"阿荣，"光一以责备的口吻说道，"你曾那样敬仰你的阿姨，而且，还受到了她的百般照顾。可现在却突然说起了她的坏话，这样只会伤害到你自己。"

"是的，我已经受伤了。"

"你连知恩图报的道理都不懂吗？"

"你别给我讲大道理……"

"贞洁与否是那么容易判断的吗？你知道什么叫贞洁？"

"那还不简单。"

"你说说看。"

"你真笨！这种事能说吗？你倒说说看？"阿荣用咄咄逼人的目光盯着光一。

"所谓贞洁，就是指女人忠于自己现在的男人，而不问她从前如何。"

"你真会说话！"

阿荣负气地别过脸去。

"你们男人根本不知道什么叫做女人的贞洁！"

"……"

"无论如何也不会知道！"

"那还不简单，就像你说的那样……"

"只有贞洁的女人才会了解贞洁的含义！"

"胡说……失贞之前的女人不就是贞洁的女人吗？哪个女人不是这样？而且，男人注重女人的贞洁恐怕更甚于女人自己呢！"

"没有的事，这是女人自己的问题！"

"你那么想是你自己的事。"说到这里，光一猛然想到，莫非阿荣为了今晚将要发生的事而与心中的"贞洁"撞车了？

"可是佐山先生的夫人在婚前与别人谈恋爱有什么过错？"

"一般来说也许没什么，可是对叔叔却不公平！"

面对蛮不讲理的阿荣，光一一时说不出话来。

"光一，叔叔哪点对不起你？你为什么还要接受阿姨旧情人的邀请去吃饭？"

"……"

"是为了阿姨的缘故吧。阿姨真坏，每个人都在受她的摆布！"

"你不要歪曲人家的好意。"

"我现在已经觉醒了。"阿荣又重复了一遍。

将近小田原时，阿荣说想去箱根看看。

已经看见汤本的灯光了，可是，阿荣仿佛害怕下车似的，电车都过了塔泽了，她还说："再往前走走看。"

中年人的责任

正午时分，佐山事务所里的温度计上升到三十一二度，这是今年的最高气温。

佐山是坐出租车回来的，尽管如此，也已经汗流浃背，如同刚从水里捞出来一般。

"电车和公共汽车里简直就像个蒸笼，我只好中途下车了。"

"天突然就热起来了，我出去的时候也没想到会这么热。"市子附和道。

佐山顶着炎热的太阳回来，好像很兴奋，看上去心情极好。

"张先生的养子买了辆新车，今天开来了。"

"开到事务所？"

"嗯。那是什么车来着……我记性不好，连是哪国车都忘了。总之，那车如同贵妇人一般漂亮。"

"是他送你回来的？"

"不是。那是辆蓝白相间的中型车，我也坐了一圈儿。不过，他可不会那么好心送我回来。其实，他是要给阿荣看的。听说他一买来，就直接开到了我那儿。"

"……"

"昨天参加舞会的时候，这辆车还没到手，今天是星期六，他大概是想带阿荣出去兜兜风。看样子，他是看上阿荣了。"佐山哂笑道。

"说到阿荣……"

"……"

"我觉得她很怪，不知昨晚怎么样了……听说她昨晚没回家。"

"她不是去跳舞了吗？"

"嗯。不知她是跟光一一起去的，还是同他在那边会合的。方才我出去的时候，音子打来了电话，听说她想叫阿荣今天早点儿回去……"

佐山的脸沉了下来。

"那么她……"

"她没去事务所吗？"

"没有。最近，她一直没来。"

"她到底去哪儿了？音子家现在还没电话，就算是有，我们也不好直接去问呀！她不会跟光一去了什么地方吧？"

佐山点燃了一支香烟，显然，他是想使自己镇静下来。

"我对音子负有责任，所以不能不管。妙子已经成了那个样子，万一阿荣再出了什么岔子，让我怎么向音子交代呀！"市子越说越觉得不安，"吃完饭以后，去光一那里看看。你也一起去吧，就当做散步。"

"夫妇一起去，未免有些小题大做了吧。"

"但这可不是一般的小事呀！"

市子摆碗筷时还有些不放心："你能陪我去吗？"

"两个人去跟一个人去不是一样的吗？"佐山极力掩饰着内心的不安。

市子把这一切都看在眼里，而且，她还知道，佐山的不安与自己不尽相同。

晚饭的气氛十分沉闷。

"真不知这丫头又在捣什么鬼。说不定她现在已经回家了。"

佐山这样说，市子心里很不满意。

"我一个人去好了。"市子刚要站起身，外面便响起了门铃声。

女佣进来说，是光一来了。佐山和市子不由得相互看了一眼。

"你瞧，没什么事吧。"佐山松了一口气。

然而，从敞开的大门里走进来的光一却显得很紧张。

"他是来坦白的。"市子期待着光一的好消息。

光一看上去十分疲惫。

"哦，快过来！"佐山诙谐地说道，"昨晚玩得怎么样？市子以为你们会来这里，一直等你们来着呢！"他竟把一切都说了出来。

市子惊愕地看了佐山一眼，她没想到佐山会来上这么一手。

光一讪讪地说："是吗？"他摇了摇浮在麦茶杯子表面上的碎冰，用求助似的目光看着市子说，"我去晚了，没能同阿荣一起跳舞。"

"没见到她吗？"佐山急切地问道。

"见到了。我本想把她送到这儿来，可是，在去东京站的路上，阿荣又哭又闹。她买了车票后，我以为她要回来，于是就跟着上了车。可是到车上一看，她买的竟是去小田原的车票。"

"……"

"我们坐上了湘南电车。"

"去哪儿了？"市子追问道。

"去了箱根。"

三人顿时沉默了下来。

"我几乎一夜没睡。"

"那是为什么？"佐山问道。

"阿荣她不睡……她既不去温泉洗澡，也不换睡衣。"

说到这里，光一似乎轻松了一些。

"现在四点天就亮了，所以转眼就到了早晨。"

"是箱根的什么地方？"

"强罗。她说想去深山……"

"去那儿做什么？"佐山脸上现出不快的神色。

"我也不清楚。"

"这倒符合那孩子的性格。"市子幽幽地说。

"的确，她真是那样的性格……"光一立刻接过了市子的话头，"她可把我弄惨了。"

"她的心目中只有她自己，无论周围的人受到多大的伤害，她全不在乎。她是什么事都干得出来的！"

佐山见市子对光一的话深信不疑，便觉得妻子为人太过于忠厚老实了。

"不过，跟一个女孩子住进温泉旅馆，男人会受到伤害吗？"他带着几分揶揄的口吻说道。

"啊？"

光一迷惘地望着佐山。

"阿荣在电车里也说过，自己受到了伤害。"

"她指的是什么？"

"我不知道。"光一缄默了。

暂且抛开光一的话的可信程度不谈，单从他与阿荣的箱根之行来看，佐山和市子的感觉是不一样的，这似乎与男女之间的差异有关。

光一似乎有些忍不住了，他对市子说：

"到了早上，阿荣去洗了个澡，出来以后，她的精神好多了。这时，我想该回去了……"

说到这里，光一红着脸搔了搔头。

"我们从强罗坐缆车上了山，穿过大湖，越过十国岭，总共玩了大半天。"

他的这番话，实际上是说给佐山听的。

"然后，阿荣就回来了吗？"市子问。

"嗯。她回去了。"

佐山暗想：于是，他就来这里报告了事情的经过。如此说来，他还没得到满足。

整整一天，光一好像没有正经吃过一顿饭。可是他说，什么也不想吃，佐山劝他喝点儿啤酒他也拒绝了。

"阿荣她一定是喜欢上你了！"佐山对光一说，"难道你没有感觉？"

"没有。"光一摇了摇头。

"她是怕被您二位丢开不管，所以才缠上我的。"

"那么，我们索性就丢开不管好了。"

"不行，那样的话，我又要挨她的整了。"

"那丫头，连自己都不知道在做些什么，是吧？"佐山希望市子能够同意自己的看法。

"我看未必。"

"她还是个孩子嘛！"

"不对，她哪像个孩子！周围的人都得给她让道，听她的摆布。她把一切都搅得乱七八糟！"

市子一口气说完之后，感到脸上热乎乎的。她似乎有些不好意思。

"我给你弄点儿凉的喝吧。"市子对光一说着，起身出去了。

屋里只剩下自己和佐山两个人时，光一顿时感到有些紧张。他讷讷地说："阿荣说，星期一打算去事务所上班。"

"哦？"

"她说歇了很长时间，很过意不去，想让我陪她一起去向您道歉……"

"阿荣竟然会过意不去？"佐山笑了笑，"这样吧，星期一下午快下班的时候你们来吧。"

"好的。"

"三个人一块儿吃顿饭。"

"好。"

光一不清楚佐山所说的"三个人"当中，除了自己和佐山以外，另一个是市子还是阿荣。他没敢问。

光一赶着来报告了自己和阿荣的箱根之行，总算了却了一桩心事。可是，他自己也不理解，自己为什么非要来报告或坦白不可呢？

这其中，当然有自我辩护的成分，不过，埋藏在光一心底里的不满情绪是驱使他来这里的主要原因。

光一做梦也没想到，阿荣居然会爱上佐山！这次箱根之行使他看到了无法自拔的阿荣正在苦苦地挣扎。

他不敢对市子说，也不能告诉佐山。尽管如此，他还是来了。

阿荣说大家受市子的摆布，而市子又说大家受阿荣的摆布。两人都使用了"摆布"这个词，这不能不引起光一的深思。

昨晚，他忽然感觉到自己仿佛像一个小丑。前次，山井邦子在自己的眼前服了毒，而这次，又被阿荣折腾得团团转。

这时，市子端着橘子汁走了进来。

可是，屋里的气氛依然沉闷，佐山看起了晚报，市子的脸也绷得紧紧的。

"我该告辞了。"光一说道。他想回去好好歇一歇。

他刚一出门，就感到双腿像灌了铅一样沉重，困倦和疲劳一齐向他袭来。

看来，佐山所说的"三个人"当中自然也包括阿荣在内。他到底是怎么想的？难道他想向对面的两个人追问在箱根所做的一切？而阿荣又将会采取什么态度呢？光一越寻思越烦。

在下坡的转弯处，后面忽然传来了脚步声，光一回头一看，原来是方才将自己送到大门口的市子又追了上来。

"天太热了，我也想顺便出来转转。"

蒸腾在夜空中的暑气将微明的河对岸压成了一条线。

"您要去河滩吗？"光一问道。

"不，我只想到前边那一带……"

无形中，出来散步的市子倒像是送光一似的。光一随着她那沉重的脚步，小心翼翼地说道：

"夫人，昨晚我见到清野先生了。"

这件事，光一在佐山面前忘记说了。

"他请我吃了晚饭，而且还交给我一项新的工作。"

"太好了。"市子轻声说道。

"我还会见到清野先生的……"

"是吗？"

"我总觉得，大概是因为我跟夫人很熟悉，所以他才对我多方关照的。"

"不会的吧。"

"不，是真的。"

"你没必要想那么多。"市子不快地说。

来到了小站前的路灯下，市子驻足说道：

"再见。"

她见光一还在犹豫，便催促道：

"快去吧，电车已经进站了！"

"是。"

"回去好好歇歇吧，你大概也累坏了。"

市子很少用这种撵人的口气说话。

光一乘上电车之后，市子沿着河岸向前走去。后面来了一辆汽车，市子侧脸躲避着灯光。在车灯的前方出现了一对父女，父亲牵着女儿的手，女儿身穿一件长长的和服。

市子登上了堤坝，缓缓地蹲在青草丛中。

今晚，她不想听到清野的名字。可是，她出来追光一的结果却好像是很想知道似的。

"你到底想怎么样？"她扪心自问。

时至今日，她已不再想见清野了，而且，她认为清野肯定也跟自己一样。

但是，清野对光一的关照，也许正像光一说的那样，是看在市子的面子上吧。单凭这一点，就足以使市子失去从容了。年轻时经历的那次动人心魄的恋情再次涌上了她的心头。

"怎么会变成这样？"

她想，大概是由于近来阿荣和妙子的事，扰得自己心神不定的缘故吧。

她扬起脸，见河面上有一条灯火通明的游船。

船上传来了年轻女子咪咪的笑声和带有鼻音的说话声。从堤坝到河滩，幽会的男女随处可见。

一位年轻的母亲抱着不肯入睡的婴儿在河滩上走来走去，还有一个小女孩牵着一条白色的小狗在散步。

市子忽然想起，在失去清野的那天晚上，自己就是穿着这样的衣服蹲在堤坝上的。自从嫁给佐山以后，她再没有这样过。

"我是不会改变的。"

市子自言自语地说着，站起身来。

十几年来，她一直爱着与自己相濡以沫的佐山，自信今后"不会改变"，可是，这句话听起来又仿佛是自己爱清野"不会改变"似的，她不禁心中一惊。

她沿着路灯下的一排洋槐树向前走去。一列电车正在通过铁桥．车厢里的灯光倒映在河面上，宛如一串逝去的流星。

她还想一个人再待一会儿。

她的眼前又浮现出佐山看阿荣时的眼神。作为一个妻子，她早已习惯了丈夫的目光。但是，那时佐山的目光却与以往迥然不同，那是一种久违了的欣赏女人的目光。

"市子。"

身后传来了佐山的声音，她不觉吃了一惊。

"忽然不见了你的人影，我以为出了什么事呢！"

"我想到河边来吹吹风。"

"家里的二楼比这里凉快多了。"说着，佐山走上前来，"人可真多呀！咱们再走走吧。"

"好吧。不然的话，回到家里又该谈起阿荣了。"

"……"

"从今以后一直到死，恐怕还会遇到各种各样意想不到的事呢！"

"你胡说些什么！"佐山觉得市子还是有些异样，"大概会遇到的吧。其实，我的工作就是为遇上意外事件的人们作辩护，所以谁都不敢保证不会发生意外。"

"你别讲大道理，我和阿荣算是……"

佐山依然没有发觉市子是在吃阿荣的醋。

"可是，中年人应该保持和谐，这也许是中年人的责任吧。"

"保持和谐？"市子仿佛被猛然扎上一刀，心里油然升起了一股悲凉凄楚之感，"什么中年人？用得着自己去说吗？"

"难道我们不算中年人吗？"

"听起来好像万念俱灰了似的。我还想今后能出人意料地为你生个孩子呢！"市子泪流满面地说道。

"……"

佐山如同背后挨了一棒，他沉默了片刻。

"不错，中年人要保持和谐也许需要孩子。"

"以妙子目前的处境，她要是有了孩子可怎么办？"

"啊？"

佐山仿佛侧面又挨了一下。

凌晨，光一突然感到腹部一阵剧痛，他疼醒了。

他想，大概是昨天胡乱吃了许多东西，而且还吃了很多冷饮，加之回来以后又吃了些冰镇糯米团等，所以才会引起腹痛的吧。

他原以为绝食躺一阵就会好，可是没想到又高烧到三十九度四。他只好叫来了医生。

卧病仅一天，他就憔悴了许多。

星期一他也没能去上班。

他托町子给公司打电话，为自己星期六无故旷工道歉，另外，还让她告诉佐山自己今天不能去了。

"他们都说，请你多保重。"

町子回来站在他床边说。

"谢谢。"

大概公司的人以为他星期六就病倒了。

"也许是糯米团有问题吧。"

他见町子一直盯着自己，便逗她说：

"可能是吧。"

"可是，我和妈妈都没事儿，怎么偏偏……"

星期六是邦子的忌日，光一回来以后，町子将洒了糖的冰镇糯米团拿来让他尝尝。

"糯米团是我做的，还在邦子阿姨的牌位前放了一碗呢！"

町子疑心糯米团被人做了手脚。

"看来，邦子阿姨对你的怨气很大呀！"

"傻瓜！不单是糯米团，还有许多其他方面的原因。"

"其他方面？是什么？"

"……"

町子拿起一把扇子，一边为光一驱赶苍蝇，一边顺势坐在了他身边的椅子上。

"因为你私—自—外—宿！"

町子一板一眼的说话声有如牙牙学语的孩子，光一感到十分有趣。

"我一笑，肚子就疼。拜托你还是琢磨一下今晚给病人做什么饭吧。"

町子为光一扇着扇子，光一不知不觉睡着了。

光一一觉睡到了下午，他睁开眼睛后，觉得自己蒙眬中好像梦见了阿荣。

星期六那天在新宿分别时，阿荣对光一说：

"对不起，今后我一定做一个乖女孩儿，有时间我们再一起出去玩儿吧。"

但是，从临别时阿荣脸上的神态光一就看出，她的话丝毫也靠不住。

现在，不知她在事务所里会对佐山讲些什么。光一如果不能践约去吃饭，为了取悦于佐山，她恐怕会说："哪儿有什么病，肯定是撒谎！"光一不明白佐山为什么偏偏说"三个人"一起吃饭，他为自己不能去感到庆幸。尽管如此，他的眼前仍顽强地浮现出"两个人"面孔。

"有客人！"町子跑上楼来说，"夫人来看你了！"

"哦？"

光一连忙坐了起来。

市子进来后，把水果篮放在了床头柜上，顿时，清香的水果味飘了出来。

"你躺下吧。"

"是。"

"你怎么了？在电话里听说你病了，我马上就赶来了。"

"啊，给您添麻烦了。"

"你今天跟佐山有约吧？我已经打电话告诉他了。"

光一难为情似的羞红了脸。

他本来叫町子从电话簿上找佐山事务所的电话号码，没成想，她却把电话打到了佐山的家里。

光一觉得，自己闹肚子这点小事没必要惊动市子，而且，更不该采取让人家传话的形式。他羞愧得无地自容。

"快躺下吧。"市子亲切地说。

光一乖乖地躺下了。一来坐在那里十分难受，二来他亦不愿拂市子的好意。

"你现在还不能吃水果，过后，我再给你捎些别的来吧。"

"不用了，水果我可以打碎了吃，"光一的眼中充满了血丝，他瞧着市子那美丽的双手喃喃地说，"在箱根我一夜都没合眼，净吃了些西瓜等凉的东西，所以……"

"吃坏了。"

"是的。我想，阿荣会不会也吃坏肚子了？"

"她呀，精神着呢！昨天她去我那儿了。"

光一吃了一惊，脸又红了。

"她穿了一件新做的漂亮衣服……"

"……"

"傍晚，还在多摩河里游泳了呢！她是带着游泳衣去的，样子挺时髦。她穿上游泳衣倒显得挺可爱……"

"……"

"她大概早已忘了跟我去箱根的事了。"

"哪儿啊！她故意把这次去箱根说得滑稽有趣，跟你说的全不一样！"

"……"

"星期天佐山也在家，他听得很高兴，不过，最后还是说了她一通。结果，她立刻发起了脾气，哭着说我们两人合起来欺负她。她还威胁说要一个人去别的地方。佐山好说歹说才劝住她。她还答应从今天开始正式回事务所上班。"

市子无奈地笑了笑。

"不说了。今天我本是来看你的，结果又提起了阿荣……"

佐山怀疑，阿荣星期天来家里是为了星期一去事务所上班的事，探寻自己和市子的意思。

她带着游泳衣来大概只是一个借口吧。

佐山想，看来阿荣也知道自己做得太过分了。今天，她在事务所里表现得十分温顺。

佐山接到市子的电话后，便告诉她说：

"光一病了。"

"哦，是吗？"

她好像对光一的事漠不关心。

"这可怎么办？"

佐山自言自语地说着，眼睛却瞟向了阿荣。

"我本来已跟他约好，今天我们三个人一起吃饭。"

"跟光一……"

"是的。"

阿荣瞪大了眼睛。但是，她见佐山一副计划落空、左右为难的样子，便想转移他的注意力。

"光一真可恨，变着法儿地避开叔叔和我！"

"哪有的事儿！"

"刚才的电话是阿姨打来的吗？"

"嗯。"

"拒绝和您吃饭难道还得通过阿姨吗？"阿荣露出狡黠的目光。

"要是他没病的话，就是瞧不起您！"

"他真的病了。"

"我才不愿跟光一一起吃饭呢！"

"为什么？"

"不为什么。"

"这就怪了。我正想问问你们两人之间的关系呢！"

"您在怀疑我吗？"

佐山一本正经地点了点头。

"叔叔！"

"好了，我们走吧。"

与阿荣面对面坐着吃饭，佐山多少有些不安。他之所以选择法国餐馆也是出于这个原因。因为，在这里吃饭，每个人的一举一动，周围的客人都可以看得一清二楚。

"你想吃点儿什么？"

"大虾。只要有大虾，什么菜都行。"

"要对虾还是大龙虾？"

"今天就吃对虾吧。"

阿荣这种敢说敢做的性格也是吸引佐山的原因之一。

阿荣显得非常高兴，脸上红扑扑的。

"今晚，本来光一也应该在的……"

佐山又旧话重提。接着，他又说：

"不过，事先问问你的想法也许更好。"

"……"

"你跟光一……怎么说呢……"

"不要再提他了！我一听到他的名字就好像遭人挖苦似的。"

"这可不是挖苦。我们都希望你能跟光一结婚。"

"我们？"

"包括我、市子，还有你母亲……"

"还有呢？"

"还有，光一的父亲大概也不会反对。"

"还有呢？"阿荣低着头继续问道，"还有谁？"

"还有……你是问你父亲吧？"

"我呢？"

"啊，对了，所以我才问你嘛！"

"我不愿意！"

"哦？是呀，你如果愿意的话，也许用不着别人从旁撮合，自己就会主动去说的，不过……在这个问题上，最好不要意气用事。"

"叔叔，我没意气用事。叔叔，您不是说我'很可爱'吗？"

佐山仿佛要逃避阿荣那诱人的声音似的岔开话题说：

"你跟光一去箱根……"

"那是因为我喜欢叔叔。"阿荣接口答道。

"你是在跟我赌气吗？"

"我又伤心又孤单……"

"……"

"光一他也知道。所以光一他今天才托病没来。他一听说请我们两人来吃饭就猜出是这事了。"

就在佐山沉默不语的工夫，阿荣忽然又想起了什么似的，脸上露出了明艳的笑容。

"我每隔一天去一次阿姨那儿行不行？"

"……"

"人家想一直守在叔叔和阿姨身边嘛！我不愿老也见不到阿姨一个人。我想今天回阿佐谷的家，明天再回多摩河的家，这样多好！您去跟阿姨说说嘛！"

且不论其真假或能持续多久，单凭这份天真的设想就足以使佐山忍俊不禁了。

"可是，阿姨已经不喜欢我了。"

"哪有那回事！"

"那我明天就带着睡衣去上班……"

"睡衣家里倒不缺。"

佐山刚一进家门，市子就跑过来告诉说：

"妙子来过了！"

"是吗？"

"她的样子一点儿都没变，根本看不出是一个跟男人私奔的姑娘。这孩子的气质实在少见！"

市子只顾说妙子的事，似乎忘了阿荣。佐山却因此得救了。

"我去看光一回来的时候，妙子正在家里等着呢！"

"你去看光一了？"

"那边打来了电话嘛！"

"光一病倒了吗？"

"他一直躺在床上，从昨天就没吃东西……"

"哦。"佐山点了点头。看来，不是阿荣所说的装病。

"妙子说，有事想请你帮忙。我看天已经晚了，就留她一起吃饭。可是，她最后还是回去了。现在不是一个人了，所以……"

"找我有什么事？是有关审判的事？"

"那事她当然很关心。不过，她还想问问能否在她父亲身边工作。"

"在她父亲身边？"

"她是想在救助犯人家属的机构里工作。"

"这个以前她也提过，可是，她的那个叫什么有田的对象能理解吗？妙子她好吗？跟一个学生恐怕不那么容易相处吧。"

"我也是这样想的。要维持两个人的生活，妙子无论如何都得出去工作，所以……"市子的脸上现出忧虑的神色。

"我答应她帮着问问工作的事，并嘱咐她遇到困难一定要来家里说一声。我一见她消失在黑暗中的背影，就想起了她打止咳针时伸出的那条瘦弱的胳膊……不过，现在她好像胖了一些……"

"……"

"阿荣那孩子也是，我们一心为她的幸福着想，结果被她搞得团团转。"

"是啊。"

"别看阿荣那个样子，其实她跟谁都处不来。她只待在我们两人中间，对旁人连看都不看上一眼，我也觉得她怪可怜的。"

"那孩子挺有意思。"佐山把双手搭在市子的肩上，平时他很少有这种举动。

"她说，每隔一天来你这儿住一夜。"

"啊？"

"她说，每天上班只见到我一个人的话……"

"只见到你一个人又怎么样？她说了吗？"

"你笑什么？"

"你这人，别人对你有好感，你就觉得人家不错。"

"你才是那样呢！"

"女人倒没什么，可是对男人来说就危险了。"笑容仍留在市子的脸上。

"那孩子心里还是恋着你的。"佐山似乎是要把自己的想法强加给市子，"这是她唯一的真实情感，她的爱憎是十分鲜明的。"

佐山既不想说谎，也没有欺骗市子的意思。

吃完饭与阿荣分手后，他在回来的路上仍不相信阿荣会真的喜欢自己。阿荣对他所产生的好感也仅仅是对异性长辈的感情，绝不可能把他当成恋爱对象的。由于阿荣在生活和感情上的偏差，使她不能确切地表达自己真实的情感，因此，自己绝不能将错就错，毁了一个可爱的姑娘。

退一步讲，就算是阿荣喜欢佐山，那也不过是借了市子的光。还有一种可能，那就是阿荣的嫉妒心和好胜心在作怪。

诚然，人到中年的佐山亦窃喜能得到这样年轻姑娘的青睐，他望着年轻貌美的阿荣心里甜丝丝的。

"她爱慕你，不愿离开你的身边。"

"她爱慕我、跟着我有什么用？我一个女人家也不能给她什么。"

话一出口，市子觉得自己说得太露骨了，脸不由得唰地一下红了。她想起阿荣与自己接吻的事，慌忙转移话题道：

"你原打算请光一也去吃饭？"

"嗯。我本想撮合他们俩的婚事……"

"那……"市子屏息问道，"你对阿荣说了吗？"

"嗯，提了一下。"

"她大概不愿意吧。"

"你可真了解她。"

"我想她肯定不会答应的。"

"难道她不喜欢光一吗？"

"这恐怕不是喜欢不喜欢的问题。"

"那孩子有点特别，刚记事的时候，父亲就被一个年轻女子夺走了，从而使她变得性格乖僻、轻易不相信别人。不过，我们的情况特殊，因为她从小就喜欢你。"

佐山约阿荣吃饭，回来得很晚。可奇怪的是，今晚他们夫妻之间却恢复了和谐。

不在的人

有田回乡下老家已半月有余。

一个人留在家里的妙子为排遣心中的不安和孤独，每天拼命地干活儿。她常常一直干到深夜两三点钟，睡不多久，便迎来了夏日的黎明。

在短短的睡眠时间里，她梦见的几乎全是布料的颜色和图案。

一觉醒来，映入眼帘的是堆在外面的东西和简陋的房间。

"简直像个肮脏的病房。"

妙子寂寞难耐，现在与从前两个人时相比，宛如两个不同的世界。

窗户被相邻的楼房遮得严严实实，房间里犹如蒸笼一般。两人在一起时，由于不虞旁人窥视，这里反而给人一种安全感。可是，现在妙子却觉得这里变成了一间"牢房"。她胆怯地扬起脸向四周看了看。她当然不会看到父亲的身影。

"只要想着父亲就不会感到寂寞了。"

可是，她没有看到父亲。无论她的目光投向何处，眼前总是浮现出那个不在的人的身影。

妙子无奈，只好来到楼下的裁缝店继续干她的活儿。

"真没看出来，你这人挺坚强。"女房东赞道。

妙子俯身点了点头。

"不过，最热的时候已经过去了，八月初的时候大概到过三十五六度吧。"

"我觉得天热的时候浑身都是劲儿。"

"是吗？还是年轻啊！你又不爱出汗……"

妙子时常为心悸和喉痛所困，但她总是硬撑着挺了过来。

妙子的工作季节性很强，秋天快到了，活儿也越来越少。尽管她心灵手巧，工作也很努力，但作为一个不懂裁缝的帮工，她害怕人家辞掉自己。不仅如此，更令她担心的是，可怕的秋天就要来临了。

四五天以前，她收到了有田寄来的一封无情的信。

"请把我的书和笔记本收拾一下，然后全部给我寄来好吗？用男人的名字……母亲要是知道是你寄来的，又要唠唠叨叨给你写信了。"

这些话，深深地刺痛了妙子。

信中，有田还说想尽早回去，把他的东西卖掉也可以，家里目前的情况使他暂时还不能脱身云云。妙子心里清楚，这仅仅是一些借口而已。

"他是不敢明言分手啊！"

有田的母亲来信说他父亲病了，他回去已经过了好些日子，也不知他父亲现在怎么样了。

父亲若是真的生病，有田就应该在信中写上两笔。他就是为这

397

个回去的。可是，他在信中却只字未提。

妙子再一次感到，有田一家人根本没把自己放在眼里，并已将自己拒之门外。

"他母亲甚至连自己的名字都不愿让我知道。"

有田被困在家族的城堡之中，他们想把妙子排除在外。妙子从有田的信中感受到了他家人的敌意。

可是，当初妙子也未认真考虑有田家人的想法就贸然闯入了有田的生活，自己还未接受对方，就指望对方接受自己吗？

两人尚未谋面，妙子就把有田的母亲当做自己的母亲来看待了，这种想法岂不是太天真了吗？结果，有田的母亲果然成了她与有田之间的最大障碍。

妙子在摄影展上倒在有田的怀里，既像是昨天发生的事，又像是许多年以前的事。

自那以后，妙子奉献出了自己所有的一切。如今只剩下一件事可做了。

"只有分手……"

妙子勇于斩断情丝，多半是为了有田及其家人的幸福着想。有田是其家族中的一员，他无法从家族中独立出来。

"即使是在乡下的家里，他也一定在为我苦恼呢！"

因有田嘱咐她寄包裹时不要用自己的名字，所以，妙子甚至还担心写断交信用自己的名字是否妥当。妙子自己也不明白自己为什么会这样想。

她不恨有田，也不后悔自己所做的一切，因此，对有田也就谈不上责备或者原谅。

给予的东西即使对方不还，实际上自己也已经得到了。只有去爱，才能获得爱。妙子在与有田相爱的同时，也彻底改变了自己。

妙子虽然为将要失去有田而感到悲伤，但是她坚信自己不会白爱一场，爱终将是有回报的。她对于爱有她自己的信念。

楼下的女房东曾惊叹妙子的坚强，而妙子能够坚持到今天，或许正是依靠有田所给予的力量才挺过来的。

妙子感到，自己连身体都被有田改变了。她全身一紧，脑海中又浮现出有田的身影。

上次去拜访市子时，有田就已经不在了。妙子怕被市子察觉，于是就早早地回来了。

可是，临近月末，妙子担心靠在下面店里干活儿的那点微薄收入撑不下去，于是便想去问问托市子找的工作怎么样了。

妙子随即放下手里干了一半的活儿说道：

"对不起，我有事要出去一下，下午不能来了。"

妙子那瘦削的身影刚从店门口消失，女房东就不满地对另一个女工说：

"这让我怎么办？今天要交的活儿还有三件没弄完……"接着，她话锋一转，"那姑娘这些日子常常自言自语，有时还挥舞拳头，看了怪吓人的。"

"大概是被那个学生甩了吧。听说当初他们还自称兄妹……"

"可不是！我一听他们这样说，就知道有问题。明摆着的事儿，可是他们还掖着藏着的，这不单单是怕人耻笑，里面肯定还有别的名堂！"

"妙子好像很痴情。"

"那样的话，男人反而会被宠坏的。你也要注意呀！"女房东哧哧笑道。

"我可笑不出来。像妙子这么好的姑娘上哪儿去找啊！"

"那姑娘干什么都很专心，干活儿也是……"

"嗯。"女士点了点头，"在旁边看的人都觉得累得慌，难得她生得又是那么俊俏。"

妙子临出门前只是在嘴唇上涂了一点儿口红，没有化妆的脸整个儿都暴露在太阳底下。

刚一坐上目蒲线电车，妙子仿佛又回到了熟悉的故乡似的，抑制不住内心一阵激动。

她想："今天要把所有的一切都告诉阿姨。"可是一到了家门前她又踌躇起来，最后，还是穿过树林绕到了后门。

"哎哟，你怎么从后边……"女佣志麻大吃了一惊。

她对妙子说："夫人现在不在家。"

妙子立刻两腿一软，站在那里一动也不能动了。

"快请进……上次你走了之后，夫人说，你大概还会来，如果夫人不在的话，就请你等一会儿。"

"哦。"

志麻给妙子端来一杯果子露，上面还漂浮着刚从冰箱里拿出来的冰片。

"新买的电冰箱？"妙子轻声问道。

"是的。"

妙子还不知道家里添置了这个新玩艺儿。白色的冰箱使厨房的一部分好像变了一个样儿。

"你不在家，我现在几乎忙不过来。最近，阿荣又来这儿住了，她一点儿也不肯帮我。"

"阿荣……"

"她是隔一天来一次。"

"……"

妙子不知阿荣又会说出什么话来，她想就此回去。

"本以为她是冲着夫人来的，没想到她却整天缠着先生，还总欺负我这做女佣的……"

妙子曾在三楼养着的金丝雀，现在被放在了一楼的大客厅。

妙子不禁想起了自己为凑足买夫妻杯和梳妆镜而卖掉的知更鸟和文鸟。她信步上了三楼。

妙子曾住过的那间茶室风格的四铺席半的房间和阿荣所住的小房间都开着门，像是在通风。

妙子站在自己曾长时间住过的房间门口，迟迟不敢迈步进去。房间里的东西都收拾起来了，连地上的花盆也不见了。

"很怀念这里吧。"志麻在她的身后说。

其实，妙子此刻的心情不仅仅是怀念。

"你冬天用的那些东西，我已经收拾好放到楼下去了。"

"麻烦你了。"

志麻似乎是出于对妙子的好奇心，所以才从后面跟了上来。

"我真没想到你会有那么大的勇气。你现在幸福吗？"

"不。"

妙子躲避似的向前走了两步，来到了阿荣的房门口。房间里只有一张床，床上已撤去了被褥，完全想象不出这里曾住过一位年轻的姑娘。

"阿荣的腰才这么粗。"志麻用手比量着，看样子有五十厘米左右。接着，她又对妙子说："你好像比从前胖了一点儿。"

"嗯。"

"阿荣一走，我本想家里会清静些。可是，不知她是怎么想的，忽然又回来了。我听附近的人都在议论阿荣，大家都很烦她，以为她是先生的什么人呢！"

妙子侧过头望着多摩河。阳光下，桥影将碧波粼粼的河面斩为两截。

妙子决定等市子回来，于是便帮忙干起活儿来。

吃晚饭时，只有她们两个人，志麻没有忘记把妙子从前用过的碗筷也拿了出来。这顿晚饭，妙子感到有些难以下咽。

饭后，妙子趁志麻关上门窗的时候来到了二楼。她已经好久没为佐山夫妇铺床了。她不禁触景生情，心底里油然升起了一股暖流。

正当妙子摆放枕头的时候，志麻进来说：

"不知今晚他们怎么睡？"

"……"

"这几天可真怪，先生说挂蚊帐憋闷，所以睡觉时就点蚊香。可是夫人又嫌蚊香呛嗓子，于是就在旁边的屋子里支起了蚊帐。"

"是吗？"

妙子有些疑惑地望着志麻。

"就是从阿荣来的那天晚上开始的。她跟夫人睡在一起。"

今天早上，佐山和阿荣临出门的时候，约市子晚上一起去看电影。

"今天我……"市子犹豫了一下，说，"你们俩去看吧。"

今天，市子感到头沉胸闷，浑身无力。她身上已经三四天没来了，外出的话还得准备相应的东西，她嫌太麻烦。

可是，阿荣站在门口不走，执意让她去。

"那就在事务所会合吧，到五点半我要是还没去的话，你们就走吧。"

市子极力克制着自己的不悦情绪。

"阿姨，您要是不来的话，我就一直等到早上。"

"随你的便。"说罢，市子转身进去了。

过午，阿荣打来了电话。

"阿姨，您一定来呀！"她只说了这么一句就撂下了电话。

市子忽然不安起来。

"她会不会认为我在吃醋？"

一想到这里，她觉得自己真仿佛有那么点儿似的。

既然阿荣怀疑她跟佐山去看电影自己会吃醋，就说明自己平时已露出了蛛丝马迹。

阿荣每隔一天来这里住一宿，不知是为了取悦于自己，还是为了消除自己心中的嫉妒。

莫非阿荣是怕与佐山分开，所以才又来纠缠自己？

"这样疑神疑鬼的，哪有个头儿啊！"市子反觉得自己是鬼迷心窍，胡乱猜忌。不过，阿荣或许真是他们夫妇的灾星也未可知。

但是，这几天晚上看阿荣在自己身边睡觉时的那个高兴劲儿，简直就像个天真烂漫的孩子。

市子不知自己生理期什么时候来，有"外人"睡在身旁总感到不便。

这时，市子又想起了阿荣刚来东京时对自己说过的话，"我想干干净净地去您家。"

与那时相比，她似乎丝毫也没有改变。她躺在枕头上，用那对明亮的大眼睛痴痴地望着市子，目光中流露出景仰与爱慕的神情。

到了现在这个年龄，即使例假晚来了三四天，市子也不敢立刻往孩子方面去想。她羡慕风华正茂的阿荣，哀伤自己年华已逝。她黯然地关上了电灯。

"算了，还是出去一趟吧。"

市子有些坐立不安，下午早早就出去了。

她先去百货商店转了一圈，看了看染织展览等，然后才去了佐山的事务所。

"阿姨，您来得可真早啊！"阿荣站起身小跑着来到市子跟前，兴奋地捉住了她的双手。

有乐座电影院内开着冷气，凉爽宜人。散场时，市子被人流一下子挤到闷热的大街上，她仿佛突然吸入了有毒气体似的，感到一阵头晕。她逃出了人群，手抚额头倚在了墙边。

此时正逢对面的东京宝冢剧场也散场，大街立刻被人流堵得水泄不通。

阿荣紧贴着佐山也一同被淹没在人群当中。

每当这一带的剧场和影院临近散场时，许多出租车都集中到这里，人群的喧嚣声和汽车的喇叭声交织在一起，热闹非凡。

"啊！"市子轻叫了一声，她看见了车流对面清野的身影。

市子感到浑身一震，便想拨开人群冲过去。

"不行！"她后悔自己轻率的举动。

可是已经迟了，她对清野投来的亲切目光报以了温柔的微笑。

市子正要走过去，清野却快步迎了上来。

"太危险了！"

市子在清野的保护下又回到了有乐座这边。

"你怎么……"市子问道。

她以为清野一直在对面等着自己出来。

"我还以为你不会发现我呢！"清野答道。

"你也来有乐座看电影？"

"不，我是路过。"

"……"

"你走这条路很危险，随时都有可能遇到我的。因为我经常来往于帝国饭店和日活饭店之间。"

的确，这两个饭店恰好把守在有乐町这条娱乐街的两端。

"方才我正跟几个外国人在一起。"

"他们呢？"

"我见你们正从电影院出来，于是就请他们先走了。"

"那何必呢！"

"你们俩常看电影吗？"

"是三个人。"市子更正道。

"对，还有那位以前见过的漂亮小姐。"

清野这样说，大概是为了消除市子的紧张情绪。他微笑时，眼角挤满了鱼尾纹。

市子想，阿荣肯定正在寻找自己，她像是要躲起来似的信步拐进了有乐座的一个小胡同。

"我绝没有跟你打招呼的意思，只不过一看见你，我就不由自主地站住了。"清野自我辩白了一番之后，又尽力压低声音说，"从前你就很爱看演出听音乐。"

清野的话勾起了市子往日的回忆，刹那间，一幕幕往事又浮现在她的眼前。她不由得暗暗吃了一惊。

她曾跟清野一起看过丽莲·哈维[1]主演的《交际舞会》、伊丽莎白·伯格纳[2]主演的《做梦的唇》等电影，这些女明星的面影仍留在她的记忆中。

他们还去听过阿尔罕齐那的阿根廷探戈曲及路内·舒梅的小提琴曲。就是这个舒梅，她改编了宫城道雄[3]的古琴曲《春海》，并与宫城进行了合作演出。市子至今还记得他们去听音乐会那天的情景，她甚至还记得当时的季节和天气。

她的眼前仿佛又出现了舒梅女士那有力的手臂和宫城道雄那带有黑色条纹的演出服。

不知是由于年轻时印象深刻，还是由于当时正与清野热恋的缘故，唯有这件往事记忆犹新，从那以后的事情市子记得就不太清楚了。

今天与清野邂逅相遇，宛如一道闪电，不仅照亮了市子沉睡经

---

[1] Lilian Harvey（1906—1968），德国著名女演员、歌手。
[2] Elisabeth Bergner（1897—1986），德国著名女演员。
[3] 宫城道雄（1894—1956），日本著名古典音乐作曲家、演奏家。

年的记忆，似乎还唤醒了她青春的感受。她扪心自问，难道自己在失去清野的同时，也失去了青春的活力吗？

市子不敢再想下去，她打算就此与清野告别。

"那么……"清野先开口道，"我们这是第二次相遇了，两次都很偶然。今后，若是不再有偶然，我们恐怕就不会再见面了。"

市子点了点头。

"不过，偶然这东西虽然令人捉摸不透，但毕竟还是存在的。"清野似乎意犹未尽。

"再见。"

"啊，请你多保重。下次如果再有偶然的机会，请你为我引见一下那位漂亮的小姐。"清野轻轻一笑，将尴尬的神情遮掩过去。

"好的，假如一会儿我能再回到这儿来的话……"

市子也以玩笑作答。

清野头也不回地大步离去了。

市子站在那里，目送着他远去的背影。

待清野的身影消失后，市子在附近转了几圈，但始终未见佐山和阿荣的人影。

"奇怪！"

佐山和阿荣绝不会不管市子，自己先回去的。

此时，有乐座一带已经清静多了。正如清野所说，站在街上，可以望见位于大街两头的帝国饭店和日活饭店。

市子无精打采地向有乐町车站方向走去。

她后悔与清野见面，同时也憎恨跟佐山一起离去的阿荣，然而，最令她感到恐惧的是自己的失落感。

她在车站上又找了一圈，仍不见两人的踪影。

她相信，佐山即便是发现自己与清野谈话，也绝不会带着阿荣一走了之的。

来到站台时，电车刚走，她只好等下一趟车。

"是不是该把他的事告诉佐山？"市子初次萌生了这种念头。

"二十年前的事，现在还提它做什么？"

自己坦白的时候，佐山会理解自己吗？

尽管是二十年前的事，但市子并没有在二十年前把这个包袱丢掉，它整整压了市子二十年。

不过，佐山的体贴几乎使她甩掉了这个包袱，在佐山的面前，她甚至已经消除了自卑感。可是，与清野的"偶然"相遇及插在他们夫妇中间的阿荣，又使她那渐渐平复的伤口迸裂、流血，令她痛苦难当。而且，从伤口里流出来的血正是她对清野的思念。那不是爱或恨，而是从身体里涌出的炽热的东西。

她因此而开始怀疑自己不是一个能够全心全意爱自己丈夫的女人，并怀疑自己是一个不配生孩子的女人。

"一个忘不掉今生唯一一次热恋的女人，这个招婿上门的女人，不但没去过外国，连国内都没怎么走过……"

在目前的处境下，她竟生出这许多近乎奢侈的不满。

"让佐山带我出去旅行，在旅行途中也许容易说出口……"

但是，现在她从偶然相遇的清野身上发现，他对自己仍然是旧情难忘，而自己的情绪又处于极度亢奋之中。她觉得，在目前这种情况下向丈夫坦白不合时宜。与此同时，另一个她又责备自己说，正是由于目前这种情况，才更应该向丈夫表明自己的心迹。

市子的心里处于十分矛盾的状态。

在换乘目蒲线的车站上，市子仍未找到佐山和阿荣。

是他们先到家好还是自己先到家好？是福是祸市子都不知道。
到了家门口，市子按响了门铃。没想到，为她开门的竟是妙子。她
略带羞涩地微笑着。

"哎哟，妙子来了！"

妙子赤着脚站在地上，她大概是没顾得上穿鞋就跑来开门了。

"佐山呢？"

"……"

"他们还没回来？"

"嗯。"

妙子的秀发已没了光泽。

"给我拿上来一杯水，要加冰。我先上去把腰带解下来。"市子
为了不被妙子瞧见自己的脸色，直接上了二楼。因为，她发现妙子
更需要安慰。

她正在解带宽衣的时候，妙子上来了。

"你等了很久了吧？"

"嗯。我也该走了。"

"住下吧。在这儿住一宿没关系吧？他会生气吗？"

妙子神色黯然。

"他不在。"

"不在？"

"回乡下了。"

"放暑假了吗？"

"嗯。"

"这么说，现在就剩下你一个人了。也就是说，住下没问题了。咱们好好聊聊吧。"

市子用妙子为她拧干的湿毛巾捂了捂眼睛。

"妙子，瞧你那是什么样子，什么眼神？快别这样！"

妙子正揪着滑落到额前的两三缕头发，眼睛向上盯着发梢。

经市子这么一说，她赶紧松了手。只见她双眼的眼皮深深地陷进了上眼眶。

"妙子，你不是有事要说吗？正好佐山马上就要回来了。"市子站了起来。

"我出了一身汗，想去洗个澡。妙子，你也一起来吧？"

"不，我……"

"只冲一下，然后就舒服多了。佐山不在乎谁先洗①。"

市子洗澡的目的是想先使自己平静下来，然后再听妙子诉说。否则，以她现在这副心烦意乱的样子，怎么能去安慰妙子呢？

另外，她还想赶在佐山回来之前，把被清野搅乱的思绪重新梳理一下。

但是，她进去只是胡乱地冲洗了一下，也没进浴桶就出来了。

放在门口的浴衣好像是妙子送来的。

"妙子！"市子担心妙子悄悄离开。

---

① 日本人洗澡一般全家共用一桶水。程序是，先在外面洗净身子以后，再进澡桶里泡。按顺序一般是男先女后，如有客人，则客人优先。

"我在这儿。"

妙子过来将市子换下扔在外面的内衣叠好准备拿去洗。

"不,你放在那儿别管。"

"阿荣今晚来吗?"

"今天她应该回家住。有她在这儿,你不愿留下吧。"

"我讨厌她。"

"我们三个人去看电影,出来的时候走散了。"

"怎么会呢?"

"我也不知是怎么搞的。"

妙子隔着浴室的毛玻璃门说:"阿姨,我们一会儿再说。"

市子在梳妆镜前坐定后,妙子也跟着进来在她身后坐下了。市子想先歇一歇。

在镜中,也能看到妙子。她神情忧郁,从胸前露出的肌肤洁白细腻,显得比从前更有光泽,市子简直都看呆了。她草草地化了一下妆,然后转过身去。

"妙子,你想说什么?"

"我没什么要说的,只是想来看看您。"

"不对,不对。"

市子起身关了灯。

"不如先凉快凉快。我们出去吧。"市子把手搭在妙子的肩膀上说,"你真是胖了,已经成熟多了。"

"真的吗?"

妙子那浑圆而又富有弹性的肩膀与昔日相比简直不可同日而语,就连同是女人的市子也不禁怦然心动。

"你的肩膀有些僵硬，是怎么搞的？"

"我现在在裁缝店里做帮工。我什么也不懂，所以只好拼命地干。"

"你也太死心眼了！你这样委屈自己，早晚会累垮的！让我来给你按摩一下胳膊和后背吧。我的技术不错，常给佐山按摩。"

"阿姨，您不值得为我这么操心。"妙子怕痒似的逃到了阳台上。

市子也从后面跟了过来，舒舒服服地坐在了阳台的地板上，双腿直直地伸向前方。

月色朦胧，从河岸的方向不时地传来人语声。

"让我来猜猜妙子的心事吧。"市子说道。

"莫不是为怀上了孩子而烦恼吧？"

"不，哪里会……他说，要是生了小孩儿，我们就完了。而且还说我遗传不好……"

"遗传不好？太过分了！这种人靠不住！"

"……"

"他回乡下有什么事？"

"他家里来信说是父亲病了……他的家人好像都不愿接受我。"

"我们可以作为你的家长去有田家同他们谈谈。"

"不用。他们家很穷，供大儿子上大学很不容易，这一点我早就明白了。可是，看来我还是不了解他们。"

妙子低下头，无声地啜泣起来。

"有田是怎么想的？"

"他心里大概也很矛盾。现在虽然我们分开了，但是我决心已定，一边工作，一边等他回来。"

"是吗？那……你打算等多少年？"

市子用严厉的口吻说道。妙子猛然抬起头，语气坚定地说：

"虽然不知要等多少年，但是，即使是白等，我也不会怨恨他的。"

"你不会白等的，妙子。女人与男人分手以后，往往会觉得受到了伤害，被人抛弃了。总之，觉得自己是受害的一方。可是，爱一个人，不应该有这样的想法。"

市子刚要继续说下去，楼下突然响起了急促的电话铃声。

那 晚 的 事

夜深人静，电话一直响个不停。难道志麻睡着了吗？

市子猜想，一定是佐山或是阿荣打来的。这么晚了，不赶紧回来，还打什么电话呀！

"好，我去接吧。"市子按住妙子，自己下楼去了。

"喂，是佐山先生的家吗？我是筑地医院……"

"啊？"

"请稍等一下。"

"喂，喂。"市子叫了两声，可是无人回答。她忐忑不安地等了两三分钟。

"是阿姨吗？"

"你是阿荣？都这时候了，你在哪儿呢？在医院吗？"

"叔叔受伤了。"

"啊？！怎么弄的？"

"被汽车……"

"被汽车怎么了？撞了？压了？"

"我也不太清楚……"

"然后呢？"

"然后……"

据阿荣说，佐山的右肩和右腿受了伤，被送到了筑地医院，医生怀疑他的右肩下可能伴有内出血。市子一听，顿时感到天旋地转，摇摇欲坠。她用一只手扶住了墙。

"伤得重吗？"

"很重。"

"我马上去！医院在哪儿？"

市子打电话叫了一辆出租车。

她匆忙将被子、睡衣、毛巾、鸭嘴壶、便盆等住院的一应用具找了出来，然后，又对不知所措地跟在自己身后的妙子说：

"你在这儿替我好好看家。"

她迅速地从衣柜中取出和服穿好，然后系好了腰带。

由于出租车进不来，妙子便和志麻往外搬东西。

装有被子的包袱很大，两人抬出大门时，被门旁的一棵紫薇树挂了一下，险些跌倒。开满红花的紫薇树也随之摇了摇。

"小心！"某种不祥的预感攫住了市子，她甚至讨厌这朦胧的月夜。

车在深夜中疾驰着，坐在车内的市子将发抖的双手紧紧地握在一起。她在心里不停地责备着自己：就是因为今晚自己与佐山走失，并与清野见面才导致了这场事故的发生。她觉得这是对自己的报应。

不知阿荣现在怎么样了，方才在电话里自己也没顾得上问问她的情况。

医院的大门紧闭着，从里面透出来的微弱灯光怎么也无法令人联想到有人因交通事故刚刚被送到这里。

市子托司机和看门人将东西搬进去，然后在护士的引领下，沿着昏暗的走廊向病房走去。

"情况怎么样了？"她向护士问道。

"请您问一下值班医生吧。"

一直焦急地等在病房外的阿荣一见到市子，就踉踉跄跄地跑过来，一下子紧紧地抱住了她。

"阿姨！"

阿荣揪着市子的衣领，大滴的眼泪如断了线的珠子扑簌簌地流了下来。

"对不起！"

"佐山现在怎么样啦？"

"听说需要透视，要是内脏有出血的话，可能得动手术……"

"……"

病房里静得怕人。

灯伞下吊着一块包袱皮似的布，把佐山那面遮得很暗。

"是我。"

佐山没有反应。市子凑上前去，仔细地瞧了瞧佐山的脸。

"他是昏过去了还是打了镇静剂一类的药？"她回头向护士问道。

"这个……我……"

"他伤得很重吗？"

"我不是负责的护士，请您去值班室问一下吧。"那位护士同情地看了看市子，然后出了病房。

市子一边将耳朵贴近佐山的脸前察看呼吸情况，一边问阿荣：

"怎么会被汽车……"

"不知道。我没看见。"

"阿荣，你不是跟他在一起的吗？"市子的语气严厉起来。

"我一直在找您来着！"阿荣也毫不示弱。

"阿姨，您是不是跟谁聊起来了？"

"……"

"我们以为您会追上来，所以就向帝国饭店的方向走去了。"

市子面色惨白，一句话也说不出来。

难道阿荣早就发现了清野，所以才故意引开佐山的吗？

"我还回去找过您两三次呢！第三次我要找您去的时候，叔叔说您可能先回去了。我不信，还跟叔叔打了赌呢！可是等去找您回来时，叔叔却不见了。我们约好要去吃寿司的，我以为叔叔自己先去了，于是就赶到了新桥那家我们常去的寿司店，可是进去一看，叔叔不在里面。我左等右等也不见人影。我以为自己被您和叔叔给甩了，气得我在那儿随便吃了几个寿司。可是，我总是放心不下，于是就又回到了帝国饭店附近。当时，我看见一个卖浮世绘版画的人正在上门板，于是就向他打听了一下。听他说那附近刚刚出了一起交通事故，我立刻就觉得事情不妙。"

"哦。"

"我跑到派出所一问，警察说不知道伤者的名字，但他说是送到了筑地医院。我凭着第六感就跑来了，结果，果然是叔叔。"说着说着，阿荣又流出了眼泪。

这时，有人推着手推车将佐山的卧具等送来了。

但是，眼下佐山还不能动，所以无法换上睡衣，她们只好把东西堆在病房的一角。

佐山的身上缠着厚厚的绷带，身下铺着急诊患者专用的褥子，上面盖了一块白布单。

市子拉住一位护士问："值班室在哪儿？"

"啊，有一位大夫正往这边来呢！"

这位护士是随手推车过来的。

"伤得很重吗？"

"看样子不太重，不然的话，大夫是不会离开的。"护士向佐山看了一眼，然后又说，"病人已经打了镇静剂，睡得很好。"

"是吗？"

市子终于松了一口气。她又走到佐山的身旁，伸手轻轻地碰了碰他额前的头发。

"阿荣，你来的时候情况怎么样？"

"跟现在差不多。我还没跟叔叔说过一句话呢！"

市子不愿理会阿荣这闪烁其辞的回答。

一位大夫健步走了进来。他一见市子，立刻停住了脚步。

"您是这位先生的太太吗？"

"是的。多谢您的照顾。他现在怎么样啦？"

"您不必担心。他不用手术，而且也没骨折……"

"是吗？"

大夫测了一下佐山的脉搏，然后又量了体温。他看得非常仔细。

"本来，今晚不必通知外科主任的，但您若不放心的话，我可以给他打个电话。"

"那就拜托您了。"

大夫出去经过阿荣身边时问道：

"小姐现在感觉怎么样？"

"阿姨来了以后，我感觉稍微好一点儿了。"

"难道没给她吃药？"大夫纳闷地走了。

少顷，进来一位护士，她把一包药交给了阿荣。

阿荣说："又没有水，怎么吃药？"那位护士愕然地望着阿荣。

"怎么啦？"市子过来问道。

"我来这儿一见到叔叔，就犯了脑贫血，现在腿还发软呢！"

护士临走前，嘱咐市子明天要办理住院手续，同时还告诉她病床下面有一张陪床用木床，并说如有情况可随时通知她。

"那个大夫一见阿姨，态度马上就变了。"阿荣不满地嘟哝道。

"在我来之前，他们还不知叔叔住哪儿、叫什么名字呢！"

阿荣仿佛在抱怨着什么。

她倚墙而立，罩在电灯上的包袱皮的缝隙中泄出的光亮衬托出她那苗条的身影。

略显凌乱的秀发披撒在额头，更使她平添了几分风韵。她的眼眶发青，显得有些神色恍惚。她仿佛被这次意外的打击吓呆了。然而，市子却感到她是在冷眼看着自己。

市子本想说："你别用那种眼神看我！"可是，话一出口却变了样，"我对你也很担心。"

"阿姨，都是我不好。这件事全怪我。"

"不，是我不好，这事怪我。"

阿荣的话使市子感到很意外，她也把责任揽在自己的身上。

"阿姨，实在对不起。要是我受伤死了的话就好了。"

"你瞎说什么！"

市子怀疑地想，难道阿荣对佐山爱得那么深吗？

"幸亏你找到了这家医院。"

市子独自回去了，可是阿荣却凭直觉找到了佐山。

"就在我第三次去找您时，叔叔出事了。我实在是对不起阿姨。"

听着阿荣的道歉，市子也感到万分惭愧。

"是我不好。"

"像我这样的人，还是死了的好。"阿荣颤抖着嘴唇说道。

"我也累了。佐山现在已经没事了，你也休息一下吧。先把药吃了……"

市子伸手去从佐山床下拉木床，没想到那床竟很重，一动便发出刺耳的声响。阿荣见状，马上跑过来帮忙。

拿来的被子只是佐山的那一套，市子把它铺在了床上。

"你睡这儿吧。"市子对阿荣说道。

"您也坐一会儿吧。"阿荣劝道。

病房里只有一把木椅子。

市子渐渐看清了室内的景物，这时她才发现，后院的对面还有一栋病房。在朦胧的月色中，她隐约看见许多病房的窗户都是敞开着的。

佐山枕边的窗户也是开着的，虽然没有夜风吹进来，但市子仍觉得浑身有些发凉。

"还是关上吧。"市子从椅子上站起身来。

若是佐山有个三长两短，阿荣自己也不想活了。

在市子到来之前，她一直处于这种绝望的状态之中，但是，她一见到市子，心情便顿时松弛下来，佐山也渐渐被遗忘了。

不仅如此，她给市子打电话的时候也忘记说她自己了。看来，她只是一心盼着见到市子。

可是，当市子在医院出现以后，她又感到自己被排除在他们夫妇之外了。

听到佐山伤势不重的消息以后，欣喜之余，她心底里热情的火焰仿佛被浇上了一瓢冷水，顷刻之间就熄灭了。她沮丧极了。

"阿姨讨厌我，憎恨我也是应该的。"她幽幽地说，"我总是给人家添麻烦……"

"今晚的事怎么能怪你呢！"

"不光是今晚的事。反正，我非常讨厌我自己。"阿荣痛苦地说。

"你赶快把药吃了吧。"

坐在佐山枕边的市子回头望了望躺在木床上的阿荣："要不然你就先睡吧。"

"我睡不着，心里揪得紧紧的。我害怕叔叔睁开眼睛。"

"咦？"

"我不愿再被叔叔看见。"

"……"

"要是自己能看不见自己就好了……我讨厌自己！"

"阿荣，你考虑过多，就会讨厌自己的。"

"我想躲得远远的。等叔叔好了以后，是不是该去京都爸爸那儿看看……"

"去你爸爸那儿？"市子责备道，"你也不替你妈妈想想，她卖掉大阪的房子还不都是为了你？"

"还不是为了能整天跟在我后面提醒我注意自己是个女的？她还说：'假如妈妈死了，你打算怎么办？你这孩子真让人摸不透！'我只有把自己变成个女佣才会讨得她的欢心。"

"那是因为你……"

"而且，还盼着我找个主儿。哼，我一想到男人，浑身就起鸡皮疙瘩。"

护士进来了。

"没什么变化吧？"

然后，她挽起了袖子，说是要看看佐山便溺了没有。

市子立刻站起身挡住了阿荣的视线。

护士走后，阿荣又接着说道：

"妈妈一点儿也不理解叔叔和阿姨对我有多么重要！"

市子知道，阿荣又开始发牢骚了。

"我让阿姨伤心难过……"

"……"

"这一切都是我一手造成的，谁都不会原谅我。要是我能代替阿姨受罪的话……"

"别再说了。我这颗心一直悬着，连头都疼了。这两三天我感觉身体很怪，常常不由自主地发抖。"

"阿姨，您可要保重呀！来，我起来，您快在这床上躺一会儿。"阿荣突然间变得十分温存体贴。

"不用。"

"阿姨，这样会舒服些。"市子见阿荣要来拉她，便走过去躺在了床上，然后看了看手表。

"已经两点了。"

"阿姨，是不是我不该从大阪来您这儿？"

"……"

"是我给叔叔带来了灾难。"

"又不是你开车撞的。"

阿荣沉默不语。市子大体能够猜出她在为什么苦恼。病房内变得死一般的沉寂。

不知不觉，阿荣倚在病床边睡着了。

市子仔细地端详着她。在昏暗的灯光下，仍能看出尚留在她脸上的哀伤表情。市子给她盖上了一条毛巾被。

与妙子不同，阿荣的可爱之处恰恰在于她的娇憨任性和不安分。市子正是被她的这一点所吸引。

她对佐山的爱莫非也是出于盲目的崇拜？那么，又是他的什么地方吸引了风华正茂的阿荣呢？

市子望着阿荣那疲倦的面容，觉得自己对这个姑娘的嫉妒宛如天方夜谭。

可是，令市子惊讶不已的是，这种嫉妒心竟鬼使神差般地与生育或者说"孩子"联系在了一起。

"市子。"就在这时，佐山苏醒过来。

"市子。"佐山不停地叫着。为了能够看到市子，他费力地晃动着脑袋。

"你醒了？"市子站起身，将一只手伸到枕下，另一只手温柔地握住了佐山的手。

"真吓死我了！身上疼吗？"

"这回可惨了。"

佐山不好意思地笑了笑。

也许药力还没失效，看他那迷迷糊糊的样子，像是尚未感到剧烈的疼痛。

"不过，幸亏伤得不太重。大夫说不必担心。"

"这是筑地医院吗？"

"是，你怎么……"

"被撞倒以后，我记得自己连说了两声'筑地医院'，随后就什么都不知道了。"

"你说话不碍事吗？"

"就是觉得脑袋发木。"佐山苦着脸，用左手揉了揉眼睛，然后又搔了搔头。

"头怎么啦？右手不能动吗？"

"右手被绷带绑着呢！头倒没碰着。"

市子把佐山的右手放下来，然后轻柔地拨弄着他的头发，仔细地察看了一遍，结果没发现有伤。

"我正在等着的时候，忽然看见马路对面匆匆走来一个人很像你，我刚要打招呼，脚却不由自主地跨上了汽车道，结果被车撞了。都是我不好，是我错把别人当成你了。"

"对不起，实在抱歉，我……"

市子的心里难受极了。

"全怨我自己，跟你没关系。从帝国饭店往银座方向去的路上不是横着一座铁路桥吗？就是在那座桥下出的事。真是性命攸关呀！"

"……"

"你呢？"

"我跟你们走散以后，就在原地等了一会儿，后来就从有乐町坐电车回家了。"市子说得十分艰难。

佐山的目光移向了阿荣。

"阿荣刚刚睡着，是她给我打的电话。"

佐山回过头，眼睛盯着天花板，面部的肌肉不停地抽动着。随着逐渐清醒，疼痛也越来越厉害了。

"妙子来了。"

"嗯，那件案子也该……不知过几天才能走路。啊……我不说了……胸好疼！"

"别再说话了。你能不能睡一会儿？"

"不行。我的右腿完全不听使唤，可是身子稍一动，腿就疼得厉害。"

市子在佐山的身边一直守到天亮。她累得几乎快要支持不住了。

护士悄无声息地走了进来。此时已是凌晨五点半了。

"给他量量体温。"

"阿荣，起来一下。"市子摇着阿荣的肩膀。

佐山已经昏昏欲睡了。他的体温是三十八度一，市子又不安起来。

"我也发烧了，让我也量一下……"阿荣将体温计夹在了自己的腋下。

佐山似乎连笑都不敢笑。

"市子，你脸色好难看呀！"

"昨晚我一宿没合眼。"

其实，市子也想量量体温，可是，她又怕佐山为自己担心。

作为陪房家属，市子一直忙到早上七点开饭时间。

她让阿荣帮着一起收起木床，打扫病房，待到为佐山洗脸时，开饭的铃声响了。

佐山却什么也不想吃。

市子打电话给妙子，托她把昨天忘带的东西都送来。

开始视察病房了。外科主任带着主治医生、实习医生和护士等一大堆人走了进来。

"真是飞来横祸呀！"外科主任走上前来说道。

以前，佐山的一位朋友住院，他曾来这里探望过三四次，所以，在事发的一瞬间，他脱口说出了"筑地医院"。

市子把这群穿白大褂的人送到走廊，然后又问起了伤情。

"只要不出现其他症状，发点儿烧也无大碍。"外科主任简短地答道。

"是吗？实在是太谢谢您了。"

病房里，充斥着跌打药膏的酸味，市子感到一阵阵的恶心。

妙子提着一个大包，悄然走了进来。

"阿姨，您……"

"我不要紧。辛苦你了。"

妙子点了点头。看她的眼睛像是也没有睡觉。

阿荣立刻毫不掩饰地露出了不悦的神色，她对妙子连看都不看。

"妙子，你手里拿的是今早的报纸吗？"佐山问。

"是，我给您拿来了。"

"你能为我拿在眼前吗？"

"是。"妙子刚欲上前，站在佐山身旁的阿荣无言地伸出了手。于是，妙子便把报纸交给了她。

阿荣在佐山的胸前打开了报纸，佐山却忽然闭上了眼睛。

"叔叔，我给您念吧。您要看哪儿？"

"算了，好疼！"

"报纸看不看也没关系。"市子在一旁说道。

阿荣不屑一顾似的说："阿姨，是您叫妙子来的吗？"

"我也没特意叫她，正赶上她昨天来了。"

市子强压住心里的一股火。

"我想安静一会儿。"

市子不知阿荣又会对妙子说些什么，她想就此让阿荣安静下来。

"想睡觉了吧。"

"睡得着吗？护士进进出出的，而且，过一会儿铃声又该响了。"

果然，这时护士又拿着一瓶跌打药膏走了进来。据说，每隔两个小时就得换一次药。

"这么小的屋子，三个人在里面都转不开身子。"

阿荣暗指妙子碍事。

"阿荣从昨晚就一直陪在这里，一定很累了。你先回去睡一觉再来吧。"市子有意打发阿荣回去。

"我跟妙子可不一样，她是人家的太太，我是来陪叔叔的。"

"别吵了！管他三个人、四个人的，大家在一起更热闹。"佐山皱着眉头说道。

市子的额头沁出了汗珠，可是全身却感到阵阵发冷，头很重，脖子针刺般地疼痛。这似乎不单纯是疲劳和睡眠不足造成的。

"我去办一下住院手续。"

市子一出病房就感到头晕眼花，直想呕吐。

不知这是生病的先兆还是已经病了，总之，自己在这个时候绝不能倒下。市子来到医生值班室，可是大夫们都去门诊看病了。护士见她的脸色很不好，便带她去了门诊。

"大概是疲劳过度造成的。"大夫随口说道，"另外，也可能是妊娠反应，不过暂时还不清楚……"

"啊？"

市子的面颊腾起了两片红云，她有些不相信自己的耳朵。

护士用熟练的动作为市子打了一针。

市子宛如大梦初醒，精神为之一振。她步履轻快地来到走廊上。

她自己并非全然没往这方面想过，可是，经大夫这么随便一说，她反而更不愿往这方面去想了。

然而，事与愿违，她越是不去想，这种期待的心情反而变得愈加强烈。

她身上的困倦和疲劳顿时一扫而光。

随之而来的是一种新的不安。倘若这一切都是真的，她担心自己又会流产。

光阴荏苒，岁月如梭，从上次流产到现在，一晃已经十年多了。

她现在心如止水，已不再作此想。

"真是不可思议。"

诚然，以目前市子的心态来说，确实是不可思议，但是，作为一个女人，又实属正常。

回到病房，一遇到佐山的目光，市子不禁又赧红了脸。

"还疼得厉害吗？"

清晨下起的瓢泼大雨到了中午也不见丝毫减弱的迹象，窗玻璃已被雨水冲刷得干干净净。雨给病房里带来了一丝凉意。

身上裹着绷带的佐山觉得脚很凉，而且，受伤的右腿与左腿的感觉也不一样。

在以后的三四天中，佐山恢复得比较顺利，身上的疼痛逐渐减轻，同时也未出现其他症状。

但是，从昨天下午起，市子就一直未在病房露过面，佐山感到有些纳闷。他一问，阿荣马上答道：

"我们劝阿姨说，叔叔现在已经不用担心了，您先回去休息一下吧。后来，阿姨就回去了。妙子，是吧？"佐山没想到阿荣竟然会拉上妙子。

他觉得事情蹊跷，市子绝不会不说一声就回去的。他一问护士，方才知道市子正躺在别的病房。

"她大概有喜了。"

"什么？"

"医生怀疑她是怀孕了。"

"……"

佐山惊得一时竟说不出话来。

"阿姨她……"阿荣那张小脸顿时紧绷起来。

"不，还得过一段时间才能知道。"护士含糊其词地说道。

"哦?"佐山一动不动地望着白色的天花板。

他恨不得马上就见到市子。他想让阿荣和妙子都出去，自己单独见市子。

他又有些后怕，假如自己死于这次交通事故，那么，出生的孩子就永远见不到父亲了。

这次事故也是未曾意料的，由此看来，人的一生中往往会遇到意料不到的事。

若真如护士所说，那么来年他们夫妇就会抱上一个胖娃娃。到了六十岁，他们也会有一个像阿荣那么大的女儿或光一那么大的儿子。

他的眼前浮现出上次流产后市子那年轻的身影。她面色苍白，躲在被子里嘤嘤抽泣着。

"叔叔，今天午觉您睡不着了吧。"阿荣说道。

佐山默默地合上了眼皮。

他醒来时，见阿荣正坐在床边的椅子上。

她穿着白尼龙衫，外面披着一件黄毛衣，嘴上叼着一支香烟。望着她那吐出烟雾的嘴唇，佐山怀疑自己是在做梦。

"你是什么时候学会抽烟的?"

"自从您受伤以后……"

"喜欢吗?"

"无所谓喜欢不喜欢，我只觉得心里舒服些。从自己的嘴里居然能吐出烟来，多好玩儿呀！另外，看着烟雾还可以分散我的注意力。"

"妙子呢？"

"她在阿姨那儿。"说罢，阿荣又吐出了一口烟，目光追着渐渐散去的烟雾。

"你哪儿也没去？"

"嗯。您这一觉睡了两个多小时。我感到，今后恐怕再也见不到您了。"

阿荣一直在床边端详着熟睡中的佐山。她觉得，顺着窗玻璃流下的雨水，仿佛就是自己的眼泪。

市子可能怀孕的消息对阿荣的打击，不亚于这场交通事故。她感到自己被市子和佐山毫不留情地抛弃了。

"叔叔出事的那天晚上，我本想一走了之的。"

"……"

"当时，我真不该离开您。"

"你还在想这个？"

阿荣的绝望情绪深深地感染了佐山，他几乎不敢正视可怜的阿荣。

"你去把妙子叫来好吗？"

跟阿荣在一起，令佐山感到紧张。

这姑娘的娇媚动人之处佐山至今不能忘怀，而这个心存幻想的姑娘恰恰为此受到了严重的伤害。佐山后悔自己彷徨迷离，他在心里不断地责备着自己。

"您找妙子有事？"阿荣望着窗外的大雨问道。

“嗯。我想问问市子的情况。”

“那我去看看。”

“好吧。”

阿荣出去不久，便同妙子一起回来了。

“那边怎么样啦?”佐山问妙子。

“阿姨说，您若是不放心的话，她就过来一下。”

“不，你回去告诉她不要起来，安心休息吧。”

“是。”

待妙子的身影从门口消失后，阿荣说：“我想跟叔叔和妙子言归于好。”

“那太好了。”佐山随口说道。

“不知她会不会原谅我。”

“根本谈不上原谅不原谅。”

“可是，谁知道呢! 我从来就不了解她的心思。”

“那是因为你根本就不想去了解。”

“也许我对谁都不了解，包括叔叔、阿姨……我这个人实在是太蠢了!”

这时，妙子进来了。阿荣赶紧央求道：“叔叔，求求您了。”

“这根本用不着旁人出面。”

阿荣噤口不言了。她的目光箭一般地射向了妙子。

去 河 边

尽管佐山的膝关节还有些疼痛，但院方仍批准他出院了。

他的腿被绷带直挺挺地裹了一个星期，几乎已不听使唤了。医生嘱咐每天要按摩、散步。

在家里，佐山常常扶着市子的肩膀走路，即使不需要时，市子也过来扶他。

有时，他也扶着妙子或阿荣的肩膀。

阿荣肩膀瘦削，肩头裸露在无袖汗衫的外面，可是，佐山总是极力避免碰到那个地方。

"大家都在迁就我。"佐山常常这样想。

自从他受伤以后，加之听到了市子可能已怀孕的消息，家里所有的人都变得互相体谅、照顾，似乎这一切都是为了他一个人。嫉妒和对立早已消失得无影无踪，代之而来的是一派和平的景象。

"逮住了，逮住了！妙子，你在哪儿？"阿荣一大早就大声地叫着妙子。

原来，阿荣在自己的房间里放了一个老鼠夹。

"是一大一小两只！"

小的老鼠仅一寸来长。

阿荣伸直胳膊，拎着那个带铁网的老鼠夹问妙子：

"怎么办？"

"放进水里怎么样？"妙子说道。

阿荣来到院子里，将老鼠夹浸在水池里。

大老鼠游到小老鼠身边，把它衔在嘴里，然后在网里游来游去，拼命地想钻出铁网。湿淋淋的大老鼠痛苦地挣扎着，一双眼睛几乎都要瞪出来了。它将口里衔着的小老鼠举出水面，紧紧地顶在铁网上，自己却溺水而死。

"好可怜，放开它们吧。"妙子面色惨白，双手紧紧地抓住阿荣的手臂。她的眼前又浮现出隔在自己与父亲中间的那张铁网。

"它们太可恨了！"说着，阿荣把老鼠夹整个浸在了水里。

"别这样，别这样！"

这时，屋里传来了市子的呼唤声："阿荣！"

只见市子手扶着窗框，想要呕吐。她干呕了几次，但什么也没吐出来。

阿荣和妙子慌忙跑过去为她摩挲后背，并给她端来一杯水。

市子难受得眼泪都流出来了。她用手捂住眼睛，顺势躺在榻榻米上。

"真让人受不了。我……"

难道又要流产？一种不祥的阴影笼罩在市子的心头。

三个女人的心里都沉甸甸的。

妙子只跟佐山说了一声，便去看父亲了。

到了下午，阿荣也无精打采地回母亲那儿去了。

三四天前就已受到监视的台风终于在九月十日袭击了九州。这股台风没有通过关东地区，而是掠过了山阴地区的海上。

台风过后，天气异常闷热。据预报，这闷热的天气要持续到九月十九日的中秋节。可是，还未见中秋明月，天气就又骤然转凉，连日下起了大雨。

中秋节那天，佐山夫妇仍在云缝中窥见了中秋圆月。

市子近日性格突变，非常讨厌见人。每当有人来访时，她都不太高兴，而且很少说话。她只希望能跟佐山两个人独处。

然而，她有时还这样对佐山说："你不要对我那么小心谨慎，那样一来，我反而更紧张了。"

"你年龄大了，又是初产，我怕你会有什么不测。"

市子是担心佐山的高血压病。她怕孩子早早便失去了父亲。

"你抽烟抽得太凶了！"市子劈手将佐山手上的香烟夺过来，拿在手上看了看，然后叼在自己的嘴上。

"别胡闹！"

"我想抽一口试试。"市子吐出了一口烟，佐山在一旁愣愣地看着。

佐山受伤以后，阿荣学会了抽烟，现在市子又抽上了烟，两者之间或许没有任何关系，但却令人百思不得其解。

近来，市子对各种气味异常敏感，没有食欲，偶尔想吃一些奇怪的东西，今天吸烟恐怕亦是如此。

市子让女佣帮她把夏天用的东西都收拾起来，并开始准备过冬的物品。她神经质似的早早就做准备，也反映了她内心的不安。

"一般的人都生孩子比较早，跟孩子一起生活的时间很长。可是，我们现在才有孩子，做父母的时间就比人家短多了。"佐山认为市子这也是女人瞎操心，不过仔细一想，似乎也有几分道理。

鉴于市子曾经流产，所以佐山一直不敢碰市子的身子，可是，一次偶然的机会使两人重享了鱼水之欢。没想到，第二天早上市子容光焕发，又恢复了往日的温柔贤淑。

这是一个风和日丽的星期天，河滩上传来了孩子们的喧闹声，像是在开运动会。

今天，久未露面的音子突然来了。

"石墙上垂下的胡枝子真好看。"音子站在大门口说道。

"不知是不是光线的问题，你的模样儿好像变了。"

市子避开音子的目光，问道："阿荣呢？"

"我这次来，就是要告诉你有关阿荣的事。"

说罢音子进了客厅。

音子说："最近，阿荣又是抽烟，又是喝酒，就像是失恋了似的，闹得很凶。在大阪时，她也没这样过。"

"过去，光一也曾半夜送她回来过，我以为她是跟光一出去玩了，于是就把光一叫来，对他说，希望他能够认真地对待阿荣。可是，这时候，阿荣却不让光一回答，她说：'不用你管，我跟他在一起什么也不会发生。'你瞧瞧，阿荣她都说些什么！"

接着，音子又用一种异样的目光盯住了市子。

"有一件令你吃惊的事。"

"……"

"佐山先生呢？"

"正在二楼工作。"

"哦。"于是，音子压低声音说，"前天晚上十二点多，一辆汽车停在了我家门前。我以为阿荣又出去胡闹了，本想出去看看，可是当时我穿着睡衣不能出去，所以只好从窗户偷偷向外看，见一个身材魁梧的男人把烂醉如泥的阿荣从车里扶了出来。起初，我还以为是外国人呢，给吓了一跳！可是……你猜猜是谁？"

"反正不是外国人。"

"是清野先生！他……"

"什么？"

"吓你一跳吧。我问阿荣，那人是谁？她满不在乎地说，他是清野先生，是阿姨的情人。我吃惊得半天没说出话来。"

市子的脚下顿生寒意。

"据说光一正在为清野先生的公司印广告，是他把阿荣介绍给清野先生的。可是，清野先生也够差劲的！"

"……"

"听说他妻子去世了，现在是个单身汉。"

市子垂下了眼帘。

"他明知阿荣住在你这儿，还要把她灌醉！阿荣也是，她偏要听听你们过去的那段事儿。真不知她是怎么想的！"

"不行！"市子自言自语道。

"不过，清野先生嘴倒挺严，始终没有吐露出半个字。反而捉弄了阿荣一番。"

市子对阿荣实在是忍无可忍。她向佐山暗送秋波，戏弄光一，甚至还勾上了清野，凡是与市子有关的男人她都要染指。

莫非她存心离间自己和佐山？

"我真希望你或佐山出面说说她。"

"不好办呀！对了，请你别把这事告诉佐山，他对阿荣非常关心，所以……"

市子表现得出奇地冷静、温和。音子茫然地望着她。

这时，佐山从二楼下来了。

"市子，去河边转转怎么样？音子也一起去吧。"

佐山瞧了瞧市子的脚下："你怎么不穿上套袜？"他的关切之情溢于言表。

堤坝的斜坡上长满了青草，从高高的坝顶下去时，一不小心就会滑倒。市子一步一步小心翼翼地往下走着，佐山跟在旁边随时准备扶住她。

望着这对恩爱夫妻，音子羡慕不已。她怆然地走下了堤坝。

在绿草如茵的河滩上，坐成一排的小学生们正在画着蜡笔画，一群幼儿园的孩子正在跟家长和阿姨一起做着游戏。

河对岸的空地上，有许多人在打棒球和橄榄球，人群中还不时传来欢呼声。

"好不容易赶上个好天气，人们都到这儿来了。"

"我也好久没到河边来了。"

佐山坐在草地上，用手摩挲着右腿说："差不多全好了。"

清澈的河水预示着秋天即将来临了。

在欢快的喧闹声中，唯有音子独自黯然神伤。

四十刚过，她便与丈夫分道扬镳了。她失去了生活目标，作为

441

一个独身女人，她不知道自己今后的人生道路该怎么走。

照阿荣现在这个样子，音子不但不能指望将来依靠她，反而还要每天为她操心。

"阿荣，妈妈是下决心和你生死与共，所以才来东京的。"音子曾这样苦口婆心地劝说阿荣。

"反正我比妈妈先死，随你的便吧。"

音子从阿荣的只言片语中隐约觉察到她渐渐地将对市子的爱慕之心转移到了佐山身上。音子一直为此而焦虑不安。更令音子害怕的是，阿荣竟打听出市子昔日的情人清野，并还主动地接近他。

音子万般无奈，只好来找市子商量。尽管市子也显得很不安，但在来河边的一路上，音子感到他们是一对互相信赖的恩爱夫妻。

相形之下，她更加哀叹自己的不幸，为自己走上了暗无天日的人生之路而自怨自艾。

"你现在有几个学书法的学生？"佐山问道。

"正赶上放暑假，现在一个也没有。到了九月，也许会有人来。"音子抑郁地说道。

"这次多亏了阿荣热情体贴的照顾。"

"她哪会有什么热情！"

"有的。她只有到了关键时刻才会焕发出热情。她可帮了大忙了！她似乎把平凡的工作和普通的生活看成了束缚她的枷锁。但愿她能找到自己真正想干的事。"

从河边回来直到吃晚饭，音子一直郁郁寡欢。

裁缝店二楼的房间里只剩下妙子孤身一人了，可是，女房东反而对她越发热情起来。

妙子干活认真努力，这样好的人手打着灯笼也找不到。另外，有田不在的话，妙子还可以当做女佣来使唤。

"你自己一个人做饭又麻烦又费钱，而且也没意思。我看，你干脆到下面来一块儿吃吧。"起初，女房东这样劝道。

于是，妙子就到楼下的厨房来干活儿了。

后来，女房东又借口妙子一个人占一间房不经济，希望她搬下来与自己同住，然后把妙子那间房租出去。

她对妙子提过许多次，但妙子始终没有答应。

"你怎么等，有田也不会回来了，何必白白占一间房呢？"

"在我找到工作以前，请您允许我住在这儿。"

"我并不是要赶你走。"女房东安抚妙子，"你住在这儿倒没什么，可是像现在这样你也太可怜了，而且对你今后也不利呀！就算你自己占一间房，他来这里也不过是拿你解闷儿！"

妙子只是低头看着摊在工作台上的蓝色中式服装，一言不发。

"如果两个人一直住在一起的话，那倒没什么。可是，如果一个男学生时常来一个女孩子房里借宿，那就太不像话了。人言可畏呀！而且，我作为房主也很丢脸。"

"我不会让他来了。"

"你如果搬到下面来，他就没法儿住了，反正你们已经分手了。你不该成为他的玩物。"女房东说道。

有田从乡下回来的第二天，就搬到男生宿舍去了。据说，这是有田的父母托同乡的学生为他办的。

这里虽然成了妙子一个人的房间，但有田却想来就来，想走就走。

妙子原想在有田毕业自立以前同他彻底断绝来往，可是她没有料到有田会采取这种方式。她感到两人之间的爱情仿佛被玷污了。

但是，妙子没有勇气拒绝有田。

每当走廊里传来有田的脚步声，妙子的心就咚咚直跳。有田将手搭在她肩膀上时，她只是象征性地躲避一下，然后便倚在了有田的胸前。

"你为什么要这样？我好怕呀！"

有田总是把妙子的话当做耳边风。

"每次你来抱住我时，我就感到自己在逐渐地堕落下去。"

"我只不过是换了个地方，其他丝毫都没有改变嘛！"

"就像现在这样，我几乎被完全排斥在你的生活之外了。"

妙子依偎在有田的怀里，双手捧住他的脸说道。

"这就是你，你从未考虑过我的不幸，你自己也并不幸福。"

"现在就是我最幸福的时刻。"

"我们不能再这样下去了。"

"这间房子要收回了吗？"

"我是说我的心情。"

"你不再爱我了吗？"

这些日子，两人见面时，双方都避免谈及爱情和将来，可是，今天有田却毫不在意地说出了这话。

"对于爱，如果不能加倍珍惜的话，那就太可怕了。"

妙子焦躁起来，她想保持爱的纯洁，可又不敢公开责备有田。

"我们应该静静地忍耐、等待下去，否则，我们之间的爱会受到伤害的。"

"可是，我们无法如愿呀！好不容易见一次面，我们还是及时行乐吧。"

"不，不！"然而，有田用自己的嘴堵住了妙子的嘴。妙子感到十分屈辱，她觉得自己就像动物一样。

有田似乎认为，自己常来光顾就是爱的表现，同时，他也力图使妙子相信这一点。

但是，妙子已经不再吃他这一套了。这不是她所期待的爱情。

她仍想挽回不可能挽回的事。

"我不后悔，我也没做错。"妙子重新确认了自己的所作所为，然后伸手向黑暗中摸去。忽然，颤抖的指尖触到了有田的脖颈，她慌忙缩了回来。她害怕感受到有田的体温。

她的心底里油然涌起一股绝望的冲动。

酣睡中的有田呼吸均匀，与妙子那急促的呼吸极不和谐。妙子紧张得几乎要窒息了。

"起来，起来！"妙子发疯似的摇着有田。

"怎么啦？发生了什么事？"睡意蒙眬的有田伸手去拉妙子。

妙子躲过一边，坐直了身子。

"你也起来吧。我很害怕。"

"怕什么？"

"我父亲马上就要被宣判了。他也许会被判死刑，可我却在这里跟你做这种事！"

"……"

"你不要再来了！"

在百货商店里工作，往往会使人忘记季节和天气的变化。每每临近下班，千代子就会想到街上阳光明媚的夏日黄昏。

可是，最近她下班回家时，天已完全黑了，而且还常常是阴雨连绵。

今天，柜台前来了一位身穿红色雨衣的顾客，千代子猜想外面一定又在下雨。她忽然记起，自己的一只雨靴落在咖啡店里了。

那位穿红色雨衣的年轻姑娘跟一位中年男子在挑选手绢。

中年男子只是站在一旁瞧着，姑娘则拿着一块白色的亚麻手绢翻来覆去地看着。

姑娘又拿起一块质地绵密的手绢对男子说："这条很贵，质地也很好，不过，男人的就是图案单调了一些。"

千代子被姑娘裹在红头巾里的那俊俏动人的面庞深深地吸引住了。

那姑娘似乎挑花了眼，千代子索性拿出一箱带字头的手绢。

"连手绢都有名字，我不喜欢！把那条抽纱手绢拿给我看看。"

她挑了一些最贵的男女手绢，然后吩咐道："每样要两打儿。"

姑娘那甜美的声音引得千代子不由得抬头看了看两人。他们像是要去国外旅行的模样。那男人大概是要偕这位漂亮的女秘书同去。

一个身材魁梧英俊潇洒的男人与一个千娇百媚、身姿绰约的年轻姑娘走在一起，难免不会使人联想到那些风流韵事。

千代子呆呆地目送两人出了大门，忽然，见妙子从门外走了进来。

戴着红头巾的姑娘似乎认识妙子，他们相遇时双方都站住了，随后，那姑娘低下头擦过妙子的身边快步离去了。

待妙子走到近前，千代子才发现她脸色灰暗，心里不由得一惊。

"刚才那人，你认识？"

妙子刚欲摇头否认，随即又点头默认了。

"你们怎么啦？"

"她叫阿荣，以前在佐山家住过。她总是跟我作对……"

"她就是阿荣？"

千代子以前曾听妙子提起过阿荣的名字。

"她长得可真漂亮！"

妙子勉强地笑了笑。

"跟她在一起的那个男人是谁？"

"不知道。"

"不是佐山先生吗？"

"不，不是。"

这时，响起了闭店的铃声。

"千代子，今晚你要是没事的话，我想跟你谈谈。"妙子说道。

妙子在职员出口处等了千代子一会儿。匆匆出来的职员们全然没有注意到雨已经停了，大家没顾得抬头看一眼满天的星斗，便各自急匆匆地往家赶。阴凉的夜风吹过，街上显得寂寥冷清。

黑湿的路面到处都有积水，路两旁大树的树叶已经泛黄，沾上了雨水之后，颜色更加难看。

"你跟有田怎么样啦？"千代子问道。妙子想谈的内容不外乎就是这些。

"发生了什么变故吗？"

"发生变故的是我。"

但是，妙子不知怎么说才好，她低头继续向前走去。

"我一个人的时候，满脑子想的都是他。可是，一旦两人聚到了一起，我却一点儿也高兴不起来。也许像我这样的人不配去爱别人。"

"你这样的人有什么不好？"

"我有那样的父亲，还有其他的一些事。"

"都是有田不好！是他使你产生了这些想法。你这些事他不是早就知道吗？"千代子安慰妙子的话软弱无力，"有田这个人挺厚道，不过，就是有点儿懦弱胆小，你可要抓住他呀！"

"我已经不让他再来了。"

"不让他……"千代子停住了脚步。

接着，妙子便将有田已搬到学生宿舍的事和时常来自己住处的事都原原本本地告诉了千代子。

"那可不行！"千代子盯着妙子的脸，"怎么会变成这样？我真没想到！"

"我也是没法子。"

"看来，不和好就得分手了。"千代子最后得出了这个结论。

"我想静静地等待下去。"

"你现在才说这话不嫌太迟了吗？你早这样想的话，就不该越过那道界线……"

"……"

"如今你只有与他和好一条路了。"

"我不愿再这样下去了。"

"那可不行！"

"晚上我看他熟睡时的样子，有时竟忍不住想杀了他。"

"啊？"

"我害怕我自己。"

"吓死人了！"千代子低声嘟哝了几句。

"我不了解你的感受，不过，有时，爱一个人往往会恨不得杀了他。这就如同见了逗人喜爱的孩子，恨不得捏上一把、咬上一口。"

千代子笑着说道。她试图以此减轻妙子的烦恼。

"我可没你说的那么好。我的心情总是十分阴郁，所以，有田说我遗传不好，我也无话可说。"

"你看开一点儿嘛！就像我一样……"

"那个穿红雨衣的阿荣，我有时也恨不得杀了她呢！"

"……"

"她对我怎样我都可以忍受，可是，她好像还要引诱佐山先生。先生和阿姨对我恩重如山，为了他们两个人，哪怕是被送到父亲那种地方我也心甘情愿！你看，我这人是不是挺可怕？"

先给阿荣服用毒品，然后再勒死她。这种事，羸弱的妙子也并非不能做。

说到毒品，妙子奉献自己的贞操时，为麻醉自己的羞耻心和恐怖感，亦曾主动服食过。她是以一种半自杀的心态开始与有田发生关系的。

千代子对此不以为然，她认为妙子这只不过是一时冲动。

妙子的父亲就是因毒品而杀人的。

但是，妙子依靠毒品投入到有田的怀抱以后，身心日渐恢复了健康，连咳嗽的老毛病也不治而愈了。

妙子同时也害怕自己与有田分手后会再次沉沦下去。不过，两人分手之后，她就可以毫无愧疚地面对有田的父母和佐山夫妇了。更重要的是，她从此就可以清清白白地做人了。然而，这一切仅仅是她不切实际的幻想而已。

千代子不了解妙子心里的这些想法，她站在同情者的立场上把一切都看得过于单纯。

"妙子，你实在是太固执了。难道你真能彻底跟他分手吗？"千代子表情严肃地说，"你这人，爱有田也许只是嘴上说说，实际上你珍惜的是爱的体验。你是舍不得放弃这种体验，一旦你意识到这一点时，就会觉得自己所喜欢的男人乏味得很，可是，又担心自己的那份爱的体验也随之消失……你会觉得，自己所喜欢的男人不过是女人心目中描绘出的爱的幻影，可望而不可即，于是便起了杀人的念头。我说得对不对？无论是逃避还是继续，最终受伤的都是女人。"

"千代子，我请你陪我去见有田。"

千代子刚一点头，妙子便四下寻找起来。她发现香烟店里有一部红色电话①。

"等一下。"千代子立刻叫住正要给有田打电话的妙子，"先定一下在哪儿见面吧。中国面馆怎么样？还有，以我的名义邀请他好不好？"

有田很快就出来接电话了。他一听是妙子的声音，不由得大吃了一惊。

---

① 当时，日本的公用电话均为红色。现在日本的公用电话绝大多数为绿色，少数为红色。

"有什么事？"

"我现在跟千代子在一起，希望你能出来一下。"

"顶着大雨出去？"

"天已晴了。"

千代子见妙子一听到有田的声音，脸立刻就涨得通红。

"他说来。"妙子声音嘶哑地说完之后，就咬住了自己的手背。

"他问在什么地方。"

"我来说。"千代子接过电话，说了店名和走法。听声音，有田好像十分兴奋的样子。

"他说马上就来，好像很高兴。你是不是想得太多了？别是为了一点小事心里结了疙瘩吧。"

"也许是心里的疙瘩。"

快到银座了，可是，夜幕中的霓虹灯却宛如蒙上了薄雾一般模糊不清。

千代子每月都在外面吃两三次，不是她邀请别人，就是别人邀请她。她们以此来缓解工作上的压力。千代子知道几处既便宜又好吃的饭馆，今晚的中国面馆就是其中之一。面馆位于东银座的后街，门面很小，是一座二层小楼。

面馆的一楼只有一个跑堂的，千代子挑了角落里的一张桌子坐下，先要了两份锅贴。

"这哪像是银座呀！这么僻静，不会出什么事儿吧？"妙子胆战心惊地抬起眼皮向四周瞧了瞧。

"没关系。"

"里面是空着的吗？"

"里面是厨房。"

"只有厨房？"

"这个……我也没看过。你为什么……"

"我父亲就是在这样的地方犯的罪，所以……"

"……"

"不，跟这里完全不一样，那是一家又脏又偏僻的中国面馆。"

那家面馆从外面一看就知道是毒品交易的秘密场所。

妙子的父亲寺木健吉与那里的女人发生了不正当的关系。女人的丈夫从一开始就知道的一清二楚，可是表面上却佯装不知。凡是搞黑市买卖等地下交易的人，互相之间都握有对方的把柄，因此，任何想要脱离或者放弃这种行当的企图都是不能容许的。寺木和那个女人也染上了吸食毒品的恶习。

"在事发的两年前，父亲就开始经常变换住所，那些地方几乎都不是人住的，周围尽住着一些可怕的人。我当时知道父亲干了一些见不得人的事，所以只好忍着咳嗽跟着他四处漂泊。"妙子向千代子和盘托出了过去的事情。

中学同学的父亲杀人的事，千代子也从报纸上读到过。她至今还记得罪犯是在荒川泄水道的葛西桥一带被抓住的。

但是，在百货商店的鸟市与妙子重逢后，她一直不敢提及此事。

没想到今天妙子竟主动地提起了这件事，而且语气也十分平静。千代子已没有心思去吃眼前那盘锅贴了。

"后来，父亲常常夜不归宿，我半夜醒来时，看到父亲的床上总是空空的。我还看见过那个女人两三次呢！她长得很白净，显得有点儿胖。她像是一个很直爽的人，对什么事情都满不在乎。她还给我买过发带呢！那时候，父亲的脸色变得越来越可怕，我见了几乎都给吓瘫了。"

事情发生在那家中国面馆的后屋。妙子的父亲在一间上了锁的密室里突然被那女人的丈夫用枪顶住了。结果，妙子的父亲刺了他一刀。

那女人突然又站在了丈夫的一边，一下子揪住了妙子的父亲。妙子的父亲用力推开那女人，自己逃走了。后来，那女人往自己的静脉注射毒品而死，在她的胸前还发现了刀伤。

"手枪也许只是用来吓唬人的，因为里面没装子弹，而且，那女人自杀也没有目击证人。"妙子说道。

千代子负疚似的对妙子说："对不起，来这个店又使你想起了父亲的事。"

"不，跟你没关系。我父亲的案子很快就要宣判了，最近我去见他时，他的样子很怪。所以，大概是我有些神经过敏，说了一些令人扫兴的话，实在对不起。"

"有田一到，咱们就离开这里吧。要是去一家热闹一点儿的咖啡店就好了。"

"去热闹的咖啡店，我就不会告诉你这些事了。"

"你把有田的事对你父亲讲了吗？"

"我说不出口，这种事只会给他增添烦恼。不过，他见我变化很大，似乎觉察到了什么。他被关在里面，脑子整天想的只有自己的女儿，所以目光也就变得敏锐起来。他的目光好像是能把我看穿似的。自从跟有田住到一起以后，我就很少去看他⋯⋯上次我见他的时候，他还说：'你要是遇上了心爱的人，不要说自己有父亲。'我真担心他会去死。其实，我比父亲感觉更敏锐……他虽然没说，但我看出来他的身体状况很糟，这不单单是心理方面的。他说：'就算是失去了心上人，你也要坚强地活下去呀！况且，世上好男人多的是。'听起来，这些话简直就像是遗言！我觉得他好像一下子老了许多。"

这时，有田兴冲冲地走了进来。

"嘿！"

他仿佛是期待着两人在这里享受一段快乐时光似的。不料，一向待人和气的千代子突然板起面孔瞪了他一眼。

妙子的脸上却现出了羞怩的神态。

"今晚到底是怎么回事？"有田纳闷地问道，然后，他坐了下来。

"我去千代子那儿，顺便约她一道来了。"

"这个，你不说我也明白。她就坐在我的眼前嘛！"有田微微笑了笑。

千代子坐直了身子说："有田，你好好待妙子了吗？"

"你怎么冷不丁……"

"冷不丁你就答不出来了吗？"

"当然待她很好啦！其实，我也没必要非回答不可……"

"有必要！当时，我们不是说好了吗？你是真心要娶妙子吧。"

"你又来了。"

"我就是要问你的真心！"

"好，我说！那时，说我不能同妙子结婚的不正是你吗？"

"不错。当时我请求你，作为一个不能结婚的人，要尊重妙子。"

"真是个奇怪的请求。"

"可是，你还是同她住到一起了！"

454

"是的，用不着你请求，我一直都是很尊重她的，所以才想跟她住到一起的。"

"然而，你却给妙子带来了不幸！"

"千代子，你说得不对，我没有觉得不幸。"妙子大声否认道，"是他给我带来了阳光，我感到很幸福！"

"等一下。"千代子打住了妙子的话头，"有田，你去见过妙子的父亲吗？没去吧。"

"……"

"怎么样，你还有什么可说的？"

三个人同时沉默了下来。

良久，妙子平静地说："那间屋子我不想住了，而且也住不下去了。"

有田点了点头。

"佐山先生和夫人都希望我再回到他们那里去，可是，如果不跟你做个了断，我就无法回去。一旦住在别人家里，我就不能偷偷摸摸地去见你了。"

"我明白。"

"我打算一直等着你。今天请千代子来，就是为了告诉你这句话。"

千代子眨着眼睛，探寻着有田的反应。

遥远的期待

市子刚一出门，就见一位少妇怀抱着百日婴儿陪着婆婆站在大门口。她们住的房子与市子家隔三栋楼。

平常市子与她们没有什么来往，不过，她们也是这一带的老住户，从市子父母那一代起就与她们家有交往，因此，她们出于礼貌前来致意。

孩子出生时，市子没有去祝贺，她感到有些难为情。

"喂，你出来一下。"她求救似的叫着佐山，宛如一个不知所措的少女。

少妇皮肤白皙，头上挽着发髻，这个初为人母的女人显得落落大方、温柔美丽。无形中市子对她产生了一种亲近感。

"我……"市子一时间不知说什么才好，她端详着婴儿露在白帽外的那张可爱的小脸，"恭喜你们了。这孩子长得真可爱！"

婴儿的身上裹着黑礼服，被身着华丽和服的母亲紧紧地抱在怀里。

少妇的婆婆将红豆饭和千岁糖①交到了市子的手里。

"让您见笑了，这只是我们的一点心意……"

"哎哟，实在不敢当，您太客气了。"

市子惭愧得红了脸。她还没给人家送贺礼，此时不知该回赠些什么东西。

佐山一出来，也是先瞧了瞧婴儿。

"是位千金小姐呀！"

少妇扑哧一声笑了。

"是个男孩儿。"

"哦，这么说……是位可爱的公子喽！"

"瞧你！看那礼服的颜色还不知道吗？"市子责备道。

"嗯，可不是。"

佐山和市子站在大门口，目送着她们在红叶掩映下远去的背影。

"真让人羡慕。"

"还说呢，你糊里糊涂地把男女都搞错了！"

"不过，那么大的婴儿确实不容易看出来。把女孩儿错认成男孩儿当然不好，但把男孩儿错认成女孩儿却是件可喜的事。"

"为什么？"

"说明男孩儿长得秀气。"

"咱们也没给人家送贺礼，我心里正发愁呢！"

市子把那包千岁糖举到佐山面前："看了这个高兴吧？"

"……"

"我们那时候也得这样做吧？"

"大概是吧。"

"你能带着千岁糖和红豆饭陪我挨家走吗？"

---

① 红豆饭和千岁糖含有庆祝之意。

"丈夫也得跟着去吗?"

"人家不好意思嘛!都这么大岁数了,要是像刚才那位太太那么年轻……"

两人肩并肩走进大客厅,坐在了各自的座位上。虽没什么特别的话题,但两人都想说点儿什么。

那袋千岁糖令市子欣喜万分。

"把这个挂在客厅的什么地方吧。只是,不知别人看了会怎么想……"

"……"

"我看,到时候还得请你拎着几袋千岁糖陪我走一遭。"市子撒娇似的调侃佐山道。

"这差事该请阿荣或妙子来干。"

"万一人家以为是阿荣的孩子,而把我当成了祖母可怎么办?"市子调皮地笑道。

"阿荣会生孩子?"

佐山不假思索地问道。继而,他才发觉自己的问话实在可笑。

"她是女人,当然会生孩子!"

市子有些怫然不悦。

生为女人,阿荣既能为佐山生孩子,也能为清野生孩子。

市子仿佛第一次发现,能为佐山生孩子的不仅仅是自己一个人,无论是阿荣还是别的什么女人都可以做得到。从理论上来讲,市子和阿荣甚至有可能在同一天里,各自为佐山生下一个孩子。

当然,事实上只有市子才会生下佐山的孩子。这些日子,夫妇俩都沉浸在无限的欢乐之中，他们之间的芥蒂早已烟消云散。

近来，市子尽量不去想阿荣，因为她害怕由此而引出清野来。

结婚十几年来，市子再次怀上佐山的孩子时，无论如何也不希望昔日的情人在自己的心里复活。她害怕这样的女人会又一次受到流产的惩罚。

然而，市子仍时时感到阿荣的存在。每当她无意中想起阿荣时，心里就会感到阵阵的剧痛。

阿荣对市子的崇敬与忌妒交织在一起，她行事既执著又古怪，在她那媚态与恶作剧的背后究竟隐藏着什么呢？

若是单单喜欢上了市子的丈夫似乎还可以理解，可是，她竟然又纠缠上了市子昔日的情人！市子感到十分痛心。

她不能丢开阿荣不管。

"我对于阿荣曾想过很多。"市子仿佛是在艰难地坦白，"我想，我们的孩子或许是拜阿荣所赐。"

"什么？"

"阿荣是为我而来，也许正是她给我带来了孩子。"

"你别胡说了！"

佐山厌恶似的皱紧了眉头。

"你在胡思乱想些什么！"

"你不认为我是在嫉妒吗？"

"嫉妒……"

"有时，嫉妒也会使人怀孕的。"市子的脸上泛起了一片红晕。

佐山愕然呆住了。

"你大概已觉察到我的嫉妒心了吧。最近，只要我一提起阿荣，你的脸色就变得十分难看。"

"……"

"我一见阿荣就觉得这孩子很可怜，不知来到我身边的是一个天使还是一个妖精。现在，我这么大岁数竟又怀上了孩子，很出人意料吧。阿荣出于对我的敬慕不顾一切地投奔到这里，也很出人意料吧。我就觉得早晚会有什么事发生，出人意料的事一件接一件……"

市子虽未向丈夫明言，但在她的言谈话语中明白无误地暗示，正是阿荣为自己注入了不可思议的新生命。

从东京站的旅馆里将阿荣带回来的那天晚上自己那莫名的喜悦，被阿荣吻过的那天夜晚自己那莫名的战栗，一个女人被另一个女人所爱或去爱另一个女人，在阿荣的青春攻势中，市子心荡神摇，几乎把持不住自己。

阿荣有时也会令人怜爱痛惜。

"这姑娘就像一只灯蛾，拼着命地扑我而来，可我却不知不觉地将她的翅膀一片片地撕落下来。也许，正是我把这姑娘给毁掉了。所以，我有时觉得是她给我带来了肚子里的小生命。听起来，这像是在为我的自私自利开脱罪责……"

"得了吧，我可没有如此复杂的想法……胡思乱想也该有个限度，我真是服了你了！难道你想替阿荣生孩子不成？"

"我可没这么说！"

"阿荣不过是想证明一下自己的魅力罢了。"

"你是说，她想对所有的人试试自己的魅力？她就是为此而来我们家的？"

"不……"

"你不是也不相信阿荣会生孩子吗？这就证明，在你的心中阿荣的形象十分完美。"

"我只是觉得她还是个孩子。"佐山狼狈地辩解道。

佐山受伤住院期间，许多人带着慰问品前来探望，对此，他都一一致信感谢，并附送了薄礼。

"阿荣和妙子为照顾我也十分辛苦，我打算请她们吃一顿饭，再送她们每人一件礼物。"他曾对市子这样说过，但却迟迟没有请她们两人。

出院回来那天，恰巧阿荣和妙子都在，于是大家就一起吃了一顿丰盛的晚餐，权当庆祝佐山出院。可是，佐山认为这不能算是请客。

"分别请似乎不妥，我看，还是两个人一块儿请吧。"佐山对她们两人之间的矛盾不似市子那般苦恼，"在医院里，阿荣还请我出面为她们调解呢！"

"我看靠不住。那姑娘反复无常。"

市子也有些心虚，对于同阿荣一起重新庆祝佐山痊愈这件事她仍犹豫不决。因为，在她看来，佐山出事自己有不可推卸的责任，阿荣的心里也十分清楚。

"待妙子父亲的案子判决之后再说吧，这样对妙子比较好，因为，我确信她的父亲肯定会减刑。"佐山的决定令市子松了一口气。

自从被确诊为妊娠反应之后，市子感到自己与周围人的关系仿佛为之一变，孕育在体内的新生命不仅原谅了别人，同时也原谅了她自己。

尽管佐山嘲笑她是胡思乱想，但是她之所以固执地认为孩子是阿荣这个天使或妖精的化身送来的，大概是出于这种心理上的变化。她甚至觉得佐山的这次交通事故也与自己体内的小生命有着某种必然的联系。这次事故难道不是对佐山、市子乃至阿荣的一次警告和规劝吗？从怀孕与交通事故相继发生的时间来看，也许不是出于偶然。

但是，打从逮住老鼠的那日起，阿荣就再也没有来过市子家，也没在佐山的事务所露过面。市子怀疑是由于自己的怀孕使阿荣的幻想破灭，从而导致了绝望。阿荣就是这种性格的姑娘。

一进十月，阴雨连绵。垂在石墙外面的白胡枝子已渐渐枯萎，大门内的树丛旁却开满了绚丽的山茶花。

九月份，光一的父亲村松曾携作品来参加二科会商业美术部举办的摄影大赛，而且光一的作品也第一次入围了。可是，当时正值佐山不幸出了交通事故，所以未能招待他们父子二人。

最近，村松又来东京了。

"这次除了村松先生父子以外，最好是把阿荣和她母亲也请来，就算是祝贺光一的作品入选吧。"市子兴奋地说，"如果音子也来的话，肯定会谈起光一和阿荣的事。虽然现在还不知道阿荣的心思，但两个人一旦坐到了一起，我们大家再从中撮合，也许……"

吃饭定在明天，所以，市子马上让志麻出去采购了。

市子忙着将客人用的餐具一件一件地搬到厨房，以备明日之需。佐山见状，担心地劝道：

"你还是不要太过劳累了，从外面叫菜也可以嘛！"

"没关系，这是盂兰盆节的焰火大会以来第一次在家里招待客

464

人，我一直盼着大家能再聚一次。想起焰火大会的那天晚上可真够热闹的，许多人都出来了，据报纸上说有一百多万人呢！对了，放焰火的那天晚上阿荣没有来。"

"反正，首要的是你要保重自己的身体，客人倒是次要的。"说罢，佐山便在暮色中匆匆离家而去。

最近，市子曾一度懒得见客，可是现在，她俨然又成了一位好客的主妇。

这天傍晚，佐山是去参加一个律师会，会议结束时，夜已经很深了。他快到家时，耳边传来了金钟儿虫的鸣叫声。他开门刚一进屋，立刻虫鸣大作。

望着佐山诧异的目光，市子调皮地笑了笑。

"叫得很响吧？"

"嗯。是从哪儿雇来的？"

"你是说雇金钟儿虫？"

"院子里的虫子可不会叫得这么卖力。"

听声音不止是三四只。虫鸣声此起彼伏，不绝于耳。

"是音子让人送来的，除了金钟儿虫还有漂亮的菊花，说是为了答谢明天的招待。金钟儿虫一共有十五只左右，放在一个泥罐里。听说是跟她学书法的学生送的。"

"是阿荣送来的吗？"

"不，是别的人。"

佐山从未饲养过金钟儿虫，他好奇地向泥罐里瞧了瞧。黑褐色的虫子挤在泥罐里，不停地摇动着它们那细长的触角。它们是在用触角寻找食物。据说它们既吃黄瓜、梨等，也吃鱼或各种肉类。虫卵被埋在罐底的土里，幼虫孵化出来以后，就在罐里长大，啾啾鸣叫。到了秋天，它们产下卵后便死去了。就这样，金钟儿虫在小小的泥罐里一代一代地繁衍下去。现在正值金钟儿虫一生中的黄金时期。

也许是近亲交配的关系，被封闭在一只罐里的金钟儿虫往往一代不如一代，它们的体形越来越小，叫声也越来越弱。因此，据说应适当地引入一部分其他罐里的金钟儿虫。

这些都是音子从送给她金钟儿虫的人那里听到的，然后，她又现买现卖地告诉了市子，市子也如法炮制，将这一切告诉了佐山。佐山方才知道，这小小的泥罐就是金钟儿虫的天地，它们世世代代被禁锢在这方寸之地。

生长在泥罐中的金钟儿虫似乎比野生的更乐于鸣叫，声音也尤为高亢嘹亮。

"这是对明天来的客人的最好招待。我把泥罐藏在一个别人看不见的地方，让音子先别告诉大家。"市子非常喜爱这金钟儿虫，她竟把泥罐带到了二楼的卧室。

金钟儿虫的叫声洪亮而悦耳，吵得佐山睡不着觉。

待市子睡着之后，佐山又把泥罐悄悄地拿到了楼下，尽管如此，那刺耳的虫鸣声仍阵阵传来，令人难以入睡。

在虫鸣声中，市子一个人唠唠叨叨地为孩子十年、二十年以后做着各种打算。她就这样说着说着进入了梦乡。

"还不知是男孩儿还是女孩儿就……"尽管佐山不以为然，可是却一直耐心地听着。

熟睡中的市子那幸福安详的神态，使佐山感到自己的人生充满了温馨。

佐山将市子伸过来的一只手臂轻轻地放回到她的被里，然后，自己也合上了眼睛。外面又下起了淅淅沥沥的小雨。

清晨，佐山反而比早早就睡下的市子起来得还早。

来到楼下，妙子为他倒了一杯咖啡。

"昨晚金钟儿虫吵得你没睡好吧？"佐山说道。

"没有。阿姨没睡好吗？"

"她以前就爱睡懒觉。"

妙子所希望的工作，佐山已办的有些眉目了，所以，就把妙子叫到家里来了。今天，妙子还要为此再出去一趟。

过午，音子来了。

"我想先过来帮帮忙，所以就早出来一会儿。"

"来得太好了！阿荣呢？"市子问过之后，不等音子回答，马上又接着说，"啊，你昨天让人送来的礼物简直是太棒了！你听，它们白天也叫得挺欢呢！"

"这一阵子吵得人真受不了！我说的是阿荣。她本来说下午晚点儿来，可是，今天又说要跟什么人约会，比我走得还早！"音子诉苦道。

为避免客人来时手忙脚乱，市子开始为晚餐做准备，音子也跟着来到了厨房。对于音子来说，在厨房里一边干活一边聊天是再好不过的了。当然，话题都是抱怨阿荣。

"现在，家里好不容易才安顿下来，可是，最近她又说想去京都的父亲那儿看看……"

"阿荣莫不是想要为你的事去跟她父亲交涉吧？"

"要是那样就好了。她说，妈妈去姐姐家带外孙也能多少有些收入。你瞧，她把我当成什么人了！"

市子望着音子那过早衰老的面孔暗想，自己的第一个孩子才要出生，可眼前这个与自己年龄相仿的女人却已成了祖母了。

"对于阿荣，我也有责任。"市子怀疑阿荣今天是与清野约会去了，"不过，我现在只好相信阿荣了。你也不要着急，暂且先等等看吧。"

门铃响了，外面传来了男人爽朗的说话声。正在煮豆腐皮的音子双手合十对市子央求道："是村松先生。市子，拜托了。"

"是阿荣和光一的事？可是，关键不在光一，而是看阿荣的态度如何。"

"阿荣怎么还不来！这丫头跑到哪儿去了？"

市子解下围裙，走出了厨房。这时，佐山已将村松和光一迎了进来。

"好久没来了，我想再看看这里的多摩河，所以就趁天亮赶来了。天明显地短了……"村松对市子说道。

"若想看多摩河的话，我这就带你们上三楼吧。"

佐山心情极好，他见村松和光一注意到了金钟儿虫的叫声，便得意扬扬地说："这是多摩河的金钟儿虫。"随后，他带着二人上了三楼的客厅。

三楼的客厅里摆着一张大桌子，周围放了六七个坐垫。市子意欲请村松坐在上首，可是，村松却笑着说道：

"不，今天二位小姐是嘉宾，把美人放在显著的位置更便于欣赏呀！"

"不行，今天也是为了庆贺光一的作品入选……若是光一不介意的话，就让他跟阿荣坐上座吧。"

说罢，市子莞尔一笑，站起身来。她感到光一在注视着自己，于是，便下楼把茶水端了上来。

佐山等三人站在阳台上观赏着多摩河的风景。一听到市子的脚步声，村松立刻回头说道：

"夫人，恭喜你了。真像是个奇迹呀！"

"这……"市子羞红了脸，"来得太晚了，等到孩子该结婚时，我们也许都老得不能动了。"

"夫人，这个您不必担心，孩子自己会处理好的。"光一说，"我相信，您的孩子一定会为有您这样的母亲而感到自豪的。这就足够了。"

光一的一番话令市子非常激动。不过，她又巧妙地将话题引到了光一的身上，"光一，你也要自己处理？你对阿荣怎么看？"

"您又提阿荣，我都不知被问过多少次了。"

"这是第一次当着你父亲的面问你，你还从未正面答复过呢！"

"我喜欢温柔体贴、善解人意的女人。"

"只要有爱，女人都会变成那样的。其实，阿荣心里也想那样，她只是故意……"

这时，楼下传来了音子的呼叫声，市子没说完就下楼去了。

饭菜刚刚准备停当，便听到有人开门，接着，走廊里传来了女人的脚步声。

"是阿荣！"音子从厨房跑出来一看，是妙子。

"我回来了。阿姨，我大概要在少年医疗管教所工作了。"妙子径直走进了厨房，站在市子的身旁。

"哦，那太好了！"

"他们劝我要慎重考虑，并带我参观了那里所有的设施，所以才回来得这么晚。"

"那是什么地方？"

"我觉得就像是一个候车室，那里有一群少男少女。我从前也曾有过他们那种迷失自我的心态。"

"候车室？"

"所长办公室的墙上有一首名叫'候车室'的诗，据说是里面的一个少年写的。"妙子的脸上微微有些潮红，"诗的内容大概是这样的：'这里是候车室，是人生的候车室。走投无路的人，迷失了方向的人，没有过去和未来的人，欲在黑暗的心中点燃希望之火的人，面壁祈求、倾诉的人，在这里都有一席之地。流落到这里的每个人都是幸福的。这是为什么？'"

"……"

"后面我就记不得了。总之，这首诗是说，大家在这个候车室里思索人生，与朋友们畅谈青春，偶有所得就买一张人生的车票，乘上充满希望的那趟列车。"

妙子一直为自己是一个罪犯的女儿而苦恼着，她希望在为教育服刑人员或援助、保护刑满释放人员以及这些人的家属的机构工作。为此，她曾在很久以前就求过佐山。

鉴于妙子的强烈愿望，佐山为她介绍了关东少年医疗管教所。

妙子乘京王线电车在府中站下了车，然后沿着山毛榉树林阴大道向前走去。道两旁大树的树枝交错在一起宛如一条天然的长廊，被雨打湿的树叶已开始泛黄。

远处，可以看见府中监狱那灰色的高墙了。走了一会儿，妙子在一片松林处拐上了一条岔道。

被家庭法庭判为劳教的少男少女中需要治疗和管教的人都被收容到了关东少年医疗管教所。名义上，这里收容十四岁以上至二十六岁以下的人，可是实际上在这里的都是十五至二十一二岁的。现在，这里有男的一百余名，女的七十余名。

据妙子说，这些人当中有患结核病、精神障碍或异常的，还有不少患性病的女孩子。

市子不安地问："什么？你就在这些人当中？"

"是的。我没有教师和护士资格，所以就干一些事务方面的杂事或照顾病人……"

"好吧，详情以后再说吧。你先告诉佐山一声，然后把衣服换换。"

"是，我先来帮你。"

"不用了，今天你也是客人。"

妙子一面想着少管所的事，一面急匆匆地上三楼去了。

少管所的窗户上有铁网，走廊的窗户也带铁网，里面的少女们胆小、老实、极端自卑，妙子自己亦曾有过这种体验，她感到自己与她们心心相通。

"阿荣也该来了，再等一下吧。"

市子担心佐山的话会使音子更加焦虑不安，于是便先给男人们斟上了酒。

志麻干活十分麻利，再加上有妙子在一旁帮忙，所以，市子也就放心地坐下了。

妙子从佐山那里听到，父亲的刑期不会超过五年，如果一切顺利的话，这次的判决也可能减为三年。她可以一边在少管所里照顾那些少女，一边等待父亲的出狱。

妙子想，在这期间有田也可以自立了。为了这份爱，自己无论如何也要等下去。

一听说妙子要在少年医疗管教所工作，客人们都吃了一惊。

"可以说，这是一项神圣的工作。"村松定睛望着美丽异常的妙子，内心惊叹不已。

因佐山不能饮酒，所以村松和光一也没怎么喝，不过，席间的气氛还是非常热烈的。

"夫人，请过来一下。"志麻轻轻地叫了一声。

市子下楼一看，见身穿红雨衣的阿荣亭亭玉立在门口。

"阿姨。"

"阿荣，大家都在等你呢！有你妈妈、村松先生、光一，还有佐山……"

"阿姨，我是来向您告别的。"

"大家都等不及了，快上来吧！"

"我是来向您告别的。我想看您一眼就走。"

"你要去哪儿？为什么要告别？"

市子慌忙拉住了阿荣的手。阿荣的手柔若无骨。

"阿荣，莫不是你跟那个人……"

“阿姨，幸好您没跟那个人结婚。他这人既野蛮又下流！”听到阿荣咒骂清野，市子不由得松了手。阿荣转身说道：“阿姨，再见。”

市子急忙蹬上木屐追出了大门，结果非但没有追上阿荣，自己反倒挨了雨淋。

她连忙叫道：“光一，光一，赶快去追阿荣！”

光一一去就不见回来。一个多小时以后，阿荣打来了电话。

“是阿姨吗？我现在要去京都见我爸爸。”

“是吗？那我去送你。是在东京站吗？你一个人？”

“是的。已经没有时间了。”

“见了你父亲以后马上就回来吧，我等着你。”

“嗯。”

“一定哟！”

“嗯。”

阿荣乖觉地答道，挂断了电话。

市子忖度阿荣也许想重新找回父爱。她的眼前浮现出雨夜列车中阿荣的倩影。

图书在版编目（CIP）数据

生为女人／（日）川端康成著；朱春育译．—上海：
上海译文出版社，2015.4（2023.5重印）
（川端康成作品系列）
ISBN 978－7－5327－6776－2

Ⅰ.①生… Ⅱ.①川… ②朱… Ⅲ.①短篇小说－日
本－现代 Ⅳ.① I313.45

中国版本图书馆 CIP 数据核字（2014）第 208508 号

ONNA DE ARU KOTO
by Kawabata Yasunari
Copyright © 1955－56 The Heirs of Kawabata Yasunari
All rights reserved
Originally published in Japan
Chinese (in simplified character only) translation rights arranged
with The Heirs of Kawabata Yasunari, Japan
through THE SAKAI AGENCY.

图字：09－2012－117 号

生为女人	［日］川端康成 著	出版统筹 赵武平
		责任编辑 刘 玮
女であること	朱春育 译	装帧设计 尚燕平

上海译文出版社有限公司出版、发行
网址：www.yiwen.com.cn
201101 上海市闵行区号景路159弄B座
山东韵杰文化科技有限公司印刷

开本890×1240 1/32 印张15 插页5 字数193,000
2015 年 4 月第 1 版 2023 年 5 月第 6 次印刷

ISBN 978－7－5327－6776－2/I·4098
定价：49.00 元